AF146357

JULIANE KÄPPLER

Von Herzen

Kriminalroman

Besuchen Sie mich im Internet:
www.juliane-kaeppler.de

Vollständige Taschenbuchausgabe Januar 2015
© 2014 Juliane Käppler
Alle Rechte vorbehalten.
Lektorat: Svea Müller, Text – Satz – Sieg
Umschlagsgestaltung: Emir Oručević, Pulp ART
Herstellung und Verlag: BOD – Books on Demand, Norderstedt
ISBN: 978-3-7347-4183

SONNTAG, 2. MÄRZ

3:15

Wieder und wieder hörte sie seine Worte. Die ach so schönen und auch die grausamen. Die einen, bei denen seine Stimme so warm wie seine Haut und so liebevoll wie sein Blick gewesen war. Und die anderen, die erstere Lügen straften und besagten, dass sie lediglich der Ruhigstellung gedient hatten. Die schönen Lügen und die grausame Wahrheit.

An Schlaf war nicht zu denken. Unruhe schlug die Zähne in ihre Seele, trieb die Faust in ihren Magen und packte ihr Herz. So fest, dass sie schreien wollte. Im Stillen flehte sie darum, die Ohren vor seinen Worten verschließen zu können und die Augen vor den Bildern, doch mit jedem Versuch wurden diese klarer.

Wenige Schritte waren es noch. Still lag die schmale Straße im Licht der Laternen. Die Fenster der vierstöckigen Häuser waren dunkel, mit Ausnahme derer, hinter denen er lebte. Der Gedanke, dass er schlaflos war wie sie, war ein

Hoffnungsschimmer. Allzu bald verblasste er jedoch mit der Einsicht, dass sie sich besser nicht auch noch selbst belog. Sie biss sich auf die Lippe, atmete durch und drückte auf die Klingel. Etwa eine Minute verging, ohne dass etwas geschah. Sie klingelte abermals.

Möglicherweise war er nicht allein, schoss es ihr durch den Kopf. Möglicherweise störte sie, doch das war ihr egal. Sie wollte seine Ruhe stören, um ihre wiederzufinden. All die Gedanken, die sie vom Schlafen abhielten, mussten aus ihr heraus. Er sollte sie hören.

Seine Stimme ließ sie aufhorchen.

»Hallo?« Müde klang er und nicht nüchtern.

Um das abrupte Zittern zu stoppen, verschränkte sie die Arme vor dem Oberkörper.

Mehr als ein »Ich« brachte sie nicht heraus. Als es wieder still wurde, kämpfte sie gegen die in ihr aufwallende Enttäuschung. Was hatte sie erwartet? Dass er sich freute und sie einließ?

Der Summer ertönte. Überrascht sah sie auf, drückte schnell gegen den Knauf und trat ins Treppenhaus, dessen Licht mit einem Klick anging. Schon wieder spürte sie Hoffnung in sich und ertappte sich bei der Vorstellung, wie gut alles sein würde, wenn alles wieder gut war, doch sie wischte die Vorstellung beiseite und ging die Stufen hinauf. Mit jedem Schritt wurde das Zittern stärker, ihre Angst wuchs und schnürte ihr die Kehle zu. Ein paar hartnäckige Tränen liefen über ihre Wangen.

Er erwartete sie, stützte sich im Türrahmen ab, sagte kein Wort. Erst als sie ihm gleichermaßen wortlos gegenüberstand, trat er zurück. Er schwankte, ließ sie ein und schloss die Tür. Sie senkte den Kopf für ein paar Sekunden und hob ihn wieder, um in seinen Blick einzutauchen und nach einem Gefühl zu suchen. Vergebens. Völlige Leere war da.

»Was willst du?«, fragte er, und die Kälte seiner Augen zog in seine Stimme ein.

Was auch immer sie gewollt hatte … Nichts von dem, was sie ihm hatte sagen wollen, war nun greifbar. Hilflosigkeit mischte sich mit Verzweiflung, Sehnsucht mit Zorn, Resignation mit Hass. Sie wollte sich an ihn schmiegen, ihn halten und einatmen und ihn doch von sich stoßen. Sie wollte ihn küssen, seine Haut schmecken und ihn gleichzeitig ohrfeigen.

»Ich wollte nur …«, begann sie, wusste aber nicht weiter.

»Sorry, aber wenn du hier bist, um dich auszuheulen«, presste er zwischen den Zähnen durch, »dann hast du die falsche Adresse.«

Das hatte sie gewiss nicht, und sie fragte sich, ob er noch richtig tickte. Er war betrunken, okay, aber der Alkohol konnte ihm den Verstand nicht so sehr genommen haben.

»Lass mich in Ruhe, ja!«, fuhr er fort. »Was ich zu sagen hatte, hab ich gesagt … und offenbar fällt dir auch nichts weiter ein, also leb dein Leben und lass mir meins!«

Ein Schluchzen stieg aus ihrer Kehle. Das Bild verschwamm vor ihren Augen, und sie blinzelte, um wieder klar zu sehen. Von ihrem Verstand verlassen, ging sie auf ihn zu und verzweifelte ein bisschen mehr, weil er ihr so gleichgültig entgegensah. Das war nie so gewesen. Sie biss die Zähne aufeinander und wollte ihm einen Stoß geben, doch er packte ihre Hände. Sein Reaktionsvermögen schmälerte der Alkohol offenbar nicht. Er sah sie an, tauchte kurz tiefer in ihren Blick und schwankte wieder.

»Lass mich ...«, flüsterte sie und versuchte, sich loszumachen. »Lass mich los!«

»Das habe ich doch längst.« Er klang ruhiger, nicht mehr abweisend, sondern mitleidig.

Sein Mitleid wollte sie nicht und wand sich mehr, doch sein Griff wurde härter, und abermals sah er sie so an ... ein bisschen wie früher.

Sie war ihm nicht egal. Mehr aber nicht.

Er ließ sie los und stemmte die Hände in die Hüften. Sie schob sich an ihm vorbei in den Küchenbereich, der durch einen Tresen vom Wohnzimmer abgetrennt war. Sie hatte keine Ahnung, was sie hier wollte, hatte sich nur bewegen müssen und ihm ausweichen wollen.

»Ich kann dir nicht geben, was du willst«, hörte sie von ihm.

»Du hast mir alles geben können ...«, antwortete sie leise, ohne sich umzudrehen.

»Nicht, was du wirklich willst. Ich kann dich nicht lieben ...«

Sie schloss die Augen. Es tat so verdammt weh, das zu hören.

»Würden wir uns weiterhin sehen«, sagte er, »wäre das nicht nur unfair dir gegenüber, sondern würde auch die Frau verletzen, die ich liebe.«

Sie hatte es geahnt. Die Ahnung war schlimm gewesen, aber nicht zu vergleichen mit dem Schmerz der Gewissheit. Sie straffte die Schultern, was so anstrengend war, dass ihr Zittern übermächtig wurde.

Auf dem Tresen entdeckte sie sein Handy, das leise tutete und den Eingang einer neuen Nachricht anzeigte. Von der Frau allen Übels?

»Du bist eine wahnsinnig tolle Frau …« Seine Stimme klang nahe. Er musste direkt hinter ihr stehen.

»Aber lieben kannst du mich nicht …«, murmelte sie, und ihr Blick glitt vom Handy zum Messerblock.

»Ich hab dir weh getan, und das tut mir echt leid.«

Einen Scheiß tat es! Sie zog ein Messer aus dem Metallklotz und betrachtete es. Als sie sich umdrehte und ihn ansah, hob er eine Braue, als wolle er die Lächerlichkeit ihres Verhaltens verdeutlichen.

Ja, du bist lächerlich, höhnte ihre innere Stimme, *und er hat dich dazu gemacht.*

Eine sekundenschnelle Bewegung war es. Ein kurzer Widerstand nur, den ihre von Wut gestärkte Kraft und die Schärfe der Schneide brachen.

Blut triefte aus dem Schnitt, der quer über seinen Hals verlief. Seine Augen verdunkelten sich, weil der Schreck die Pupillen weitete. Er öffnete den Mund, schnappte und griff sich an den Hals, weil er keine Luft bekam. Erst beim Blick auf seine besudelten Hände schien er zu begreifen, was geschehen war.

Sie wich zurück. Sie hatte Zorn erwartet, doch sie sah Angst in seiner Miene. Er fiel auf die Knie, legte abermals eine Hand um seinen Hals und schien etwas sagen zu wollen. Kein Wort schaffte es zwischen seinen Lippen hindurch. In seinem Kampf gegen den Tod klappte er vornüber, wand sich gurgelnd und röchelnd auf den weißen Fliesen.

»Nein!«, wimmerte sie. »Das wollte ich nicht. Du hast mich doch bloß … anhören sollen.«

Ein Gurgeln war seine Antwort. Er sah zu ihr hoch, streckte die Hand nach ihr aus, doch sie wich zurück. Panik überkam sie. Sie blickte sich um, starrte dann auf das Messer in ihrer zitternden Hand und schließlich erneut zu ihm. Er wand sich noch, und sie krümmte sich unter dem Schmerz, den sein Anblick brachte. Sie streckte die freie Hand nach ihm aus, zog sie aber zurück und presste sie vor ihren Mund. Wie konnte sie ihm Trost spenden wollen? Er würde hier sterben. Weil sie …

»Andreas …«, stammelte sie, und ihr Wimmern wollte zu einem Schrei anschwellen. Sie schluckte ihn, richtete sich auf und wich einen weiteren Schritt zurück, als er nach ihrem Fuß griff. Mit einem Röcheln schwappte mehr Blut aus seinem Hals auf den Boden. Seine Bewegungen wurden träger.

Sie musste verschwinden!

Sie schob das Messer in ihre Jackentasche. Das würde sie mitnehmen. Das Handy auf dem Tresen tutete erneut. Sie steckte es ebenfalls ein.

Rückwärts ging sie zum Ausgang und wollte die Tür öffnen, doch erstarrte in der Bewegung. Hastig zog sie den Ärmel des Pullovers unter dem der Jacke hervor und über ihre Hand, drückte erst dann die Klinke. Als das Licht im Hausflur vom Bewegungsmelder eingeschaltet wurde, stand sie einen Moment wie schockgefroren. Dann gab sie sich einen Ruck, bewegte sich und schloss die Tür leise. Stufe für Stufe brachten ihre Füße die Treppe hinter sich, wie ferngesteuert. An der Haustür angelangt, wischte sie mit der noch im Ärmel steckenden Hand über den äußeren Knauf und über den Klingelknopf.

Weder das Klackern der sich schließenden Tür hörte sie noch das Brummen der Autos auf einer nahen Hauptstraße. Wie blind und betäubt ging sie nach Hause.

MONTAG, 3. MÄRZ

7:30

Natalie Sperling hatte eine ausgesprochene Abneigung gegen U-Bahnen. S-Bahnen und Bussen brachte sie aber auch nicht viel mehr Sympathie entgegen. Der Multikulti-Atmosphäre auf den Berliner Bahnhöfen und in den Zügen, die andere so liebten und für »Typisch Hauptstadt!« hielten, konnte sie rein gar nichts abgewinnen. Vor sich hin murmelnde Hippies mit verpeiltem Blick ins Nirwana und ewig grinsende Asiaten fand sie ebenso irritierend wie Mädchen, die ihren zukünftigen Exfreund am Handy für das ganze Abteil hörbar in Neudeutsch und ohne Verben zum Beziehungsstatus updateten: »Ey, Pisser, kannst du misch mal … und zwar escht!« Das alles während man über die Kopfhörer des linken Sitznachbarn mit East Coast Hip Hop und über die des rechten mit osteuropäischem Dance beschallt wurde. Falls man überhaupt einen Sitzplatz bekam. Gerade zur Rushhour durfte man froh sein, wenn man sich in Sardellenmanier ein-

10

reihen und den kleinen Finger um einen Griff an der Decke schlingen konnte.

Wie an diesem Morgen. Von Station zu Station hielt Natalie mehr die Luft an, weil der Geruchsmix aus Parfüm, Kaffee, Nikotin und Schweiß ihrem Magen übel mitspielte. In einem Zeitungsartikel über den unzureichenden Zugeinsatz im Stadtverkehr hatte sie gelesen, dass in einer überfüllten Bahn wie dieser etwa tausendfünfhundert Menschen transportiert wurden. Mehr Zahlen tauchten vor ihrem geistigen Auge auf. Davon ausgehend, dass in Berlin etwa dreieinhalb Millionen Menschen lebten und im vergangenen Jahr beinahe fünfhunderttausend Straftaten verübt worden waren, rechnete sie aus, dass sich in dieser Bahn zirka zweihundert Straftäter befanden.

Natalies Blick heftete sich auf den Typ mit dem Basecap, der trotz der Fülle im Zug von einem Baguette abbiss. In ihrer Vorstellung klaute er morgen an der Tankstelle ein Snickers, während der Hipster mit der Ray-Ban-Nerdbrille bei Rot mit dem alten Porsche seiner Eltern über eine Ampel düste. Als sie sich der Schrägheit ihrer Gedanken bewusst wurde, schüttelte sie sie ab, um nicht auch noch darüber nachzugrübeln, mit wie vielen wirklich üblen Zeitgenossen sie ins Abteil gequetscht war und ob der, der sich von hinten an sie presste, nicht ein Schnappmesser in der Tasche und eben seine Schwester umgebracht hatte, weil sie ohne Erlaubnis mit ihrem Klassenkameraden geschlafen hatte. Eigentlich liefen einem Mörder doch eher selten über den Weg.

Nicht so Natalie. Sie hatte beinahe täglich mit ihnen zu tun.

Die Bahn hielt. Mit vielen anderen drängte sich der Nerdbrillenmann zur Tür und trat ihr dabei auf den Fuß. Irgendwer, der eingestiegen war, atmete ihr in den Nacken. Natalie schloss die Augen und vermisste ihr Auto, das in der Werkstatt war, an diesem Tag ganz besonders.

In der Gesellschaft einer Freundin war sie am Vorabend in einer Bar hängen geblieben, hatte sich nach nicht einmal vier Stunden Schlaf aus dem Bett gerollt und unter die Dusche geschleppt. Das Bewusstsein darüber, dass es der erste von vierzehn Tagen Bereitschaft war, hatte ihre Stimmung in Richtung Depression getrieben. Den Rest hatte ihr der Blick in den Spiegel gegeben. Ein blasser, sommersprossiger Kobold, dessen Frisur an ein zerplatztes Sofakissen erinnerte, hatte sie daraus angeblinzelt. Ihre Arme schienen Zentner zu wiegen, als sie sie anhob, um ihre Haare wie immer zum französischen Zopf zu flechten. Schnaufend hatte sie sich bald darauf eine Jeans über die Hüften gezerrt und war in ein Langarmshirt geschlüpft. Irgendwas Blaues. Sie mochte Blau, auch weil zu roten Haaren und blauen Augen nicht sonderlich viele andere Farben passten.

Nachdem die Lederjacke von links auf rechts gedreht und übergezogen war, hatte sie im

Chucks-Schrank nach passenden Chucks gesucht. Erst auf halbem Weg aus dem Haus war ihr aufgefallen, dass ein Chuck dunkelblau war, der andere jedoch schwarz. Also hatte sie kehrtgemacht und sich die Treppe wieder hinaufgeschoben, um einen passenden Chuck zu finden.

7:55

Am Wittenbergplatz stieg Natalie aus der U-Bahn. Ein paar Minuten später erreichte sie die Keithstraße und fühlte sich wie um fünfzig Jahre gealtert. Sie hatte keine Ahnung, wie sie den Tag im Büro überstehen sollte und hielt den »Guten Morgen«, den sie ihrem Teamkollegen wünschte, für eine glatte Lüge.

»Ist mir eigentlich egal«, antwortete Markus Svoboda und wies auf sein Handy am Ohr. »Du weißt doch, ich esse alles, was du kochst.«

Natalie ließ sich auf ihren Stuhl plumpsen und war einen Moment lang hypnotisiert vom Geräusch, das ihr Computer beim Hochfahren machte. Es erinnerte sie an ein Bienchen, dessen Fleiß sie an diesem Tag gewiss nicht zu teilen gedachte. Sie würde eine ganz, ganz ruhige Kugel schieben, in den Akten eines offenen Falls blättern und so tun, als dächte sie nach. Währenddessen gewann das Telefongespräch ihres Kollegen an Dramatik. Er stritt wieder einmal mit seiner Mutter und entschuldigte sich bald mit einer Geste aus dem Büro, um sich anderswo ungestört zu rechtfertigen.

Seit drei Jahren waren Natalie und Markus Svoboda ein Ermittlungsteam; ein sehr gutes sogar. Es gab kaum Diskussionen, keine Missgunst, keinen Wetteifer, der eine Zusammenarbeit anstrengend gemacht hätte. Zum Glück waren sie auch weit davon entfernt, mehr als Sympathie füreinander zu empfinden. Natalie sah in Markus einen liebenswürdigen, engagierten Ermittler, der für jeden Wochentag eine Fliege hatte. Montags trug er immer die rotschwarz-karierte.

Bestimmt suchte seine Mutter sie für ihn aus. Wahrscheinlich legte sie ihm überhaupt seine ganze Garderobe zurecht und sorgte dafür, dass seine Hemden akkurat glatt, seine Westen und Sakkos fusselfrei waren, dass seine Lederschuhe glänzten und seine Stoffhosen eine ordentliche Bügelfalte besaßen.

Obwohl Markus' blondes Haar etwas schütter und seine Figur nicht sonderlich sportlich, sondern eher ein bisschen zu schlank war, war er nicht unattraktiv. Nichtsdestotrotz war er dreiundvierzig und lebte noch bei seiner Mutter. Sein Vater war gestorben, als er ein Teenager gewesen war, und er hatte es offenbar nicht geschafft, sich aus dem mütterlichen Klammergriff zu befreien. Fraglich war natürlich, ob ihm das nun noch gelingen würde, denn die Frau hielt einfach zu fest, wohingegen er den gewissen Vorteil, den die selbstverständliche Umsorgung mit sich brachte, irgendwie genoss. Ohne Zweifel fühlte er sich von seiner Mutter manchmal eingeengt, aber allein beim Gedanken an ein eigenes Leben schien er vom schlechten Gewissen zerfressen zu werden.

Ganz ohne schlechtes Gewissen und weil es für sie der nächste logische Schritt im Leben gewesen war, war Natalie mit neunzehn aus dem Haus ihrer Eltern in Potsdam ausgezogen. Nach einigen weiteren Umzügen lebte sie allein. Ihre letzte Beziehung war drei Jahre her und wie die vorherigen nicht von Dauer gewesen. Dass sie sich statt mit von der Schulter baumelnder Damenhandtasche mit umgeschnallter Dienstwaffe zur Arbeit verabschiedete, hatten ihre Lebensgefährten immer nur eine Zeitlang reizvoll gefunden. Dass Natalie alles – und jeden – liegen und stehen lassen musste, wenn ihr Telefon klingelte, hatte außerdem nicht zur Pflege der Beziehung beigetragen.

Ein Räuspern holte sie an den Schreibtisch zurück.

»Was denn?«, knurrte sie.

Inspektor Harvey grinste. Immer grinste er. Mal hämisch, mal herablassend, mal schadenfroh. Heute eher spöttisch.

Es musste ja unbedingt Tequila sein!, hörte sie ihn sagen.

»Ja, verdammt! Das musste es. Ich darf wohl mal Tequila trinken! Spiel dich nicht auf wie meine Mutter! Ich bin achtunddreißig! Also bitte!«

Wie achtunddreißig hast du dich gestern nicht benommen! Sonst hättest du nach den zwei Holunder-Weißen die Segel gestrichen. Und davon abgesehen: Wer wie ein Kerl Tequila saufen kann, der sollte am nächsten Morgen nicht wie ein Memme jammern.

Natalie sah das ein. Auch war sie die kurze Diskussion bereits leid. »Ist ja schon gut.«

Man soll den Tag nicht vor dem Abend loben.

Ach, jetzt kramte er noch Plattitüden hervor! »Ich reiße mich ja zusammen, okay? Und jetzt halt die Klappe!«

Inspektor Harvey tat Natalie den Gefallen, grinste aber weiter. In seinem Sessel, der eigentlich eine Halterung für Handys war, rutschte er tiefer und streckte die Beine auf dem Tisch aus.

Seit beinahe vier Jahren waren sie beide dazu verdonnert, miteinander klarzukommen. So manches Mal hatte Natalie es für einen Fehler gehalten, dass sie sich seiner angenommen hatte. Damals, am Tag ihres Dienstantritts bei der achten Mordkommission. Ein so mitleiderregendes Bild hatte er abgegeben, der kleine weiße Hase, wie er da auf dem Gehweg lag – das rote Halstuch vor das Grinsen geklappt, die Bommel-Arme und Bommel-Beine jämmerlich verdreht. Verloren und nicht vermisst hatte er gewirkt. Wie hätte sie ihn liegen lassen können? Sie hatte ihn aufgehoben und ihm den Staub von den Ohren gestrichen, sein Halstuch runtergeklappt, über sein Grinsen gelächelt und ihn in die Jackentasche gesteckt. Hätte sie geahnt, als was sich das so unschuldig anmutende Plüschvieh entpuppt, hätte sie ihn nebenan im Steakhaus abgegeben.

Gerade war Natalie bei der dritten E-Mail angelangt, da steckte Markus den Kopf zur Tür herein und erinnerte sie an die Uhrzeit. Sie stand also auf und folgte ihm in den Besprechungsraum. Auf den ersten Schritten protestierte ihr Kreislauf, und sie atmete tief ein, um ihre Konzentration für die kommende halbe Stunde zu sammeln.

Die Stirn des Tisches war noch leer. Kriminalhauptkommissar Johannes Rothmann hasste es nämlich zu warten. Er kam grundsätzlich eine Minute zu spät und somit als Letzter zur morgendlichen Runde. Natalie setzte sich neben den Dienstältesten Richard Krupa und versuchte nicht darauf zu achten, dass Daniel Wozniak, der gegenüber Platz genommen hatte, die Mine seines Kugelschreibers raus- und reinschnippen ließ. Wie ein Stachel drang das Geräusch in die Gespräche. Wären nicht Rothmanns Schritte auf dem Korridor erklungen, hätte sie sich den scharfen Kommentar nicht verkneifen können.

»Guten Morgen, die Damen und Herren«, grüßte Rothmann in die Runde und nahm an der Stirnseite Platz. »Es ist erfreulich ruhig in Berlin. Wie Sie wissen, gab es keinen neuen Fall für Ihre Kollegen von der Siebten.«

Er lehnte sich im Stuhl zurück und verschränkte die Hände vor dem massigen Bauch – wie jeder seiner Anzüge war auch der heute getragene dunkelgraue eine Maßanfertigung, die allein schon seine Größe von etwas über zwei Meter erforderte.

»Bleibt zu hoffen, dass sich diese Ruhe in den kommenden zwei Wochen fortsetzt und Sie alten Krempel vom Tisch bekommen.« An Susanne Michalski gewandt fragte er: »Irgendwelche neuen Erkenntnisse in der Schwimmbad-Sache?«

Bei der Schwimmbad-Sache war ein Schwimmtrainer auf nicht natürliche Weise ums Leben gekommen. In den frühen Morgenstunden eines Novembertages hatte man seine Leiche aus dem Kinderschwimmbecken gezogen.

Susanne Michalski öffnete den Mund und wollte zu einer längeren Darstellung des aktuellen Kenntnisstandes ausholen, da klingelte Rothmanns Telefon. Er nahm das Gespräch entgegen, runzelte die Stirn und bat um Durchstellung des Anrufers. Als er sich den Bart zu kraulen begann und eine Reihe knapper Fragen stellte, erwachte Natalies Unbehagen. Sein Bartkraulen und das abgehackte Nachfragen waren sichere Anzeichen für einen unerfreulichen Vorfall.

»Wir sind auf dem Weg«, schloss er dann auch, legte auf und verkündete: »Aus ist es mit der eben noch gelobten Ruhe. Wir haben ein Tötungsdelikt in Friedrichshain. Die Kollegen der Direktion fünf sind vor Ort.«

An Natalie gerichtet fuhr er fort: »Sperling, Sie sehen müde aus. Sie und Svoboda gehen in die Wohnung und hören sich im Anschluss an, was diese beiden Leute, die den Mann gefunden haben, zu sagen haben. Das wird Ihnen helfen, munter zu werden.«

Natalie fühlte sich ertappt und verwünschte den Tequila. Bei ihrem »Okay!« bemühte sie sich um einen klaren Tonfall und sah im Augenwinkel, wie Markus nickte.

Johannes Rothmann fuhr mit der Aufgabenverteilung fort: »Michalski und Krupa, Wozniak und Fröhlich, Sie fahren ebenfalls hin und befragen die Nachbarn im Haus sowie in den umgebenden Gebäuden. Einer ruft vorher noch die Gerichtsmedizin an.«

Nachdem er in sein Büro verschwunden war, um mit der Staatsanwaltschaft zu telefonieren, standen die sechs Ermittler auf. Markus eilte noch einmal zur Toilette. Justus Fröhlich versorgte sich in der anliegenden Küche mit Kaffee.

Susanne Michalski schnaubte. »Am besten ich ruf meinen Mann an und sag ihm, dass er heute nicht auf mich zu warten braucht.«

»Das lohnt doch nicht mehr, oder doch?«, lautete Daniel Wozniaks Kommentar, der auf die etwas stämmige Figur der Kollegin anspielte. Dabei war er selbst nicht gerade der Athletischste.

Zum zweiten Mal innerhalb nur einer Stunde wollte Natalie ihm gern eine reinwürgen und bedauerte, dass ihre Gedanken noch so langsam waren. Da Wozniak ihren Blick mit einem Grinsen quittierte, beschloss sie, ihn einfach und am besten Susanne zu überlassen, die auch schon loslegte. Also ging sie in ihr Büro, das sie sich mit Markus teilte, zog sich dort die Jacke an und steckte Inspektor Harvey ein.

9:15

Der Tatort befand sich abseits der Friedrichshainer Kneipenszene in einer für gewöhnlich ruhigen Straße, deren vierstöckige Gebäude allesamt helle, wie aufeinander abgestimmte Fassaden hatten. Wenngleich eines dem anderen ähnelte, besaß jedes doch eine individuelle Note. Der Stuck unter den Fenstern und den kleinen Balkonen war aufwendig restauriert worden. In die Türen war Bleiglas eingefasst. Platin- und goldfarbene Klingelschilder waren auf Hochglanz poliert.

Rotweißes Flatterband sperrte den Gehweg ab. Zwei Streifen- und ein Krankenwagen standen davor. Beamte in Uniform hielten die Schar der Schaulustigen unter Kontrolle, während in Schutzanzüge gekleidete Männer der Kriminaltechnik am Hauseingang mit der Spurensicherung beschäftigt waren.

Markus Svoboda parkte den Dienstwagen, ein wie üblich unauffälliges Modell mit Stern auf dem Kühlergrill, murmelte: »Dann wollen wir mal …«, und stieg aus.

Natalie legte eine Hand auf den Magen und bat im Stillen um Frieden da drin. Auf der Herfahrt hatte sie ein Sandwich gegessen, weil sich eine Leichensache erfahrungsgemäß schlecht mit einem nüchternen Magen plus Kater vertrug. Beim Aussteigen fiel ihr Blick auf den dunkelblauen BMW, der vor ihrem Dienstwagen hielt. Paul Liebig, der Staatsanwalt, hatte anscheinend ebenfalls keine Zeit verstreichen lassen.

Für die Begrüßung spannte Natalie alle Handmuskeln an, denn der Mann drückte immer so fest zu, dass einem das Lächeln vor Schmerz starr wurde. Während sie Small Talk über das Wetter führten, zogen Natalie und Markus die Schutzanzüge über. Paul Liebig verzichtete darauf.

Das Treppenhaus war hell und gepflegt. Nicht eine Schmutzspur verunzierte die glatten, bilderlosen Wände. Das Geländer war aus geschliffenem Metall gefertigt, die Stufen aus grauem Marmor. Das künstliche Aroma von Orangen-Duftöl hing in der Luft. Auf dem Weg nach oben passierten sie mehr Männer der Kriminaltechnik, die mit Pinseln, Granitpuder und Klebefolie oder Fotografieren beschäftigt waren. In der dritten Etage erwartete sie Holger Nowitzky, der diensthabende Kriminalhauptkommissar der Direktion fünf, mit dem Johannes Rothmann telefoniert hatte.

»Haben Sie schon etwas über das Opfer in Erfahrung bringen können?«, fragte Natalie, nachdem sie sich vorgestellt hatten.

»Dr. Andreas Wilkens«, begann Nowitzky und lockerte den Kragen seines Schutzanzugs, weil ihm das Gummiband wohl in den Hals biss. »Gerade einundvierzig geworden, ledig, Arzt in einer Gemeinschaftspraxis.« Er wandte sich um, ging in die Wohnung voran und erzählte weiter. »Sein Kollege, Dr. Franz Schiller, stand um kurz vor sieben vor der Tür, um Unterlagen abzuholen, die er für ein heute stattfindendes Seminar brauchte. Er war deshalb wohl gestern schon mal da gewesen. Die Nachbarin, Liselotte Busch, kam aus dem Haus, um zum Bäcker zu gehen. Sie nahm Schiller mit nach oben und bot an, den Ersatzschlüssel zu holen.« Nowitzky umrundete einen Küchenblock. »So haben sie ihn dann gefunden.«

»Wo sind die beiden jetzt?« Natalie passierte die Küchenzeile ebenfalls und warf einen flüchtigen Blick auf das Opfer. Sie hatte es sich angewöhnt, einen Toten zuerst nur kurz anzuschauen, um den Geist für ein paar Sekunden mit dem Bild klarkommen zu lassen.

»Nebenan, in der Wohnung von der Busch.« Nowitzky trat zurück, um für Markus und Paul Liebig Platz zu machen.

Natalie überwand sich und ging neben dem Toten in die Hocke. Er trug eine dunkle Jeans und ein hellblaues Hemd, keine Schuhe und Strümpfe. Halb auf dem Bauch lag er, ein Bein war angewinkelt, das andere ausgestreckt. Seine Hände waren blutrot – wahrscheinlich hatte er sich in den letzten Lebenssekunden an die offene Kehle gepackt – und lagen vor seiner Brust. Eine breite weiße Uhr umschlang sein linkes Handgelenk. Sein Hemd hatte einen Teil des Blutes aufgesogen und sich an diesen Stellen bräunlich verfärbt. Der Rest bildete eine dickflüssige, dunkle Lache auf den weißen Fliesen, die von den Spuren seines Windens durchzogen war. Sein Kopf lag auf der Seite, sein Mund war etwas geöffnet.

Dunkle Strähnen fielen ihm in die Stirn. Noch im Tod war er ein attraktiver Mann – um das Scheinen gebracht durch die Leichenblässe, die Stumpfheit der Augen und die klaffende Wunde, die sich quer über den Hals zog.

Natalie stand auf und sah sich um. Der Raum war in Küche und Wohnzimmer geteilt. Die Küchenzeile, in der sich Herd und Backofen befanden, war das Mittel zum Zweck. Darüber war eine große Abzugshaube angebracht, von der Kochbesteck baumelte. Sieben Messer steckten in einem zwischen Schneideplatten und Kochbüchern stehenden Messerblock. Einer der Einschübe war leer. Natalie zog ein Gemüsemesser aus dem Block und betrachtete es. Es war aus Edelstahl gefertigt und auf perfekte Schärfe geschliffen.

Nowitzky beobachtete sie. »Ich denk mal, das, was da fehlt, ist das, mit dem seine Kehle durchtrennt wurde.«

Natalie schob das Messer zurück in den Block. »Das ist nicht unwahrscheinlich«, entgegnete sie und verließ die Küche.

Vom modernen und mit viel Hightech ausgestatteten Wohnbereich aus gelangte man auf eine Terrasse, die zur Hinterseite des Hauses führte. Natalie öffnete die Schiebetür und trat ins Freie. Zwei Klappstühle aus Holz standen da. Die anderen vier und auch der Tisch warteten unter der Schutzfolie auf den Sommer. Trockenes Laub sammelte sich in den Ecken und raschelte vom leichten Wind getrieben über die Holzplanken. Sie ging zum Geländer, lehnte sich darauf und sah hinunter in den Garten, wo eine Rutsche und eine Schaukel aufgebaut waren. Das Grundstück zog sich einige hundert Meter in die Länge, verlief parallel zu den Nachbargärten und traf sich mit dem mindestens genauso langen Grundstück des gegenüber liegenden Gebäudes. Natalie nahm ihren Zopf und pinselte mit den weichen roten Haarspitzen über ihre Nase, drehte sich dann um. Die Fensterfront von Wilkens' Wohnzimmer war groß und offen. Die Kollegen würden auch die Bewohner der gegenüberliegenden Häuser befragen müssen.

Wieder in der Wohnung ging Natalie ins Schlafzimmer, das wie das Wohnzimmer hell und aufgeräumt war. Zwei Männer der Kriminaltechnik suchten das Bett und den Kleiderschrank nach Spuren ab. Im anliegenden Badezimmer sah Natalie in den Schrank, der den Waschtisch umgab. Eine Menge Parfüms, Kosmetika und Proben befanden sich darin, ordentlich gestapelte Handtücher sowie herkömmliche Medikamente: Schmerzmittel, Salben und Tropfen, Antibiotika. Nichts Außergewöhnliches.

Natalie ging zurück in den Wohnbereich und klinkte sich für eine Zwischeninfo in das Gespräch ein, das Paul Liebig mit einem von der Kriminaltechnik führte. Als das Telefon des Staatsanwaltes klingelte und er sich entschuldigte, suchte sie Markus und fand ihn im Korridor.

»Du die Nachbarin, ich den Arzt?«, fragte er.

Sie nickte und zerrte, sobald sie im Treppenhaus waren, den Reißverschluss des Schutzanzugs auf, denn inzwischen fühlte sie sich darin wie ein Pinguin in einem tropischen Gewächshaus. Auch Markus war froh, dem Ding rauszukommen. Er strich sich das Sakko glatt, rückte die eckige Brille auf der Nase zurecht und klingelte an der gegenüberliegenden Tür.

Eine Frau öffnete. Ihr beinahe weißes Haar war zurückgesteckt, ein paar Strähnen fielen ihr in die Stirn. Die glatte Haut ihres Gesichts trotzte ihrem Alter, sie war mindestens siebzig. Das Lächeln, das sie sich abrang, erreichte ihre Augen nicht, was man ihr in Anbetracht der Umstände nicht verdenken konnte. Ihre Hand schloss sich um den Anhänger ihrer Kette.

»Sind Sie die mit den Fragen?«

Natalie stellte sich selbst und Markus vor. »Sie würden uns sehr helfen, Frau Busch, wenn Sie uns ein paar Fragen beantworteten«, fügte sie an, weil sie die Erfahrung gemacht hatte, dass Menschen offener sprachen, wenn sie das Gefühl hatten zu helfen statt verhört zu werden.

Liselotte Busch ließ sie eintreten. »Ja, natürlich. Furchtbar ist das. Den Anblick werde ich meinen Lebtag nicht mehr vergessen.«

»Wenn Sie etwas zur Beruhigung brauchen, damit Sie heute Nacht schlafen können …«

Liselotte Busch winkte ab und ging voraus durch einen großen Korridor, in dem zahlreiche

Schränke und Kommoden aus hellem Holz standen. Er mündete in einem Wohnzimmer, wo ein Mann in den Fünfzigern auf einer Ledercouch vor einem niedrigen Eichentisch saß und in eine Tasse pustete.

»Dr. Schiller hat mir alles aufgeschrieben.« Mit einer Geste bat Liselotte Busch die Kommissare, Platz zu nehmen. »Möchten Sie auch einen Kaffee? Ich wollte gerade neuen aufsetzen.«

Markus, der sich in einen Sessel gegenüber Franz Schiller setzte, lehnte dankend ab. Er trank lieber Tee. Natalie hatte nichts gegen Kaffee einzuwenden und folgte der Nachbarin in die Küche. Um der Frau nicht im Weg zu sein, lehnte sie sich gegen die Fensterbank des schmalen Raums, der im Gegensatz zur Wohnung von Andreas Wilkens vom Wohnzimmer abgetrennt war.

»Leben Sie hier allein?«

»Mein Mann ist vor zwei Jahren gestorben.« Liselotte Busch schaufelte Kaffee in den Filter. »Ein Schlaganfall.« Sie fügte noch drei Löffel hinzu, schob den Trichter über die Kanne und füllte Wasser in den Tank. »Ich koche immer noch Essen für zwei. Ich kann das nicht, Portionen nur für eine Person kochen. Dr. Wilkens hat oft bei mir gegessen.«

»Sie hatten also ein gutes Verhältnis zu ihm?«

»Er war mein Hausarzt. Ein toller Arzt, nicht überheblich, wie viele heute.«

Nachdem sie die Kaffeemaschine eingeschaltet hatte, nahm sie zwei Tassen und Untertassen aus einem Schrank. Die auf dem Küchentisch stehende Schale mit Obst rückte sie zur Seite, um Platz für das Geschirr zu machen.

»Wenn ich mal nicht in die Praxis wollte, weil es da immer so voll war, kam er zu mir und hat dann natürlich was zu essen bekommen. Ich habe auch seine Blumen gegossen, wenn er unterwegs war. Deshalb hatte ich den Ersatzschlüssel.«

Von nebenan drang Markus' Stimme herein. Er begann die Befragung von Franz Schiller. Liselotte Busch stellte Zucker und Milch hin und wies auf einen Stuhl. Damit sie ungestört reden konnten, schloss Natalie die Tür, bevor sie Platz nahm.

»Wie war das heute Morgen? Sie haben Dr. Schiller vor dem Haus getroffen?«

Liselotte Busch setzte sich auf den zweiten Stuhl. Abermals nahm sie ihren Anhänger, fuhr mit den Fingern über das Metall, das den Stein einfasste. Offenbar war es eine Angewohnheit, die sie beruhigte.

»Es war so gegen sieben. Ich wollte Brötchen holen und eine Zeitung. Dr. Schiller kannte ich ja aus der Praxis, und der stand dann da, wollte zu Dr. Wilkens und versuchte gerade, ihn anzurufen.« Sie ließ den Anhänger los und faltete die Hände im Schoß. »Ich fand es auch merkwürdig, dass er nicht öffnete, denn der Doktor war immer sehr zeitig unterwegs. Also bin ich mit Dr. Schiller nach oben. Wir haben geklingelt und geklopft und an der Tür gehorcht. Dr. Schiller wollte schon allein zur Praxis fahren, aber mir hat das keine Ruhe gelassen, also habe ich beschlossen, den Ersatzschlüssel zu holen.«

»Warum hat es Ihnen keine Ruhe gelassen? Wussten Sie immer, wenn Dr. Wilkens fort war?«

»Das nicht ...« Liselotte Busch überlegte und zuckte die Achseln, als ihr keine präzise Antwort einfiel. »Es war einfach eine seltsame Situation, wohl auch, weil er nicht ans Telefon ging.«

Natalie stellte eine neue Frage: »Wann haben Sie Andreas Wilkens zuletzt lebend gesehen?«

Liselotte Busch wusste es sofort. »Am Samstagmittag war das. Es war sein Geburtstag, und ich habe ihm einen Kuchen gebracht ... für seine Feier am Abend.«

»Er hat in seiner Wohnung gefeiert?«

»Ja, Dr. Schiller war auch da.«

»Wissen Sie, wer noch?«

»Die Freundin von Dr. Wilkens. Mehr weiß ich nicht. Ich steh ja nicht die ganze Zeit an der Tür und schau, wer kommt und geht.«

»Aber die Freundin haben Sie kommen sehen? Kennen Sie Ihren Namen?«

»Maria heißt sie. Den Nachnamen weiß ich nicht und auch nicht, wann sie gekommen ist, aber kurz vor Mitternacht ist sie gegangen.« Liselotte Busch zögerte, bevor sie weitersprach. »Sie haben sich gestritten. Das hab ich gehört.«

Das Brodeln der Kaffeemaschine verkündete, dass die letzten Tropfen Wasser durch den Trichter liefen.

»Können Sie sagen, worum es in diesem Streit ging?«

»Nein.« Liselotte Busch stand auf, um die Kanne zu holen. »Ich hab nur laute Stimmen gehört, aber kein Wort verstanden. Erst als nebenan die Tür aufging, da bin ich zu meiner Tür geschlichen und hab durch den Spion geschaut.« Sie räusperte sich.

Ihr Verhalten war ihr im Nachhinein unangenehm, doch es schien sie zu trösten, dass sie immerhin eine Information beisteuern konnte.

Während sie erst Natalie, dann sich selbst Kaffee einschenkte, redete sie weiter: »Sie hat ihn ein …«, das neue Räuspern kündigte die unschöne Betitelung an, »… egoistisches Arschloch genannt, die Tür zugezogen und ist wie der Blitz die Treppe runtergelaufen. Ihn hab ich nicht gesehen, aber er hat da noch gelebt, denn er hat ihr aus der Wohnung geantwortet.« Um der Kommissarin zuvorzukommen, erklärte sie gleich, auch das nicht verstanden zu haben.

Natalie gab einen Schuss Milch in ihren Kaffee, rührte um und trank einen Schluck. Sie behielt die Tasse in beiden Händen, um ihre Finger daran zu wärmen.

»Später haben Sie nichts mehr bemerkt?«

»Nein. Ich bin ins Bett gegangen, hab meine Oropax reingetan und meine Schlafmaske aufgesetzt. Ich bin eingeschlafen und am Sonntagmorgen so gegen sechs Uhr wach geworden.«

»Haben die beiden öfter gestritten?«

»Ab und zu streitet doch jedes Paar, oder nicht? Maria war nur an den Wochenenden hier, aber auch nicht an jedem. Manchmal haben sie etwas lauter diskutiert, doch das war immer nur kurz. Hat mich nicht gestört.« Abschätzend verzog sie den Mund und nippte dann ebenfalls am Kaffee.

Vom Streiten konnte Natalie ein Lied singen. Sie hatte gestritten und sich verteidigt, bis ihr die Worte ausgegangen waren. Ein Streit oder auch mehrere sollten sie also nicht dazu verleiten, Schlüsse zu ziehen.

Liselotte Busch wollte niemanden beschuldigen und machte das deutlich. »Dass die Maria es war, das kann ich mir wirklich nicht vorstellen. So brutal ...« Sie schüttelte sich, und kurz schien es, als wolle sie weinen, dann fasste sie sich und umklammerte ihren Anhänger wieder.

Ausschließen wollte und durfte Natalie es natürlich nicht, denn sie hatte schon zu viele Wölfe aus dem Schafspelz gezerrt. Hinzu kam, dass der Täter jemand sein musste, den das Opfer gekannt hatte.

»Weder an der Haus- noch an der Wohnungstür gab es Spuren eines Einbruchs«, erklärte sie. »Wir gehen davon aus, dass Andreas Wilkens den Täter gekannt und hereingelassen hat. Wissen Sie etwas zu seinen Freunden? Andere Frauen, haben Sie die hier gesehen?«

Liselotte Busch presste die Lippen aufeinander. »Dr. Wilkens hatte seine Maria. Eine andere habe ich nie gesehen.« Das sagte sie mit Nachdruck, um ihrer Empörung Luft zu machen, beruhigte sich aber gleich darauf. »Sein Freund, der besitzt ein Restaurant in Charlottenburg.« Sie grübelte und Natalie nannte ihr ein paar Namen, jedoch nicht den richtigen.

»Das finden wir heraus«, sagte sie abschließend. »Wer lebt noch hier im Haus und könnte etwas gesehen haben? Und wie war das Verhältnis von Dr. Wilkens zu den anderen Mietern?«

»Ich wüsste nicht, dass er mit den anderen viel zu tun gehabt hätte. Vielleicht mit dem jungen Paar, die oben unter dem Dach wohnen, aber die beiden sind zurzeit irgendwo in Südeuropa im Urlaub. Ich kümmer mich um die Katze und auch um die Blumen.«

Natalie setzte einen gedanklichen Haken hinter diese Mieter und wartete auf weitere Informationen.

»Die erste Etage ist so aufgeteilt wie unsere, zwei Wohnungen also. Links wohnt eine Familie, einen kleinen Jungen haben die. Die Mutter arbeitet in einer Bank, der Vater macht was mit Immobilien. Rechts in der Wohnung wohnt ein Mann, von dem ich nicht viel weiß. Der ist ein bisschen verschroben. So ein Eigenbrötler, wissen Sie?«

»Und in der zweiten Etage?«

Liselotte Busch spitzte den Mund und nahm ihre Tasse auf, trank aber nicht. »Schwule wohnen da. Die Wohnung ist riesig. Doppelt so groß wie meine. Ihr Atelier haben die da mit drin. Fotografen sind das beide. Die sind nachts eigentlich immer unterwegs, in irgendwelchen einschlägigen Kneipen oder Discos, wo sich mehr wie sie rumtreiben. Manchmal kommen sie sogar erst um die Mittagszeit nach Hause.«

Natalie ließ das unkommentiert. Es galt abzuwarten, was ihre Kollegen von diesen drei Mietparteien erfuhren. Sie bedankte sich für den Kaffee und die Auskünfte und stand auf. Liselotte Busch begleitete sie durch das Wohnzimmer, wo Markus noch mit Dr. Schiller sprach, und zur Tür.

»Wenn Ihnen etwas anderes einfällt, Frau Busch …« Sie zog eine Karte aus der linken, nicht von Inspektor Harvey belegten Jackentasche und reichte sie der Frau. »Rufen Sie mich bitte an!«

11:25

In Andreas Wilkens' Wohnung war inzwischen die Gerichtsmedizin eingetroffen. Über das Opfer gebeugt hob Andrea Berendt den Kopf und musterte Natalie.

»Nur recht, dass es dich auch getroffen hat. Ich hoffe, ich sehe nicht ganz so schlimm aus wie du«, murmelte sie.

Natalie verzog keine Miene. »Wie aus dem Ei gepellt sieht anders aus.«

»Wenn du dich das nächste Mal mit Tequila abschießen willst, warn mich vorher. Ich bin zu alt für so was.«

Die Gerichtsmedizinerin war nur drei Jahre älter als Natalie. Sie war ebenfalls und aus ähnlichen Gründen Single und ihre Lieblingsbegleitung für die Lieblingskneipen – blieben sie sonst auch beim berühmten Mädchenbier.

»Du hast die erste Runde bestellt«, erinnerte Natalie die Freundin.

»Bei der sollte es auch bleiben.«

Andrea Berendt stand auf und gab ihren beiden Kollegen ein Zeichen, dass sie mit ihrer Arbeit beginnen konnten. Paul Liebig und Markus gesellten sich zu ihnen; der eine so glatt, dass Natalie sich nicht vorstellen konnte, dass er etwas anderes als Wasser trank, der andere an so kurzer Leine gehalten, dass er für einen Kneipenbesuch Hausarrest bekäme. Froh, dass keiner von beiden den Austausch zwischen ihr und der Gerichtsmedizinerin gehört hatte, beobachtete Natalie, wie die beiden Helfer den Toten in den Leichensack legten, den Reißverschluss zuzogen, ihn auf eine Trage hoben und festgurteten.

»Kannst du schon etwas zum Todeszeitpunkt sagen?«, fragte sie Andrea Berendt.

Die rieb sich die Nasenspitze, was sie immer tat, wenn sie überlegte. »Mehr als zwölf Stunden ist es definitiv her. Die Totenflecken sind bereits zusammengelaufen, die Totenstarre ist voll ausgeprägt.« Abschätzend wiegte sie den Kopf hin und her. »Geh eher von etwa zwei Tagen aus. Samstagnacht, vielleicht sehr früh am Sonntagmorgen.«

Die Trage wurde angehoben und aus der Wohnung bugsiert; ein Anblick, den Natalie mit den Jahren als einen besonders traurigen Moment empfand. Die Seele und der Geist waren schon gegangen, der Körper folgte ihnen jetzt auf dem ersten Schritt aus dem Leben, in dem man sich einmal eingerichtet hatte.

Markus trat an Natalies Seite. »Hatte die Nachbarin irgendwas zu erzählen, das uns schon weiterbringt?«

»Nicht viel. Wir müssen mit der Freundin des Opfers sprechen. Maria … und den Nachnamen finden wir heraus.«

»Di Lauro«, sagte Markus und ließ sie beim Anblick des Fragezeichens im Gesicht wissen, dass dies der Nachname sei. Von Dr. Schiller hatte er ihn erfahren und auch, wer noch auf der Geburtstagparty gewesen war.

12:20

Um die private und die Arbeitsadresse von Maria Di Lauro in Erfahrung zu bringen, telefonierte Natalie mit dem Kommissariat, sobald sie und Markus im Auto saßen. Wie sie wenig später mitgeteilt bekam, leitete die Frau gemeinsam mit ihrer Schwester eine Marketingagentur in Wedding und lebte auch dort. Stefan Seidel, Restaurantbesitzer und Freund des Opfers, würden sie später im Fandel einen Besuch abstatten. Auf ihrer Liste stand außerdem Christine Zilinski, die ebenfalls Ärztin in der Gemeinschaftspraxis und gemeinsam mit ihrem Mann auf Wilkens' Geburtstag gewesen war.

Auf der Fahrt nach Wedding erzählte Markus, was er von Dr. Schiller erfahren hatte. Dessen Worten zufolge hatten sie zu dritt harmonisch miteinander in der Praxis gearbeitet, ohne Zank oder Missgunst. Ihm war außerdem nichts von Problemen mit Patienten bekannt, und er beschrieb Wilkens als talentierten, engagierten und beliebten Arzt, was sich mit der Ansicht von Liselotte Busch deckte.

»Während der Party hat Wilkens einen verstimmten Eindruck auf Schiller gemacht«, sagte Markus und bog auf die Chausseestraße ab, wo es im Stop-and-go der Mittagsstunde weiterging. »Er konnte nicht genau sagen, was es war. Mal kam er ihm gelangweilt vor, mal geistesabwesend, sodass er gar nicht mitbekommen hat, wenn man mit ihm sprach.«

Natalie überlegte, ob diese Stimmung vielleicht der Auslöser des Streits mit Maria Di Lauro gewesen war oder im Zusammenhang damit stand. »Hatte Schiller denn einen Verdacht oder hat er Wilkens darauf angesprochen?«

»Nein, hat er nicht. Wilkens redete wohl eine Zeit lang mit Stefan Seidel auf der Terrasse, und Schiller bekam einen Anruf von seiner Mutter, der es nicht gut ging. Seine Frau und er verließen die Feier gegen zweiundzwanzig Uhr und fuhren nach Steglitz, wo die Mutter lebt. Er ließ sie noch am selben Abend ins Krankenhaus einliefern.«

»Hast du das schon überprüft?«

Markus warf ihr einen Blick aus zusammengekniffenen Augen zu, sagte: »Klar« und klang dabei fast streitlustig, ein von ihm ungewohnter Ton.

Möglicherweise, so vermutete Natalie, nervte die Aussicht auf das Candle-Light-Dinner mit Mutter. »Ich frag ja nur, damit wir einen Haken hinter Schiller setzen können.«

»Können wir. Er war's ziemlich sicher nicht.« Seine Anspannung steigerte sich noch, als ein Auto mit Münchener Kennzeichen kurz vor ihm ausscherte. Natalie meinte zu hören, wie er mit den Zähnen knirschte.

»Wieso muss ich eigentlich heute fahren?«, maulte er. »Sonst bestehst du doch immer darauf.«

»Meine Güte, ich dachte, das heitert dich ein bisschen auf.«

Das Lenkrad in den Händen. Eine Frau auf dem Beifahrersitz, die jünger ist als du und nicht zu einem Arzttermin gegondelt werden muss!, fügte sie im Stillen an und lenkte das Thema schnell wieder zum Ursprung. »Liselotte Busch hat von einem Streit erzählt, den Wilkens gegen Mitternacht mit seiner Freundin hatte. Ich bin gespannt, ob Maria Di Lauro das von allein erwähnt.«

Markus steuerte den Wagen rückwärts in die nur winzige, aber einzige Parklücke. »Wir werden es gleich rausfinden.«

Die Agentur Echtzeit Wedding befand sich in den unteren beiden Etagen eines fünfgeschossigen Altbaus. Bereits am Empfangstresen erhielt die Motivation der Kommissare einen Dämpfer, denn die Sekretärin teilte ihnen mit, dass sowohl Maria Di Lauro als auch ihre Schwester Katharina bei Terminen mit Fotografen, Druckereien sowie der Stadt seien und heute nicht mehr im Büro erwartet wurden. Natalie und Markus zogen also wieder ab. Sie übernahm den Autoschlüssel von ihm, setzte sich hinters Lenkrad und passte die Sitzposition ihrer Beinlänge an.

»Wohin jetzt?«, fragte sie. »Es ist kurz nach eins. Wir könnten Stefan Seidel im Fandel antreffen.«

»Dann halt nach Charlottenburg …«, brummte Markus nach wie vor schlecht gelaunt, und Natalie überlegte, wer hier eigentlich einen über den Durst getrunken und Grund zum Schlechtgelaunt-Sein hatte.

Da es zum Fall erst einmal nichts mehr zu sagen gab und Markus der Sinn so wenig wie ihr nach Alltagsgewäsch stand, schwiegen sie auf der Fahrt. Im Restaurant baten sie den hochnäsigen und vom Polizeibesuch wenig angetanen Platzanweiser darum, mit dem Besitzer sprechen zu können, und standen keine fünf Minuten später erneut auf der Straße, denn Stefan Seidel gab einen Kochkurs in München und würde die Gaumen seiner Gäste erst am nächsten Tag wieder mit seinen Gourmet-Kreationen erfreuen.

»Nach Friedrichshain zur Praxis«, beschloss Natalie.

Markus ließ sich auf den Beifahrersitz fallen und klappte die Sonnenblende herunter, um sich im rückseitigen Spiegel zu betrachten und seine Fliege zu richten. »Das nächste Mal nehmen wir die U-Bahn. Damit sind wir schneller.«

»Das ist ein Gerücht«, konterte Natalie.

15:45

An der Praxistür hatten Natalie und Markus eine handschriftliche Notiz gefunden, dass die Praxis aufgrund eines Todesfalls an diesem Tag geschlossen war. Ihr Weg hatte sie, hoffnungsvoll und willig, ein paar Fragen loszuwerden, zu Christine Zilinskis Privatadresse geführt, wo sie ebenfalls enttäuscht wurden, denn auf ihr Klingeln öffnete niemand. Ein Nachbar teilte ihnen mit, dass Frank Zilinski am späten Samstagabend verreist und seine Frau seither auch nicht sonderlich oft zu Hause gesichtet worden sei.

Natalie stieg ins Auto und zog die Tür so hart zu, dass Markus schnaubte. Diese allgemeine Abwesenheit ging ihr allmählich auf den Wecker, und hätte nicht jeder Einzelne einen plausiblen Grund, würde sie böse Absicht unterstellen.

»Wir fahren noch mal nach Wedding«, beschloss sie. »Ich will jetzt mit dieser Maria Wie-auch-immer-ihr-Nachname-ist sprechen. Die wird ja nun zu Hause sein.«

»Di Lauro. Und dein Wort in Gottes Ohr.«

»Wenn sie nicht da ist, warten wir«, beschloss Natalie, startete den Motor und schickte den

Dienstwagen durch den dichten Berliner Stadtverkehr.

Eine Dreiviertelstunde später klingelten sie bei Maria Di Lauros Wohnung, die sich unweit der Agentur in einem ähnlichen Altbau befand. Tatsächlich mussten sie warten, und da es inzwischen zu nieseln begonnen hatte, blieben sie im Auto. Von Minute zu Minute schlechter gelaunt beobachteten sie die Straße, deren Passanten und Fahrzeuge. Das düstere Tageslicht wurde von der Dunkelheit des Abends abgelöst und die Straßenlaternen leuchteten auf, da entdeckten sie eine dunkelhaarige Frau, die sich mit Eile näherte. Unter einem grauen Mantel trug sie eine Jeans und hohe Schuhe, stolperte einmal und knickte um, doch lief in gleichem Tempo weiter. Bald zog sie einen Schlüssel aus der Tasche, sah auf und bemerkte die beiden Kommissare, die aus dem Auto gestiegen waren. Sie hielt inne, ging dann langsam weiter. Die Frage, ob sie italienische Wurzeln hatte, wie ihr Name vermuten ließ, beantwortete sich ohne Weiteres.

»Jemand ist uns zuvorgekommen«, bemerkte Natalie leise, als ihr die geröteten Augen der Frau auffielen.

»Schiller, möglicherweise«, antwortete Markus und sprach die Frau an. »Maria Di Lauro?«

Sie presste die Lippen aufeinander, blieb stehen.

»Markus Svoboda und Natalie Sperling, Kripo. Wir würden gern …«

»Ich weiß es bereits«, fiel sie ihm tonlos ins Wort und schloss die Tür auf. »Sparen Sie sich die Worte!«

Natalie war unschlüssig, ob die herablassende Art den Schmerz über den Verlust betäuben sollte oder ob es ein Versuch war, sie und Markus abzuwimmeln.

»Wir möchten Ihnen einige Fragen stellen, Frau Di Lauro. Dürfen wir hereinkommen?«

In Maria Di Lauros dunkle Augen trat abermals ein überhebliches, störrisches Funkeln. Es zuckte um ihren Mund, als wolle sie eine neue Absage ausspucken, verkniff sie sich wohl und nickte.

Natalie und Markus folgten ihr eine aus hellem Holz gefertigte Treppe hinauf bis in die zweite Etage, wo sich zwei Wohnungen befanden. Maria Di Lauro schloss die linke Tür auf und stolzierte forschen Schrittes in den dahinterliegenden Flur. Sie schaltete das Licht ein, stellte ihre Tasche auf einen Stuhl, zog den Mantel aus und legte ihn über die Lehne. Ohne sich zu vergewissern, dass ihre Besucher nachkamen, wechselte sie in ein anliegendes Zimmer. Natalie und Markus tauschten einen Blick, traten ein und standen bald in einem Wohnzimmer, dessen drei hohe Fenster zur Straße führten. Weiße Vasen und metallene Kerzenständer dekorierten jedes einzelne. Eine zerwühlte Decke drapierte eine dunkelgrüne Couch. Auf dem Tisch davor standen zwischen Zeitungen und Zeitschriften ein Zellstoffspender und eine

Schale, in der sich das Papier von Schokoriegeln häufte. Rötliche Kreise auf der Tischplatte verrieten, dass Wein nicht sonderlich sorgsam ins Glas gegossen worden war.

Natalie hörte Maria Di Lauro in der Küche hantieren. Es klang, als räumte sie Geschirr in die Spülmaschine. Sie setzte sich auf die Couchlehne und betrachtete fünf großformatige, schmale Schwarz-Weiß-Fotografien, die auf selber Höhe nebeneinander aufgehängt waren. Sie alle zeigten die Italienerin in verschiedenen Stimmungen: Mal schmollte sie mit vor der Brust verschränkten Armen, mal rückte sie ihre attraktiven Rundungen ins Licht, mal hielt sie das Gesicht verträumt in die Sonne. Ihres guten Aussehens war sie sich ohne Zweifel bewusst.

Markus musterte die Bilder mit gleichem Interesse, bis Maria Di Lauro ins Zimmer kam, um auch hier aufzuräumen. Während sie CDs, die sich vor der Stereoanlage stapelten, in ein Schrankfach räumte, zeigte sie sich endlich konversationsbereit und fragte: »Also, was wollen Sie wissen über den Scheißkerl, den toten?«

Natalie machte sich bewusst, dass sich Trauer in vielen Formen, äußerte, manchmal auch in Aggression. Sie gab sich also Mühe, die gerade gehörten Worte nicht überzubewerten.

»Zuerst würde uns interessieren, von wem Sie es erfahren haben«, fragte sie.

»Ich war bei der Praxis«, erzählte Maria Di Lauro und pfefferte die letzten CDs in den

Schrank. »Ich wollte Andreas um seinen Wohnungsschlüssel bitten, da ich dort noch ein paar Sachen habe, las das Schild, fuhr zur Wohnung und sah die Absperrungen. Ich saß noch im Auto, da klopfte die Nachbarin, Busch oder wie sie heißt, an die Scheibe und erzählte mir, wie sie ihn gefunden hat.«

Mit einem Rums schloss sie die Schranktür und stand auf, um die Stühle beim Esstisch zurechtzurücken.

Markus verfolgte die für den Moment interessanteste Aussage. »Sie wollten Sachen aus der Wohnung holen.« Er steckte die Hände in die Hosentaschen, womit sein Sakko nicht mehr akkurat saß. »Waren Sie und Andreas Wilkens nicht mehr zusammen?«

Alle Stühle standen nun perfekt um den Tisch herum. Die darauf platzierte Vase mit rosa Tulpen wurde zentriert, ein paar aus der Entfernung unsichtbare Krümel wurden weggewischt. Maria Di Lauro spie ein »Nein« aus, nahm ein Trinkglas von einem Sideboard und ging damit zur Küche. Vielleicht würde sie diesmal mit einem Staubsauger zurückkommen und die ungebeten Gäste wegsaugen.

Natalie verlor die Geduld. »Würde es Ihnen etwas ausmachen, später zu putzen und sich einen Moment zu uns zu gesellen?«, rief sie der Frau hinterher.

Erneut erntete sie den herablassenden Blick. Maria Di Lauro bezog diesmal auch ihre Klei-

dung ein, als würde sie überlegen, ob sie jemanden, der sich so nachlässig kleidete, überhaupt
ernst nehmen konnte. Als sie zu einem Schluss
gekommen war, stellte sie das Glas auf den Tisch,
warf die Decke über die Couchlehne und setzte
sich. Eine Strähne fiel ihr ins Gesicht. Sie strich
sie hinters Ohr, verschränkte die Arme vor der
Brust und überschlug die Beine. Mehr durch
Körpersprache ausgedrückter Widerwillen war
fast nicht möglich.

»Unter einer geselligen Runde stell ich mir was
anderes vor.«

Natalie überging auch diese patzige Aussage
und sah im Augenwinkel, wie Markus auf einem
Hocker Platz nahm, der auf der anderen Seite des
Tisches stand.

»Sie und Andreas Wilkens waren also nicht
mehr zusammen. Seit wann?«, erkundigte sie sich.

»Seit seinem Geburtstag.« Ihrem aufforderndem Blick nachgebend, fuhr Maria Di Lauro fort:
»Wir haben uns gestritten, woraufhin er die Beziehung beendet hat. Ich bin gegen Mitternacht
gegangen und – falls Sie das denken – nicht zurückgekehrt. Umgebracht hab ich ihn also nicht.«

»Wohin sind Sie gegangen?«

»Hierher.« Der nächsten Frage kam sie erneut
zuvor. »Ich hab meine Schwester angerufen. Sie
kam ebenfalls her. Das war so gegen ein Uhr.«

»Wir benötigen die Adresse und Telefonnummer Ihrer Schwester«, sagte Markus weiter, und Natalie bemerkte, dass die schmalen Hände der Frau zu zittern begannen. Um das nicht zu zeigen, schlang sie sie so fest um die Arme, dass die Knöchel weiß hervortraten. Die harte Fassade bröckelte.

Natalie wechselte von der Armlehne auf die Sitzfläche der Couch. Die Nähe sollte nicht verunsichern, sondern beruhigen, wie auch der sanftere Ton ihrer Stimme.

»Worum ging es denn bei Ihrem Streit?«

Maria Di Lauro atmete tief ein und hob das Kinn ein wenig. Sie sah weder Markus noch Natalie an, sondern heftete ihren Blick auf einen blinden Fleck im Zimmer. »Um eine SMS, die ich am Nachmittag auf seinem Telefon entdeckt hatte. Andreas war zur Toilette gegangen. Ich war in der Küche und bereitete das Essen vor, da gab sein Handy den Nachrichtenton ab.«

»Das Handy lag in der Küche?«

»Im Wohnzimmer. Ich bin rübergegangen und hab nachgesehen.«

Die Frage nach dem Warum stellte Natalie nicht. Neugier. Argwohn. Misstrauen. Maria Di Lauro war nicht die einzige Frau, die das Telefon ihres Lebensgefährten kontrollierte.

»Wie lautete die Nachricht?«

Die Italienerin schnaubte. »Sie lautete: *Es wird so schwer, gleich bei dir zu sein, ohne dir wirklich nahe sein zu können. Ich vermisse dich so sehr.* Ich hab getan, als sei nichts, aber auf der Party platzte mir irgendwann der Kragen.«

»Wer war der Absender?«

»Christine Zilinski.« Maria Di Lauro wandte sich ihr zu. »Sie hat mich begrüßt wie eine gute Freundin, und schon bei ihrer Umarmung hätte ich sie am liebsten geohrfeigt. Sie hat das Gespräch mit mir gesucht, Small Talk führen wollen, hat mich angelächelt und mich im Stillen wahrscheinlich ausgelacht. Sie hat die Hand ihres Mannes gehalten und doch die ganze Zeit nach meinem gegiert.«

»Wann genau ist Ihnen der Kragen geplatzt?«

»Andreas war mit Stefan schon eine Weile auf der Terrasse. Franz Schiller und seine Frau gingen, weil seine Mutter mit einem gesundheitlichen Problem anrief. Zurück blieben Christine, ihr Mann Frank und ich.« Weil sie die Hände nicht auf den Armen halten konnte, nahm sie sie zum erzählen hinzu. »Die dämliche Kuh laberte und laberte, bis ich sie unterbrach und mit der SMS konfrontierte. Wir haben uns angegiftet, uns bald sogar angeschrien. Ihr Mann sagte gar nichts, der glotzte nur blöd. Andreas kam und versuchte zu schlichten.« Ein freudloses Lachen erklomm ihre Kehle. »Auf ziemlich verlorenem Posten stand er da. Irgendwann erwachte Frank aus seiner Trance, brachte seiner Frau den Mantel und verschwand mit ihr. Stefan ging nicht viel später.«

»Was geschah dann?«

Maria Di Lauro zuckte mit den Schultern. »Andreas und ich diskutierten noch eine Weile.

Ich warf ihm vor, mich betrogen zu haben. Er warf mir vor, ihn einzuengen. Ich sei nicht die Frau, die er an seiner Seite wolle, hat er am Ende gesagt.«

»Wie lange waren Sie beide zusammen?«

»Vier Jahre, zwei Monate.«

»Wollte er sich von Ihnen trennen, um mit Christine zusammen zu sein?«, erkundigte sich Markus.

Wieder ein Schulterzucken. Von Markus sah Maria Di Lauro zu Natalie. »Keine Ahnung. Ist mir auch egal.«

Ihren Zweifel daran behielt Natalie für sich.

19:35

Natalie toppte eine Tiefkühlpizza mit extra Schinken und Käse und schob sie in den Backofen. Sie nahm einen Apfel, biss hinein und ging ins Wohnzimmer, fläzte sich auf die Couch und legte die Füße auf den niedrigen weißen Tisch. Beim Anblick des gerahmten Posters von Bruce Willis alias John McClane in Action musste sie schmunzeln und an Maria Di Lauros Wanddeko denken. Sie überlegte, sich selbst auch einmal fotografieren zu lassen: Die Knarre in der Hand, einen gottverdammten Spruch auf den Lippen und grimmig in die Kamera blickend, bekleidet mit einer lumpigen Jeans und einem Rippenshirt, das auf jedem der fünf Bilder ein bisschen weniger weiß war. Es ging schließlich nichts über eine perfekte Selbstdarstellung, und der nächste Typ, der hierherkam, würde gleich wissen, woran er war und kein böses Erwachen erleben, wenn die Traumfrau sich doch bloß als Bulle entpuppte.

»Feierabend …« Sie seufzte lautlos.

Inspektor Harvey, der auf dem Tisch an die Fernbedienung gelehnt saß, war anderer Meinung.

In deinen Träumen!

Natalie seufzte ein zweites Mal. »Also gut, was haben wir bis hierher?«

Du hast einen Arzt mit aufgeschlitzter Kehle, der bei seinen Patienten und Kollegen beliebt war, bei einer Kollegin sogar ganz besonders. Du hast eine verletzte, betrogene Exfreundin mit einem Alibi von ihrer Schwester. Du hast eine Geliebte, die kein Zuhause mehr zu haben scheint – mit etwas Glück triffst du sie morgen in der Praxis an. Du hast einen besten Freund, den du noch kennen lernst, und von dem du dir mehr Infos erhoffst. Du hast keine brauchbaren Spuren am Tatort, denn aufgrund der Party sind dort zu viele Fingerabdrücke. Die Tatwaffe fehlt auch. Noch Fragen?

»Danke für die Zusammenfassung.« Natalie biss erneut vom Apfel ab. »Was hältst du von Maria Di Lauro?«

Ich bin mir sicher, dass sie in einem Punkt lügt.

Da waren sie wieder mal einer Meinung. Die lange intensive Zusammenarbeit brachte das mit sich.

»Glaub ich auch. Ihr Alibi halt ich für sehr wackelig, da kann die Schwester sagen, was sie will. Und, meine Güte, geladen wie die war …«

Tzz! Das war ein Schutz, eine Stressreaktion! Sein Tonfall wurde so hämisch, da fehlte es nur noch, dass er sie als Dummerchen bezeichnete. *Ihr Alibi hat sie vielleicht erfunden. Das muss aber nicht bedeuten, dass sie es war. Diese unauffindbare Zilinski ist mir viel suspekter.*

»Jepp, auch die hätte Wilkens wahrscheinlich mitten in der Nacht in die Wohnung gelassen. Aber angenommen, er wollte sich von Maria Di Lauro trennen, um mit Christine Zilinski zusammen zu sein ...« Natalie biss das letzte Stück Fruchtfleisch vom Kerngehäuse und schüttelte den Kopf. »Welches Motiv hätte Christine dann gehabt?«

Ein spöttisches Funkeln trat in Inspektor Harveys schwarze Knopfaugen. Sein Grinsen wurde breiter. *Deine Pizza brennt an!*

DIENSTAG, 4. MÄRZ

Hauptthema der morgendlichen Versammlung der achten Mordkommission war natürlich der Fall Dr. Andreas Wilkens. Nachdem sich Johannes Rothmann eingefunden und die Hände auf seinem Bauch gefaltet hatte, gab Natalie eine Zusammenfassung ihrer und Markus' Erkenntnisse ab. Sie erwähnte auch Andrea Berendts Bericht, der vorlag und den anfangs vermuteten Todeszeitpunkt bestätigte.

Susanne Michalski, Richard Krupa und Daniel Wozniak waren am Rest des vergangenen Tages mit der Befragung der Nachbarn beschäftigt gewesen. Ihren Worten zufolge hatte die Familie im ersten Stock geschlafen und nichts bemerkt. Gleiches traf auf den Single zu, der bis ein Uhr online Poker gespielt hatte und dann ins Bett gegangen war. Das schwule Paar aus der zweiten Etage war erst gegen sieben Uhr nach Hause gekommen. Den Bewohnern der anliegenden und zu beiden Seiten gegenüberliegenden Häuser war nichts aufgefallen. Alles sah ganz danach aus, als sei die Tat zur für solch eine Angelegenheit perfekten Zeit erfolgt. Als Andreas Wilkens starb, schien die eine Hälfte von Berlin schon zu Bett gegangen zu sein, während die andere Hälfte noch feierte.

Johannes Rothmann war mit Justus Fröhlich nach Hamburg gefahren, um die Eltern des Opfers in Kenntnis zu setzen. Von möglichen privaten oder beruflichen Problemen ihres Sohnes wussten sie nichts. Aus der Ferne und aus ihrer Sicht hatte er ein gutes, zufriedenes Leben geführt, war seinem Job gern nachgegangen und in seiner Beziehung zu Maria Di Lauro glücklich gewesen. Geschwister oder andere Verwandte, die hätten befragt werden können, gab es keine.

Daniel Wozniak, der gemeinsam mit Justus Fröhlich die auf dem Praxisrechner und dem privaten Laptop gespeicherten Daten auswerten sollte, merkte brummig wie so oft an, dass das Mobiltelefon des Arztes nicht gefunden wurde.

»Wie weit sind Sie denn mit den beiden Rechnern?«, fragte Rothmann.

»Die Spiegelung der Festplatte des Praxisrechners haben wir schon mal angeschaut.« Wozniak kratzte sich den blanken Schädel und rutschte tiefer in den Stuhl, um gemütlicher zu sitzen. »Der Laptop ist mit einem Passwort geschützt. Da brauchen die Jungs von der Kriminaltechnik wohl noch eine Weile. Wie lange …« Er hob die Schultern, ließ sie wieder sinken.

Rothmann wurde ungeduldig. »Der Praxis-rechner?«

Justus Fröhlich meldete sich zu Wort. »Ent-hält, soweit ich gesehen habe, nur Patientendaten. Jede Menge Medizinerkauderwelsch, das ich erst mal entschlüsseln muss. Ich bin dran.«

Rothmann nickte und schien sich innerlich zu Geduld zu mahnen. Immerhin war dies erst der zweite Tag der Ermittlungen. Geduldig war er al-lerdings noch nie gewesen. Oft hatte Natalie sich darüber geärgert, dass er immer alles sofort und zwar vollständig wollte. Er erwartete Wunder, die kein Sterblicher vollbringen konnte.

»Wozniak oder Fröhlich«, sagte er dann. »Ei-ner von Ihnen fährt nochmal zum Tatort und schaut nach, ob das Handy nicht doch irgendwo dort ist. Falls nicht, finden Sie die Nummer raus und kontaktieren die Staatsanwaltschaft wegen eines richterlichen Beschlusses. Der Mobilfunk-anbieter soll dann eben die Daten rausrücken.«

»Was ist mit der Presse?«, fragte Susanne Mi-chalski. »Die haben uns gestern schon an den Sohlen geklebt.«

»Eine Erstmeldung haben die doch bekom-men.« Rothmann stand auf. Sein Stuhl piesackte ihn heute scheinbar. »Die Pressestelle verfasst ge-rade eine ausführliche Meldung, die später raus-geht. Vielleicht bekommen wir dadurch brauch-bare Informationen aus der Bevölkerung.« Er wandte sich an Natalie und Markus. »Sperling und Svoboda. Sehen Sie zu, dass Sie heute mit

dieser Ärztin und dem Freund von Wilkens sprechen. Und auch noch einmal persönlich mit Di
Lauros Schwester. Dieses Alibi …« Er ging zu einem der Fenster und sah in den verregneten Hof.
»Das steht auf nur drei Beinen.«

9:45

Dass Christine Zilinski an diesem Tag viele
Patienten hatte, interessierte Natalie so wenig wie
Markus. Freundlich, aber bestimmt ließen sie die
eifrige Sprechstundenhilfe wissen, dass sie sich
nichtsdestotrotz und am besten vor dem nächsten Patienten mit ihr unterhalten wollten. Nun, da
die Frau endlich greifbar war, würden sie sich
nicht abwimmeln lassen.

In einem der Sprechzimmer warteten sie auf
die Ärztin. Die Ellenbogen auf die Knie und das
Kinn in die Handflächen gestützt, starrte Natalie
auf ihre Schuhe. Für die rot-blau-karierten
Chucks hatte sie sich heute entschieden. Die Minuten, in denen sie ihre Fragen im Kopf sortierte,
dröppelten öde dahin. Markus neben ihr tippte
auf seinem Handy herum, und obwohl Natalie
neugierig war, mit wem er schrieb, fragte sie
nicht. Zu gegebener Zeit würde er damit schon
herausrücken.

Sie stöhnte, lehnte sich im Stuhl zurück und
nahm ihren geflochtenen Zopf nach vorn. Ge-
dankenverloren pinselte sie sich mit dessen Spitze
über die Nase und ließ den Blick durch das
Sprechzimmer wandern. Ganz eindeutig wurde es

hauptsächlich von Christine Zilinski benutzt, denn die Dekoration war sehr weiblich. Am witzigsten fand sie die auf dem Schreibtisch neben dem Monitor stehende etwa dreißig Zentimeter große Figur einer schrulligen Krankenschwester. Sie war dicklich und hatte Storchenbeine, die in ausgelatschten weißen Mokassins endeten. Ihr Kittel stand über hängenden Brüsten und einem runden Bauch ab. Auf dem Kopf trug sie ein Häubchen mit einem roten Kreuz und in einer Hand eine aufgezogene Spritze.

Gerade interpretierte Natalie die hochnäsige Miene der Figur, da kam Christine Zilinski ins Zimmer. Markus ließ sein Telefon in der Innentasche seine Sakkos verschwinden.

Die Begrüßung der Ärztin fiel freundlicher als erwartet aus. Dass sie in der vergangen Nacht kaum geschlafen hatte, verrieten die dunklen Ringe unter ihren Augen jedoch. Nachdem sie hinter dem Schreibtisch Platz genommen hatte, stützte sie die Ellenbogen auf die Tischplatte und verschränkte die Hände. Sie sah aus, als wolle sie fragen, was ihnen beiden denn fehle.

Eine Mordwaffe, ein Telefon und derjenige, der beides mitgenommen hat, fiel Natalie spontan ein.

»Wir wollten schon gestern mit Ihnen sprechen«, sagte sie stattdessen, »haben Sie allerdings weder hier noch zu Hause angetroffen.«

Christine Zilinski war zweiundvierzig und somit sieben Jahre älter als Maria Di Lauro. Sie war ebenfalls ein dunkler Typ, trug die glatten Haare allerdings kürzer, auf Kinnlänge, was ihr eine gewisse Strenge verlieh. Beim Blick auf die Kommissare trat eine Distanziertheit in ihre hellen Augen, die aber lange nicht mit der Arroganz von Maria Di Lauro zu vergleichen war. Ihre Stimme blieb ruhig.

»Ich war nicht sonderlich oft irgendwo in den letzten Tagen. Und ich habe auch jetzt nicht viel Zeit. Eigentlich bin ich hier nur vormittags, doch in den nächsten Wochen betreue ich einen Teil der Patienten meines …« Die passende Bezeichnung fiel ihr nicht ein.

Ihres aus dem Leben gerissenen Kollegen? Ihres Geliebten?

»Wie nahe standen Sie Andreas Wilkens?«, hörte Natalie von Markus.

Der Blick der Ärztin glitt kurz zu ihm, dann zurück zu ihr. Sie zog es also vor, von Frau zu Frau zu sprechen.

»Ich stand ihm näher, als es unter Kollegen üblich ist. Aber das wissen Sie sicher bereits. Ich gehe davon aus, dass Sie mit Maria gesprochen haben.«

»Das haben wir.« Natalie lehnte sich im Stuhl zurück, legte die Arme auf die mit schwarzem Kunstleder bezogenen Stützen. »Wie lange ging das schon zwischen Ihnen und Ihrem Kollegen?«

»Seit ich hier begonnen habe. Seit etwa zwei Jahren also.«

»Haben Sie es in Erwägung gezogen, sich von Ihrem Mann zu trennen, um mit Andreas Wilkens eine Beziehung einzugehen? War das jemals ein Thema?«

Christine Zilinski schüttelte den Kopf und schluckte. Sie konnte nicht sprechen, weil sie gegen Tränen ankämpfte.

Natalie hatte eine andere Antwort erwartet. Sie wusste nicht, wieso, doch es tat ihr leid, in der eben geöffneten Wunde stochern zu müssen. »Sie wollten das schon? Er aber nicht?«

»Es stand nie zur Debatte.« Die Ärztin zwang die Worte geradezu aus ihrem Mund und stützte den Kopf in die Hände, um sich zu sammeln. Es gelang ihr nicht, denn sie weinte, als sie wieder aufsah. »Wir hatten nicht mehr als eine Affäre, es sollte nie mehr sein, und Maria sollte das nie erfahren. Ohnehin hatte Andreas es vor etwa zwei Wochen beendet.«

Eine neue unerwartete Aussage! Er hatte die Affäre beendet?

Natalie hakte nach. »Aus welchem Grund?«

»Weil er ganz einfach nicht mehr wollte. Eine Freundin sei ich ihm immer gewesen, und die sollte ich bleiben, doch mehr als das konnte und wollte er mir nicht mehr sein und geben.«

Schau einer an!, sagte Natalie zu sich selbst. Gestern noch hatte sie über ein Motiv gegrübelt, das diese Frau haben könnte. Und hier war es. Verflixt aber auch, nun waren es schon zwei verletzte Exfrauen!

Im Augenwinkel sah Natalie, wie etwas Weißes neben ihr auf den Boden fiel. Sie blickte zur

Seite und entdeckte Inspektor Harvey, der aus ihrer Jackentasche gerutscht war. Als sie sich hinablehnte, um ihn aufzuheben, flüsterte er: *Ich hoffe, du denkst darüber nach, warum Andreas Wilkens zuerst Zilinski und dann auch Di Lauro in den Wind geschossen hat! War er nur beziehungs- und affärenmüde oder gab es vielleicht eine dritte Frau, die ihm wirklich etwas bedeutet hat?*

Natalie steckte den Hasen in ihre Jackentasche und setzte sich aufrecht hin. Christine Zilinski schien den Plüschtiervor- oder besser -herausfall nicht bemerkt zu haben, und so wollte Natalie auf die letzte Bemerkung eingehen, doch sie hatte wegen Inspektor Harveys Bemerkung den roten Faden verloren.

Markus meldete sich zu Wort. »Sie verstehen sicher, Frau Zilinski, dass wir wissen müssen, wo Sie nach Andreas Wilkens' Party waren.«

»Das ist mir klar«, entgegnete die Ärztin wieder gefasst. »Mein Mann und ich gingen gegen dreiundzwanzig Uhr, inmitten dieses katastrophalen, demütigenden Streits mit Maria. Auf dem Heimweg stritten wir beide ebenfalls.« Sie verzog die Mund. »Natürlich taten wir das. Er hatte gerade erfahren, dass ich ihn über zwei Jahre hinweg betrogen hatte, und aus mir platzten all die Gründe dafür.«

Die wollte Natalie natürlich erfahren. »Welche waren das?«

»Keine außergewöhnlichen. Wir führten einfach getrennte Leben, obwohl wir doch zusammen wohnten, und hatten nicht viel mehr Themen als unsere Jobs, mit denen wir uns gegenseitig in aller Routine langweilten.« Fältchen zeigten sich auf ihrer Stirn, als sie die Brauen zusammenzog. »Ich sagte Frank, dass ich mich von ihm trennen will, worauf er meinte, dass er ohnehin ein paar Klamotten packen und erst einmal in ein Hotel ziehen wolle. Darauf hab ich ihn allein nach Hause gehen lassen. Ich bin durch die Stadt gegangen, bis es hell wurde. Als ich in unsere Wohnung kam, hatte Frank seine Ankündigung schon wahr gemacht. Das war mir nur recht.«

»Sie sind nicht zufällig …« Markus' Telefon piepte kaum hörbar, was ihn für eine Sekunde irritierte. »… einem Bekannten begegnet auf Ihrem nächtlichen Spaziergang oder haben jemanden getroffen, der das bestätigen kann?«

»Weder noch. Ich weiß nicht mal genau, wo ich war.«

»Okay, und wo waren Sie gestern? Nachdem Sie die Praxis geschlossen haben?«

»Wieder spazieren. Und am Abend im Indigo.« Markus kraulte sich die Schläfe. »Was ist das? Ein Restaurant? Eine Bar?«

»Eine Bar. Hier in Friedrichshain.« Das Telefon auf dem Schreibtisch klingelte, doch die Ärztin schaltete den Ton auf stumm. »Auf dem Simon-Dach-Kiez.«

Natalies Interesse galt eher einer anderen Sache. »Haben Sie inzwischen was von Ihrem Mann gehört? Wissen Sie, in welchem Hotel er wohnt?«

»Gestern habe ich ihm eine Nachricht geschrieben, auf die er auch reagiert hat. In welchem Hotel er ist, weiß ich nicht. Aber das können Sie ihn gern selbst fragen. Sicher werden Sie sich auch mit ihm unterhalten wollen ...«

Soll das ein verdammter Hinweis sein?, schoss es Natalie durch den Kopf, oder war es nur eine ironische Spitze an polizeiliche Genauigkeit? »Natürlich sprechen wir mit Ihrem Mann. Wo finden wir ihn denn im Moment?«

»Er ist Dozent für Geowissenschaften an der HU.«

Natalie wechselte einen Blick mit Markus, und in stummer Übereinkunft beschlossen sie, an dieser Stelle erst einmal genug gehört zu haben. Sie standen auf und verabschiedeten sich.

Sie waren schon in der Tür, da wandte Markus sich noch einmal um. »Ist möglich, dass wir weitere Fragen an Sie haben. Halten Sie sich bitte zur Verfügung.«

An den Schreibtisch gelehnt, die Hände auf die Tischplatten gestützt, nickte die Ärztin.

14:30

Nach einem Abstecher zur Humboldt Universität und einem verspäteten Mittagessen an einem Currywurst-Imbiss waren Markus und Natalie auf dem Weg ins Restaurant Fandel. Frank Zilinski schon als Verdächtiger ausgeschieden. Er hatte angegeben, in der vergangenen Samstagnacht gegen ein Uhr in einem kleinen Hotel in der Nähe der Universität eingecheckt zu haben, was die Kommissare überprüft hatten. Die angegebene Zeit stimmte gemäß dem Hotelcomputer mit der tatsächlichen überein. Außerdem hatte der Rezeptionist selbst in dieser Nacht Dienst gehabt. Seiner Auskunft zufolge war Frank Zilinski in sein Zimmer gegangen und dort geblieben. Dass er zwischen Mitternacht, also der Zeit, während der Maria Di Lauro gegangen war, und ein Uhr bei Andreas Wilkens aufgeschlagen und danach durch halb Berlin gefahren war, hielt Natalie für so unwahrscheinlich wie Markus. Das Zeitfenster war zu klein.

Von Wilkens' Tod wusste der Dozent bereits durch die Presse. Außerdem hatte seine Frau es ihn in der SMS, die sie erwähnt hatte, wissen lassen. Dass er wenig Bedauern zeigte, konnte man ihm wohl nicht verübeln.

»Glaubst du, dass es eine dritte Frau gab?«, überlegte Natalie, als Markus und sie in die Straße abbogen, in der sich das Restaurant befand.

»Möglich.« Mit den Gedanken halb in der Gegenwart und halb irgendwo anders zupfte er an seiner heute überwiegend blauen Fliege. »Wenn es so ist, erfahren wir es bestimmt bald.«

»Was macht dich so sicher?«

»Stefan Seidel wird uns ein bisschen mehr über das Liebesleben von Wilkens erzählen können. Immerhin war er sein bester Freund.«

Natalie fand es witzig, dass er das sagte. Als würde er seine Nächte in Bars verbringen und mit

Kumpels über Sex quatschen. Sie konnte sich nicht verkneifen, ihn ein kleines bisschen aufzuziehen. »Ach, sprechen Männer denn darüber?«

Markus entging ihre Ironie. »Klar doch«, feixte er.

14:50

Stefan Seidel war ein hochgewachsener, schlanker Mann Anfang vierzig. Seine blonden, etwas längeren Haare passten gut zu seinem schmalen Gesicht und dessen weichen Zügen.

Bei ihrem Eintreffen war er in der Küche beschäftigt gewesen. Er begrüßte sie mit aufgeschlagenen Hemdsärmeln und einer um die Hüfte geschlossenen, knielangen schwarzen Schürze, auf die das Logo des Restaurants gedruckt war. Zwar gab er sich Mühe, freundlich zu sein, wirkte aber doch gestresst. So sagte er ihnen gleich in Wort und Gestik, wie viel er zu tun hatte und wie ungern er seine Küche gerade verließ. Offenbar hatte er noch nicht vom Tod seines Freundes erfahren. Natalie beschloss, die Überbringung der Nachricht Markus zu überlassen.

Der ließ seinen Blick durch den von blauem und weißem Licht stimmungsvoll ausgeleuchteten, fensterlosen Raum schweifen. Von schätzungsweise zwanzig um die kreisrunde Bar stehenden Tischen war gut die Hälfte besetzt, weshalb er den Restaurantbesitzer bat, an einem ruhigeren Ort mit ihm sprechen zu dürfen. Seidel war einverstanden – vielleicht in der Hoffnung, die Sache schnell und komplikationslos hinter sich zu bringen – und führte sie an der Küche vorbei zu einem kleineren Zimmer, das wie der Hauptraum edel designed und illuminiert war. Ein einzelner in der Mitte stehender Tisch ließ vermuten, dass der Raum für Séparées genutzt wurde. Da es nur zwei Stühle gab, bat Seidel Natalie und Markus, Platz zu nehmen und ging einen dritten Stuhl holen. Sobald er zurück war und saß, ließ Markus ihn wissen, was geschehen war.

Seidels Bestürzung war ohne Zweifel echt. Natalie mochte es nicht, einen Kandidaten aufgrund einer Reaktion von der Liste der Verdächtigen zu streichen, doch er nahm ihr die Entscheidung unweigerlich ab. Noch Minuten nachdem die Fakten gesagt waren, starrte er ins Nichts, erkundigte sich, wie genau Wilkens zu Tode gekommen war, und überhörte Markus' Frage, ob er von irgendeinem Problem seines Freundes wusste. Statt einer Antwort entschuldigte er sich und verließ den Raum.

Markus sah ihm nach, zog dann ein unbenutztes Stofftaschentuch hervor, nahm seine Brille ab und putzte die Gläser. »Ich hätte gedacht, dass er es inzwischen erfahren hat«, sagte er und setzte die Brille wieder auf. Grüblerisch betrachtete er die lebensgroße Gipsstatue zweier ineinander verschlungener Menschen, die dem Raum ein wirkungsvolles dekoratives Highlight gab.

»Gestern war er in München«, gab Natalie zu bedenken und beobachtete nebenbei eine Fliege, die über die blütenweiße Tischdecke krabbelte. »Er ist erst in der Nacht oder heute früh zurückgekommen und hatte sicher noch keine Zeit für Zeitung, Fernsehen oder Radio.« Sie legte den Finger vor den Mund, da sie Seidel zurückkommen hörte.

Er setzte sich gerade hin, schien seine Nerven gesammelt zu haben. »Was wollen Sie von mir wissen?«

»Alles, was uns weiterhelfen könnte.« Markus gab seiner Brille einen Stups mit dem Zeigefinger, damit sie höher auf der Nase saß. »Hat Ihr Freund je von Ärger in der Praxis erzählt, von Schwierigkeiten mit bestimmten Patienten? Wie sah es in seinem Freundeskreis aus? Hatte er private Schwierigkeiten, Schulden, Neider, Geldsorgen …?«

Natalie verstand, dass Markus all das ausschließen wollte, damit sie sich auf die Frauen im Umfeld des Arztes konzentrieren konnten und ließ ihn reden. Anders als Seidel, der ihn unterbrach.

»Nichts von alldem!«, sagte er mit Bestimmtheit. »Sein Job hat ihm Spaß gemacht. Er nahm keine Drogen, spielte nicht und tat auch sonst nichts, was ihn in finanzielle Nöte gebracht hätte. Sein Freundeskreis hier in Berlin war überschaubar. Eigentlich waren da hauptsächlich ich, seine Lebensgefährtin, seine Kollegen. Viele andere leben über die ganze Welt verstreut … aber wer hat die nicht, Freunde vom Studium und so weiter, die man alle paar Jahre mal sieht.« Er senkte den Kopf, betrachtete das Logo auf seiner Schürze und sah wieder auf. »Von denen kommt doch keiner mitten in der Nacht her und schneidet ihm die Kehle durch. Auch noch mit seinem eigenen Küchenmesser. So etwas geschieht doch aus dem Effekt heraus.«

»Auch ehemalige Freunde können plötzlich aus ganz verschiedenen Gründen auftauchen und aus dem Effekt heraus töten«, schaltete sich Natalie in das bisher zwischen den Männern geführte Gespräch ein.

Seidels Blick flog zu ihr und verriet, dass er sich ein Bild von ihr machte. »Das kann ich mir aber nicht vorstellen.«

»Sie und Andreas Wilkens haben am Samstagabend trotz der kühlen Temperaturen viel Zeit auf seiner Terrasse verbracht. Worum ging es bei Ihrem Gespräch?«

Seidel lehnte sich nach vorn, stützte die Ellenbogen auf die Knie und fuhr sich mit den Händen übers Gesicht, verschränkte dann die Hände unter dem Kinn. »Das ist es, woran ich denken muss. Er war anders an diesem Abend, mit dem Geist sonst wo. Dass er keine Lust auf die Party hatte, wusste ich schon aus einer SMS. Als ich ihn auf seine Stimmung ansprach, wich er aus, und wir redeten über mich. Später probierte ich nochmal, etwas aus ihm rauszubekommen …« Mit den Worten, die er fand, schien er nicht wirklich zufrieden und schüttelte den Kopf. »Es war irritierend. Andreas wirkte glücklich auf unglückliche Weise. Als er mir sagte, dass er sich von Maria trennen wolle, brach drinnen der Streit zwischen ihr und Christine los und wir sind rein.«

»Wussten Sie von der Affäre mit Christine?«, kam es von Markus.

»Klar wusste ich davon. Auch, dass er es beendet hat. Vor ein paar Wochen war das.«

»Hat Ihr Freund Ihnen einen Grund gesagt?«

Seidel verneinte und betrachtete eine Fliege, die sich von der Tischdecke erhob, ein paar Mal um ihre Köpfe surrte und auf Markus' Brillenrand landete.

»Angeblich war die Luft raus«, erzählte der Restaurantbesitzer und verscheuchte die Fliege von seinem Hemdsärmel. »Andreas hatte Christine noch gern, aber eben keine Lust mehr auf Sex mit ihr. Ähnlich wie bei Maria, nur hatte er da nicht den Arsch in der Hose, es zu beenden, wollte sie nicht verletzen oder war unsicher, ob er einen Fehler macht.« Er hob die Achseln. »Vielleicht hatte ihn die Midlife-Crisis im Griff. Immerhin war da ja noch Hottie, die er, soweit ich weiß, aber auch nicht mehr traf.«

Ein Alarm schrillte in Natalies Kopf. Hottie? Nummer drei? Inspektor Harvey hatte Recht gehabt! »Wer ist Hottie?«

»Eine Trainerin aus Andreas' Fitnessstudio. Ihren richtigen Namen kenn ich nicht, hab sie auch nie gesehen. Andreas hat sie immer Hottie genannt, und Christine war Sweetie.«

Bei der Vorstellung, so von einem Kerl angesprochen zu werden, stellten sich Natalies Na-
ckenhaare auf. Sie bat Seidel um den Namen des
Fitnessstudios und beobachtete, wie Markus einen Stift und sein Memobuch zückte, murmelnd
Body Culture aufschrieb und auch notierte, wo es
sich befand.

»Bestand diese Beziehung schon so lange wie
die zu Christine?«, fragte er ohne aufzusehen,
während die Fliege auf dem Schreibblock landete.
Als Markus sie dort ignorierte, flog sie erneut auf
seinen Brillenrand.

Natalie konnte nicht anders und grinste, verbarg das aber hinter ihrer Hand.

»Das ging nur ein halbes Jahr«, sagte Seidel.
»Ich weiß es nicht genau, hab ja nicht die Lampe
gehalten. Wenn er über Nacht bei ihr war, lieferte
ich ihm halt hin und wieder das Alibi für Maria.«
Er wies auf seine Stirn, dorthin, wo bei Markus
die Brille mit der Fliege saß. »Sie haben da …«

Markus verscheuchte das inzwischen als lästig
zu bezeichnende Insekt ein zweites Mal, sah ihm
mit zusammengekniffenen Lippen nach und konzentrierte sich wieder auf die Befragung.

»Wie oft war das? Und wann war das letzte
Mal?«

Seidel versuchte sich zu erinnern und runzelte
die Stirn, wobei er Natalie anblickte. Von ihrem
Gesicht über ihre Brust und ihre Hände flog sein
Blick zu ihrer Jackentasche, und die Falten auf
seiner Stirn wurden tiefer. Natalie musste nicht

nachsehen, um zu wissen, dass Inspektor Harveys weiße Ohren aus ihrer Jacke schauten.

»Zweimal im Monat vielleicht. Zuletzt im Januar.«

Natalie schlussfolgerte, dass Andreas Wilkens diese Affäre eher beendet hatte als die mit Christine, zu deren Ablauf sie noch etwas interessierte.

»Und die Alibis für die Nächte mit Christine, bekam er die auch von Ihnen?«, erkundigte sie sich.

»Brauchte er nicht.« Seidel wich zurück, weil die Fliege vor seinem Gesicht schwirrte, offenbar unschlüssig, ob sie eine Landung riskieren sollte. »Er blieb länger in der Praxis oder fuhr mit ihr auf Fortbildungen, Ärztekongresse und so weiter.« Eine unwirsche Handbewegung ließ das Insekt davonbrumseln … abermals zu Markus.

Natalie zwang ihre Aufmerksamkeit auf den Restaurantbesitzer, denn die Beobachtung einer weiteren Brillenlandung hätte sie zum Lachen gebracht. Markus' Fuchteln und dass auch der Restaurantbesitzer Mühe hatte, ernst zu bleiben, machte es ihr schwer genug, die Mundwinkel gerade zu halten und die nächste Frage zu stellen. »Was für Alibis haben Sie sich denn überlegt?«

»Meistens haben wir behauptet, im Indigo hängen geblieben zu sein.«

Natalie erinnerte sich, dass Christine am Vorabend dort hingegangen sein wollte. Ihre erste Frage, ob es die Stammbar der Freunde gewesen sei, bejahte Seidel, die zweite, ob auch Christine und Maria öfter dort anzutreffen gewesen waren, hingegen nicht.

Dann ging alles sehr schnell: Die Fliege landete auf der blütenweißen, glattgebügelten Decke, Markus holte mit dem Notizbuch aus und knallte es auf den Tisch. Dann nahm er es wieder an sich, lehnte sich im Stuhl zurück, blickte von Natalie zu Seidel und sagte: »So.«

Die tote Fliege auf der Decke ignorierte er beflissentlich. Seidel senkte den Blick und rieb mit Daumen und Zeigefinger über seinen Nasenrücken. Einen Moment lang bebte sein Brustkorb, als würde er lachen.

»Ist das echt?«, hörte Natalie ihn leise fragen. »Ich fühl mich, wie in einem dämlichen Traum.«

Natalie konnte ihm nachempfinden, doch sie tat so, als habe sie ihn nicht verstanden. »Gibt es sonst etwas, dass wir wissen sollten?«

Ihr sachlicher Ton zeigte Wirkung. Seidel vergaß die Kuriositäten. »Nicht von mir.«

»Nur der Vollständigkeit halber …« Markus knipste die Mine in den Stift und klemmte ihn ans Buch. »Wann haben Sie Andreas Wilkens' Party verlassen?«

»Kurz nach Christine und ihrem Mann. Gegen dreiundzwanzig Uhr. Andreas und Maria hörten nicht auf zu streiten, und ich wollte nicht dazwischen herumsitzen.«

»Wohin sind Sie gegangen?«

»Nach Hause. Wie sich herausstellte, gab mein Nachbar ebenfalls eine Party, wo es auf fröhlichere Weise lauter zuging. Dort blieb ich bis etwa drei Uhr und ging dann schlafen.«

Der Rest des Gesprächs bestand aus allgemeinen Infos für den Restaurantbesitzer. Als alles gesagt war, begleitete er sie nach draußen. Im Gehen warf Markus einen letzten verächtlichen Blick auf das erschlagene Insekt.

20:25

Der Besuch im Fitnessclub Body Culture hatte gar nichts gebracht. Vier Trainerinnen arbeiteten dort; zwei waren für die Betreuung des Geräteraums zuständig, die zwei anderen leiteten spezielle Kurse. Die beiden anwesenden Damen hatten behauptet, Andreas Wilkens zwar vom Sehen gekannt, allerdings nicht persönlich mit ihm zu tun gehabt zu haben. Beide hatten ein Alibi, an dem nicht zu rütteln war. Die Fahrt nach Treptow zur dritten Trainerin, die am Nachmittag keinen Dienst hatte, war umsonst gewesen, da sie nicht zu Hause war. Ebenso verhielt es sich mit Nummer vier in Neukölln, die sich am Montagmorgen krank gemeldet hatte.

Abermals hatte sich Markus über die vielen vergeudeten Kilometer auf Berlins Straßen beklagt, und Natalie, die irgendwann nur noch schlecht gelaunt hinter dem Lenkrad gesessen hatte, war froh gewesen, den Dienstwagen gegen ihr eigenes Auto tauschen zu können, um Feierabend zu machen. Auf der Fahrt hatte sie es sich jedoch anders überlegt und war in Richtung

Friedrichshain abgebogen, um sich auf dem dortigen Kiez umzusehen.

Die Besucher der Simon-Dach-Straße störten sich nicht am Schneeregen. Die Außenbereiche der vielen, in Altbauten ansässigen Bars waren mit Markisen vor Niederschlag geschützt. Heizpilze, um die sich die Gäste scharten, spendeten Wärme. Jeder fand hier sein Lokal, ob stylisch oder rustikal. Ähnlich verhielt es sich mit den Restaurants. Vom Sushi-Store über den stilvollen Italiener bis hin zum Falafelgrill war alles vertreten.

Auf der Mitte des Kiezes entdeckte Natalie das Indigo, dessen lila Neonbuchstaben in den Augen weh taten. Wie jede der bereits passierten Bars war es gut besucht. Die meisten Tische des von Blau und Lila dominierten Raums waren belegt, aber sie wollte sich ohnehin nicht dort setzen, sondern nahm an der Bar Platz und bestellte ein Potsdamer. Während die Frau hinter dem Tresen das Bier in ein Glas zapfte und mit roter Fassbrause auffüllte, nahm sie die Bestellungen von zwei Jungs entgegen und ließ deren Annäherungsversuch an einem kühlen Lächeln abprallen. Natalie vermutete, dass sie öfter angequatscht wurde. Trotz ihres unspektakulären Äußeren, das der Kommissarin grundsätzlich sympathischer war als ein Kunstwerk in Make-up und Designerklamotten. Sie war kaum geschminkt, hatte die hellbraunen Locken locker zurückgesteckt und trug lässige Klamotten, die ihre Figur nur erahnen ließen. Es war ihr Blick, der den Männern eine Herausforderung war, denn er verhieß unaufgesetzte Unnahbarkeit.

Mit einem »Cheers« und einem Zwinkern stellte sie Natalie das Potsdamer hin und wandte sich abermals dem Zapfhahn zu.

Natalie sah sich um und entdeckte den Kollegen der Thekenfrau an einem Tisch. Das Tablett unter den Arm geklemmt, wartete er darauf, dass sich ein weiblicher Gast für ein Getränk entschied. Sie ließ sich Zeit, wohl auch, weil sie und ihre Freundinnen mit ihm flirten wollten. Als er ankündigte, noch einmal wiederzukommen – dies ganz charmant – bestellte sie einen Cocktail. Er nickte das ab, kam zum Tresen und nahm unterwegs eine weitere Order auf.

Hinter dem Tresen stellte er das leere Tablett ab, nannte seiner Kollegin die Biere, die er brauchte, und kümmerte sich selbst um die Cocktails. Er bemerkte, dass Natalie ihn beobachtete, hob den Kopf und lächelte. Von der Wirkung dieser Geste überrascht, zog sie im Gegenzug lediglich einen Mundwinkel nach oben, sah ihm aber weiter zu, wobei sie weniger auf sein Handwerk, als auf sein Wesen achtete. Seine dunklen Haare lockten sich an den Spitzen ein wenig und schmeichelten den eher derben, aber attraktiven Linien seines Gesichtes. Als er sie ein weiteres Mal ansah, noch immer lächelnd, und diesmal auch eine Braue hob, spiegelte sich das Licht des Raumes in seinen Augen, die braun waren. Diesmal wandte er sich ab, weil seine Kollegin ihm etwas erzählte.

»Berlin liebt?«, fragte er sie. »Was soll das sein?«

Sie stellte ein Bierglas ab, damit sich der Schaum senken konnte, und nahm sich ein anderes vor. »Du hast echt noch nichts davon gehört? Ich finde, wir sollten uns bewerben.«

Von all den geviertelten Limetten gab er einige in zwei Gläser und den Rest in einen Vorratsbehälter. »Wenn du mir verrätst, was es ist. Eine neue Soap oder was?«

»Nee, was echt Cooles.«

Natalie mochte es nicht, wenn einer ewig um den heißen Brei redete. *Mädel, spuck's aus!*, dachte sie, *und lass ihn nicht so zappeln.* Aber genau das wollte die Frau natürlich und ein bisschen mit seiner Neugier spielen. Als er ein zweites Mal riet und wieder danebenlag, grinste sie verschmitzt.

Natalie schätzte sie beide auf jünger als sie selbst, ihn auf Mitte dreißig, die Frau auf Anfang dreißig oder Ende zwanzig. An der Bar wirkten sie wie ein eingespieltes Team, und sie hatten offenbar auch jenseits davon, in der Fernsehbranche miteinander zu tun. Das Interesse an ihrem Ratespiel verlor er dennoch, vielleicht weil er wusste, dass er auch ohne besonderes geistiges Engagement erfahren würde, was *Berlin liebt* denn nun war.

Mit dem gefüllten Tablett ging er auf eine neue Runde zu den Tischen. Währenddessen nahm sie die Wünsche eines Paares entgegen, das sich gerade an die Bar gesetzt hatte. Schneller als bei der vorigen Runde kam er zurück und sprach Natalie auf das noch unberührte Getränk an.

»Stimmt was nicht mit dem Pots?«

»Alles gut«, entgegnete Natalie. »Ich trink's nicht gern so kalt.«

Das stimmte nicht. Sie wollte natürlich nicht zugeben, dass ihre Beobachtungen sie ablenkten, die momentanen insbesondere, denn er betrachtete sie länger, als es normal war, und sie konnte das nicht als unangenehm bezeichnen. Aber sie trank einen Schluck, stellte das Glas wieder hin und fragte: »Besser so?«

Er gab sich zufrieden. »Brav!«

Als sich seine Kollegin mit dem Verschluss einer Flasche Holunderblütensirup abmühte, nahm er sie ihr ab. Er öffnete sie ohne Mühe, gab sie zurück und kam auf das letzte Thema zurück.

»Also, was ist das nun für eine Sache?«

»Eine Kampagne. Eine Werbeagentur sucht fünf Paare, die sich an Berliner Plätzen fotografieren lassen. Zum Frühlingsanfang werden diese Bilder im Großformat unter dem Titel *Berlin liebt* überall in der City angebracht.«

Er reagierte mit skeptischem Schweigen, also versuchte sie ihn zu überzeugen: »Dass wir kein Paar sind, wissen die doch nicht.« Ihr Blick fiel auf Natalie, und sie zwinkerte ihr zu, schlang den Arm um seine Hüfte und legte den Kopf an seine Brust. Ein verträumt sentimentaler Glanz trat in ihre Augen. »Würdest du uns abkaufen, dass wir ein Paar sind?«

Natalie schmunzelte. »Unbedingt.«

»Nee, jetzt im Ernst!«

»Ganz im Ernst.« Das meinte sie ehrlich. Die beiden sahen gut zusammen aus. Sollten sie ihr Glück halt versuchen … wenn sie unbedingt im Großformat in Berlin rumhängen wollten.

Ein paar plausible Worte später gab er sich geschlagen und willigte ein, mit ihr zum Casting zu gehen. Da das Thema geklärt war, beschloss Natalie ein neues anzuschneiden und wollte die beiden gerade zu Andreas Wilkens fragen, da klingelte ihr Telefon. Das Display zeigte Johannes Rothmanns Nummer an.

Sie nahm das Gespräch entgegen und wurde mit typisch knappen Worten darüber informiert, dass Christine Zilinski im Krankenhaus lag. Sie war bei Maria Di Lauro aufgeschlagen, hatte sie mit einem von deren Küchenmessern bedroht und sich damit am Ende selbst bewusst durch einen Schnitt in die Pulsader verletzt. Als Rothmann wieder auflegte und Natalie das Telefon vom Ohr nahm, kam von hinter der Theke ein Räuspern, das sie aufblicken ließ. Die Hände in die Seiten gestützt, schaute die Barkeeperin sie an und wirkte plötzlich genervt. Ihr Kollege grinste, offenbar ahnend, was folgen würde.

»Hier vorn ist Handyverbot!«, sagte die Frau.

Natalie sah sich nach einem Verbotsschild um, doch entdeckte keins. »Wo steht das?«

»Nirgends. Das wissen alle, die hier sitzen.«

Ihre zuckenden Mundwinkel verrieten, dass sie Natalie aufzog, und ihr Kollege wirkte ähnlich amüsiert.

»Netter Scherz«, sagte die Kommissarin.

Der Typ stützte sich auf den Tresen und schüttelte den Kopf. »Ist kein Scherz. Der Ausdruck in deinem Gesicht war bloß witzig.« Er machte eine Kopfbewegung zu seiner Kollegin und senkte die Stimme. »Caro glaubt, sie ist elektrosmogsensibel.«

»Das bin ich auch«, verteidigte sie sich und knuffte ihn. »Mach dich nicht immer lustig darüber! Außerdem ...«

»... außerdem findet sie es furchtbar, dass jeder nur noch auf sein Telefon glotzt. Früher mal war es ganz normal, dass an einer Theke gequatscht wurde. Jetzt schaut man den Leuten zu, wie sie hypnotisiert vom Lichtschein auf ihren Handys herumtippen.«

Da war etwas dran. Natalie versprach, beim nächsten Telefonat vor die Tür zu gehen, trank noch einen Schluck und bezahlte dann.

21:35

Christine Zilinski hat die Nerven verloren, mutmaßte Inspektor Harvey auf der Fahrt ins Krankhaus.

Natalies Wagen holperte durch eine Unebenheit in der Straße, woraufhin er umfiel und, die Bommel-Arme und Bommel-Beine ausgestreckt, auf dem Armaturenbrett lag.

Hey, pass doch auf!

»Sorry!« Natalie setzte ihn wieder hin. »Logisch hat sie die Nerven verloren.«

Das mit dem Küchenmesser hat symbolischen Charakter.

»Weiß ich doch. Ich überleg ja schon!«

Andreas Wilkens wurde mit einem von seinen Messern umgebracht, aber ich glaub nicht, dass Christine Zilinski zu Maria Di Lauro gegangen ist, um sie mit deren Küchenmesser zu töten. Und hätte sie geplant, sich das Leben zu nehmen, entweder weil sie nicht mit seinem Tod klarkommt oder mit ihrer Tat nicht leben kann, dann hätte sie das irgendwo ungestört getan.

»Wir können das jetzt drehen und wenden … lass uns lieber abwarten, bis wir im Krankenhaus sind!«

Klar!

Natalie warf dem Hasen einen tadelnden Blick zu, denn jetzt klang er schon wieder so höhnisch.

Du bist abgelenkt!

»Bin ich überhaupt nicht. Bin voll bei der Sache.«

Du hast ihn angeschmachtet!

»Hab ich nicht!« Sie schlug mit einer aufs Lenkrad.

Der Hase grinste und schwieg.

»Ich hab ihn nicht angeschmachtet!«, beharrte Natalie und bog auf den Parkplatz des Krankenhauses ein.

Klar!, antwortete der Hase ebenso beharrlich.

Einmal mehr befahl sie ihm, still zu sein, parkte den Wagen, stieg aus und eilte durch den kalten Nieselregen zum Haupteingang. Von dort aus waren es nur ein paar Schritte bis zur Notaufnahme, in deren Wartebereich Maria Di Lauro saß.

»Sie schon wieder!«, begrüßte sie Natalie nicht streitlustig, sondern müde. »Wollen Sie mich schon wieder verhören?«

Natalie nahm neben ihr Platz. »Mein Kollege und ich haben Sie nicht verhört, sondern lediglich befragt. Und jetzt bin ich hier, um mit Frau Zilinski zu sprechen. Wo Sie aber auch da sind, könnten Sie mir gleich sagen, wie es dazu kam.«

»Sie kam halt vorbei, und dummerweise ließ ich sie rein, geradezu wild darauf, ihr ein paar Takte zu erzählen. Aber ich kam gar nicht zu Wort, denn sie bombardierte mich mit dem Vorwurf, Andreas umgebracht zu haben. Aus verletztem und ohnehin übersteuertem italienischen Stolz, so hat sie sich ausgedrückt.«

Natalie rutschte tiefer in den Stuhl, um bequemer zu sitzen, und überschlug die Beine. An der gegenüberliegenden Wand hingen drei gerahmte Fotografien von sonnigen Landschaften. Sie sollten wohl die Tristesse des Raums aufheben, bewirkten allerdings das Gegenteil. Wer hier saß und bangte, der sehnte sich an diese problem- und sorgenfreien Orte. Egal, was man hier anstellte. Der Raum würde immer trostlos bleiben.

Maria Di Lauro erzählte weiter: »Wie genau sie an das Messer gekommen ist, kann ich nicht mal sagen. Sobald ich auch was sagte, schrien wir uns an, und mit einem Mal hatte sie es in der Hand.«

»Und wie nah ist sie Ihnen damit gekommen?«

»Verdammt nah. Die Klinge zitterte an meinem Hals. Christine heulte dabei. Ich dachte, das sei's gewesen, da trat sie zurück und schnitt sich in den Arm. Sie nahm das Messer in die andere Hand, um sich erneut zu verletzen, doch sie konnte es kaum halten.« Die Erinnerung setzte der Italienerin sichtlich zu. Sie ballte die in ihrem Schoß liegenden Hände zu Fäusten, lockerte sie wieder und rieb sich über die Arme. »Ich schlug ihr das Messer aus der Hand. Sie klappte um. Ich versuchte, die Blutung mit einem Küchenhandtuch zu stillen. Das brachte aber nicht viel. Also rief ich den Notarzt. Zum Glück waren die kaum zehn Minuten später da.«

»Wieso sind Sie mitgefahren?«

»Keine Ahnung.« Maria Di Lauro verzog den Mund und nickte in Richtung der Fotografien. »Die Bilder da sind einfach furchtbar. So was von geschmacklos.«

Im nächsten Moment beugte sie sich vor, barg das Gesicht in den Händen und schluchzte. Natalie legte eine Hand auf ihren Rücken, streichelte über die Wolle der grünen Strickjacke.

»Haben Sie etwas zur Beruhigung bekommen?«

»Ich will nichts! Ich will gar nichts. Ich will nur meine Ruhe haben, aber die bekomme ich so schnell nicht. Er ist tot, aber er stresst mich noch immer. Seine Eltern sind hier und wollen mich treffen. Ich will aber niemanden sehen. Und ich will auch keine Beerdigung bequatschen. Ich hab so viel zu tun in der Agentur, worauf ich mich eigentlich konzentrieren sollte ...«

Wilkens' Leichnam würde am Freitag von der Gerichtsmedizin freigegeben und in ein Bestattungsinstitut überführt werden. Die Beerdigung sollte am Montag stattfinden.

Maria Di Lauro setzte sich auf und wischte die Tränen weg, weil ein Arzt zu ihnen trat und sie wissen ließ, dass Christines Zustand stabilisiert und sie außer Lebensgefahr war.

Als hätte sie auf heißer Asche gesessen und das eben bemerkt, sprang Maria Di Lauro auf und wandte sich an Natalie. »Wenn Sie mit ihr sprechen, sagen Sie ihr, Sie soll sich von mir fernhalten!«

»Das hätte ich sowieso getan.«

»Gut. Ich verschwinde hier jetzt.«

Ohne ein neues Wort abzuwarten, stürmte sie aus dem Raum.

Natalie ließ sich vom Arzt zur Psychiatrie führen, in deren Gängen nicht weniger deprimierende Bilder hingen. Am Zimmer angekommen, klopfte sie und trat ein. Christine Zilinski war nicht überrascht, sie zu sehen. Die Kommissarin stellte einen Stuhl neben das Bett, setzte sich und musterte die zur Patientin gewordene Ärztin. Aus matten Augen, die eine Folge der zur Ruhigstellung verabreichten Medikamente waren, erwiderte sie den Blick. Ihre Lippen waren spröde, und es schien ihr schwerzufallen, den Mund zum Sprechen zu öffnen.

»Sicher wollen Sie wissen, warum ich das getan habe.«

Natalie nickte.

»Ich kann es Ihnen aber nicht sagen. Ich bin zu Maria gegangen, um meine Wut loszuwerden. Ich wollte sie nicht bedrohen, aber sie war wieder so zickig, so von oben herab.« Sie schluckte hart und legte den unverletzten Arm auf ihren Bauch. »Muss ich mich dafür irgendwie verantworten?«

»Das hat erst einmal keine Konsequenzen, aber halten Sie sich in Zukunft bitte unter Kontrolle. Sie machen sich sonst strafbar.«

Ihre Empfehlung fand Natalie in Anbetracht der Umstände zwar irgendwie bescheuert und eisklotzmäßig sachlich, allerdings formulierte man es nun einmal so ungefähr.

Mit einer Frage versuchte sie der Sache und der grundsätzlichen Problematik auf den Grund zu gehen: »Glauben Sie, dass Maria Di Lauro Andreas Wilkens getötet hat?«

Die Ärztin zögerte, bevor sie ihren Verdacht formulierte. »Liegt das nicht auf der Hand? Wer soll es denn sonst getan haben?«

Natalies Schweigen interpretierte sie umgehend. »Ich war es nicht. Warum hätte ich das tun sollen? Ich habe ihn geliebt …« Ihre Augen füllten sich mit Tränen. »So geliebt habe ich ihn. Und er fehlt mir so sehr.«

Zwar fielen Natalie Gründe ein, warum Christine Zilinski verdächtig war, doch sie wollte sie nicht aufregen, also fragte sie etwas anderes. »Können Sie sich vorstellen, dass es noch eine andere Frau gegeben hat?«

»Ich wusste es nie sicher, aber ich hatte manchmal das Gefühl, gerade zum Schluss. Da hat er mir oft Entschuldigungen geliefert, warum wir uns nicht sehen können, die ich ihm nicht abgenommen habe.« Ihre Brust hob und senkte sich unter einem Atemzug. »Es hätte auch wegen Maria sein können …«

»Aber das glaubten Sie nicht?«

»Nein. Nicht so recht.«

»Ab wann in etwa hatten Sie diese Ahnung?«

»In den letzten vier Wochen, bevor er es beendet hat, war er merkwürdig.«

Das Gerücht um die Fitnesstrainerin behielt Natalie ebenfalls für sich, denn brauchbare Hinweise zu dieser Frau würde sie von Christine Zilinski nicht erhalten. Im Geiste notierte sie außerdem die Möglichkeit einer vierten Frau, so ungern sie das tat. Schließlich gaben Nummer eins und zwei schon genug Rätsel auf, und Nummer drei war bislang nicht einmal gefunden. Für ihren Verdacht ausschlaggebend war die im Gespräch mit Stefan Seidel erlangte Annahme, dass Andreas Wilkens die Affäre mit der Trainerin eher beendet hatte als die mit der Ärztin sowie die daraus resultierende Schlussfolgerung, dass sie nicht der Grund für seine Zurückweisung gewesen war.

Über etwas anderes wunderte Natalie sich außerdem sehr: Wie konnte eine Frau einen Mann lieben, der nicht mit ihr zusammen sein wollte, der seine ihn langweilende Partnerin vorzog und von dem sie annahm, dass er eine weitere Geliebte hatte? Eine solch bedingungslose Akzeptanz zeugte von einem schwachen Charakter ... und schwache Charaktere gerieten irgendwann unweigerlich außer Kontrolle. Nicht zum ersten Mal wäre ein Mensch von derjenigen Person in den Tod geschickt worden, die ihn am meisten liebte.

Wo die Liebe hinfällt, wächst kein Gras mehr, besagte ein Sprichwort. Dass sie blind macht, ein anderes. Beide passten im Fall von Christine Zilinski ganz hervorragend.

MITTWOCH, 5. MÄRZ

8:30

Zur Besprechung verkündete Daniel Wozniak, dass das Mobiltelefon des Arztes verschwunden blieb und er deshalb ein Fax an den Mobilfunkanbieter mit der Bitte um Herausgabe der Daten gesendet hatte. Da die Kriminaltechnik das Passwort des Laptops herausgefunden und auch diese Festplatte gespiegelt hatte, wollte er sich nun mit deren Auswertung befassen. Justus Fröhlich war noch immer mit der Sichtung der Patientenakten beschäftigt, nach wie vor allerdings auf keine interessanten Fakten gestoßen.

Natalie und Markus berichteten von ihren Gesprächen mit Christine Zilinski, Stefan Seidel sowie den Besuchen im Fitnessstudio und Krankenhaus. Als Natalie ihren Verdacht äußerte, dass es neben der Fitnesstrainerin eine weitere Frau gab, schnaubte Johannes Rothmann und brummte was von Midlife-Crisis. Dass sie auch im Indigo gewesen war, verschwieg Natalie und betrachtete es als private Unternehmung, denn die Reaktion ihres Chefs konnte sie sich gut vorstellen. Mit vor Sarkasmus triefenden Worten hätte er sich gewundert, warum sie die Barkeeper nicht zu Wilkens befragt habe, statt über irgendwelche Werbekampagnen zu quatschen.

Im Anschluss ging es um den Fall des toten Schwimmlehrers, mit dem vor allem Susanne Michalski und Richard Krupa betraut waren. Hier hatte es neue Erkenntnisse geben, die die Schwester des Mannes belasteten. Offenbar hatte sie einen Geldgewinn erhalten, den sie mit ihrem Bruder hätte teilen sollen. Eine von Daniel Wozniak gefundene E-Mail hatte dies zutage gebracht, und nun sollte nach Beweisen auch in elektronischer Form gesucht werden.

»Ich kann und will mich nicht teilen«, sagte Wozniak gereizt in die Runde. »Ständig kommt einer und will was von mir. Kann ich mich nicht mal auf eine Sache konzentrieren?«

Natalie fragte sich, welche Sache das sein sollte, unwillig, wie der Kollege ans Werk ging. Jeder im Kommissariat wusste, dass er seit einiger Zeit alles im Schneckentempo erledigte, sich allerdings für einen hart arbeitenden Mann von hoher Wichtigkeit hielt. Eine Zahl populärer Mordfälle, die er in der Vergangenheit gelöst hatte, ließen Johannes Rothmann zum Haareraufen nachsichtig sein.

»Der geht mir echt auf den Geist«, erboste Natalie sich noch im Auto auf der zweiten Fahrt zum Fitnessstudio. Sie war so sauer, dass sie Inspektor Harvey auf ihrem Schreibtisch vergessen hatte. Markus hatte ihn ihr hinterhergetragen, und sie hatte den Hasen mit einem Murren in der Jackentasche verschwinden lassen. »Wie lange will der sich noch auf seinen Lorbeeren ausruhen?«

Markus ließ ein kratziges Lachen hören. »Wahrscheinlich so lange, bis ein anderer dickere Lorbeeren erntet.«

Sein Telefon klingelte, und an der Art, wie er ein paar Mal »Ja« und »Nein« sagte, erkannte Natalie, dass er mit seiner Mutter sprach. Eben lenkte sie den Wagen auf die Oberbaumbrücke, da fauchte er. »Hör auf, immerzu *die Person* zu sagen. *Sie* hat einen Namen und den kennst du.«

Natalie warf ihm einen überraschten Blick zu, von dem er nichts mitbekam, und konzentrierte sich wieder auf die Straße. Es schneeregnete, und der nicht enden wollende Winter war eine zweite Sache, die ihr an diesem Morgen auf den Geist ging – zumindest bis sie von *dieser Person* erfahren hatte. Die Neuigkeit erheiterte sie umgehend. Sie konnte es kaum abwarten, ihrem Kollegen auf den Zahn zu fühlen. Sicher war es *diese Person*, mit der er übers Handy schrieb. Markus chattete! Wahnsinn!

Natalie musste gar nicht fragen, denn kaum hatte er aufgelegt, da platzte es aus ihm heraus – zwar sprach er sie nicht direkt an, doch es machte ihm nichts aus, dass sie zufällig anwesend war.

»Sie kann sie schon nicht leiden, ohne sie überhaupt kennen gelernt zu haben!«

»Wer wen? Deine Mutter die Person?«

»Jetzt fang du auch noch an!«

»Ich kenne ja ihren Namen nicht. Verrat ihn mir doch einfach.«

»Verena.« Er schnaufte. »Sie heißt Verena, aber meine Mutter weigert sich sogar, ihren Namen zu benutzen. Sie sagt einfach weiter *die Person*. Ganz krank macht die mich noch. Wie kann man nur so eifersüchtig sein!«

Natalie hatte Markus' Mutter bereits kennengelernt und sich darüber amüsiert, dass sie sogar auf sie eifersüchtig war. Allerdings nannte Frau Svoboda sie nicht *die Person*, sondern *der Fuchs*, womit sie nicht auf ihre Intelligenz, sondern lediglich auf ihre Haarfarbe anspielte. Minimal schmeichelhafter war es dennoch, individueller auf jeden Fall.

»Wie hast du Verena denn kennengelernt?«

»Über eine Single-Plattform.«

Das hätte sie sich denken können. Aber wieso auch nicht? Da waren die beiden ein Paar von inzwischen Tausenden. »Und wie lange trefft ihr euch schon?«

»Noch nicht so lange, zwei Monate. Allerdings ist es kompliziert, Verena entspannt zu sehen, und ich frage mich, wie lange sie das noch mitmacht. Ich will endlich keine Ausreden mehr erfinden müssen, warum ich nicht zum Abendessen da bin oder so spät nach Hause komme.«

Das klang, als hätten sie bislang nicht einmal eine Nacht miteinander verbracht. Arme Verena!

Natalie fuhr auf den Parkplatz des Body Culture, schaltete den Motor aus und sah Markus an. »Dann erfinde einfach keine mehr! Du sitzt doch am längeren Hebel.«

Er schob seine Brille auf der Nase hoch, wie so oft, wenn er irritiert oder frustriert war. »Wie meinst du das?«

»Such dir endlich eine Wohnung. Setz ein Zeichen, und lass deine Mutter wissen, dass du ein eigenes Leben hast. Dass sie dich nicht verliert, weil du eine Partnerin hast, wird sie erst verstehen, wenn du es ihr zeigst.«

»Schlimm, dass ich ihr das zeigen muss«, brummte Markus und stieg aus.

Auf dem Weg ins Studio musste Natalie immer wieder zu ihm linsen und schmunzeln. Markus Svoboda war verliebt und dadurch endlich beflügelt, seine Mutter in die Schranken zu weisen. Diese Tatsache machte den Tag gleich viel besser.

10:10

Die dritte Trainerin, Nadja Uhland, passte perfekt ins angenommene Beuteschema des ermordeten Arztes. Sie hatte lange, dunkle Haare, ein hübsches Gesicht und eine schlanke Figur. Nichtsdestotrotz glichen ihre Worte denen ihrer Kolleginnen. Sie gab an, keinen persönlichen Kontakt zu Andreas Wilkens gehabt zu haben und behauptete außerdem, nichts von einer Affäre mit einer Trainerin zu wissen.

Dass so gar niemand in diesem Sportstudio etwas bemerkt haben wollte, fand Natalie merkwürdig. Solche Clubs waren schließlich dafür bekannt, dass man über diesen und jenen tratschte, der sich da heute wieder auf dem Laufband abgemüht hatte oder den Muskelmax raushängen ließ. Dennoch war es denkbar, dass Wilkens Wert auf Diskretion gelegt und die Trainerin wirklich geschwiegen hatte – wie Christine. Verliebt und geblendet.

Zur Tatzeit hatte Nadine Uhland angeblich geschlafen. Dies neben ihrem Mann, mit dem sie einen Fernsehfilm angeschaut hatte, nachdem die Kinder ins Bett gebracht worden waren. Sobald das für die Akten überprüft worden war, zogen Natalie und Markus ab, um es ein zweites Mal bei der kranken Trainerin in Neukölln zu versuchen.

Diesmal lohnte sich die Fahrt. Nachdem sie über Lautsprecher um ein Gespräch gebeten hatten, ertönte der Summer der mit Graffiti verzierten Tür und gewährte ihnen Zutritt zu einem muffeligen Treppenhaus, das bessere Tage gesehen hatte. Über einen Hof, in dem Müll lag und alte Fahrräder vor sich hin rosteten, ging es zum Hinterhaus, das in keinem besseren Zustand war. Die Holzstufen waren ausgetreten und schmutzig, Putz bröckelte von den Wänden. Hinter der Tür im zweiten Stock heulte ein Kind, hinter einer anderen stritten Männer auf Türkisch.

Jenny Schumacher erwartete sie in der fünften Etage. Die Einunddreißigjährige trug einen rosa

Bademantel über einer grünen Schlafanzughose. Ihre Füße steckten in pinkfarbenen Puschen. Ihr blondes Haar war zu einem Bommel auf dem Kopf zusammengebunden. Ihre Nase war rot und ihre Augen glänzten fiebrig. Krank war sie also wirklich.

Im winzigen Wohnzimmer, das zwar aufgeräumt und nett eingerichtet war, nach Natalies Nase aber dringend gelüftet werden musste, nahmen die Kommissare auf einem Zweisitzer Platz und hörten, was sie schon dreimal zuvor gehört hatten: Jenny Schumacher kannte Andreas Wilkens nicht persönlich. Sie hatte ihn hin und wieder an den Fitnessgeräten betreut, doch darüber hinaus keinen Kontakt zu ihm gehabt.

Dass Natalie ihr nicht glaubte, lag nicht an der Unruhe, die von der Frau ausging, denn die mochte auch das Fieber auslösen, vielmehr störte sie sich daran, dass sie ihr und Markus kaum in die Augen sah. Den Blickkontakt hielt sie stets nur für die Dauer der Fragen aufrecht und schaute sich während der Antworten im Raum um, fummelte dabei mal am Zipfel eines Kissens, mal am Gürtel ihres Bademantels.

Markus' Frage zu ihrem Aufenthalt in der Nacht vom Samstag zum Sonntag steigerte ihre Nervosität noch. Sie stand von dem Stuhl auf, den sie aus der Küche geholt hatte, und schlenderte zum Fenster, blieb dort stehen und starrte hinaus, womit sie ihnen nun sogar den Rücken zukehrte.

»Ich war in einem Club.«

»In welchem denn?«

»Im MAGDAlena.«

Markus schien das nichts zu sagen, aber Natalie wusste, dass es sich um einen großen Club mit mehreren Floors handelte, der vor allem für seine Goa-Events bekannt war. Wahrscheinlich, so vermutete sie, würde Jenny Schumacher ihnen als Nächstes erzählen, dass sie allein dort gewesen war, bis in die frühen Morgenstunden getanzt und den Heimweg ebenfalls allein angetreten hatte.

Ungefähr so kam es. Entgegen Natalies Erwartung gab Jenny Schumacher jedoch an, die Party gegen fünf Uhr morgens mit einem Typen verlassen und in seinem Auto Sex gehabt zu haben. Lediglich an seinen Vornamen konnte sie sich erinnern, und der war nicht außergewöhnlich.

»Warum haben Sie uns gestern eigentlich nicht geöffnet?«, erkundigte sich Natalie zuletzt.

Die Blondine drehte sich um, sah sie zwei Sekunden lang an und guckte dann zum Küchenstuhl. »Ich hab geschlafen. Vom Klingeln bin ich zwar wach geworden, aber ich hatte halt keine Lust aufzustehen. Ich hab niemanden erwartet, wollte niemanden sehen oder sprechen. Es ging mir einfach echt bescheiden.«

»Und heute geht es Ihnen schon besser?«

Sie zuckte mit den Schultern. »Na ja. Zumindest das Fieber ist etwas runter.«

Natalie stand auf. Echt dringend wollte sie frische Luft einatmen. Sie bedankte sich für die Auskunft, gab Jenny Schumacher die Visitenkarte und bat sie, für eventuelle weitere Fragen erreichbar zu sein. Die Frau wirkte erleichtert und beteuerte auf dem Weg zur Tür, dass sie sich melden würde, sobald sie im Body Culture irgendetwas erfuhr.

»Sie haben da ja rumgefragt«, sagte sie. »Da sind die Leute beim Thema, und vielleicht hat doch jemand etwas mitbekommen.«

»Wir sind dankbar für jeden Hinweis«, antwortete Markus und hielt Natalie die Tür auf.

Schweigend gingen sie die Treppen hinunter, über den Hof und durch das Vorderhaus.

»Sie lügt«, platzte Natalie heraus, sobald sie auf die Straße traten.

Markus klappte den Kragen seines Mantels hoch und blinzelte in den grauen Himmel, aus dem bald wieder Niederschlag fallen würde. »Schön, dass wir uns immer so einig sind.«

13:35

Auf Natalies Erkundigung, ob die Analyse von Wilkens' Laptop schon etwas ergeben hatte, reagierte Daniel Wozniak mit einem patzigen »Das hätt ich dich dann schon wissen lassen«.

Sie wollte eine Info und formulierte die Frage anders: »Wie weit bist du denn damit?«

»Was wird das?« Er stieß sich von seinem Schreibtisch ab, rollerte auf seinem Stuhl ein

Stück zurück. »Dass du und Markus in diesem Fall hauptsächlich ermitteln, heißt nicht, dass du meine Arbeit zu kontrollieren hast. Ich bestimme immer noch selbst, wann ich was tue, und sag euch ja auch nicht, wohin ihr in welcher Reihenfolge fahrt.«

Neuer Ärger stieg in Natalie auf, doch sie war zu müde, um zu streiten. Sie wollte sich umdrehen und ihn sitzen lassen, schalt sich im Stillen, dass ihr der rote Pullover keine Warnung gewesen war. Den trug er nämlich immer, wenn er besonders unausstehlich war. Wozniak schien jedoch erst am Anfang seiner Rede zu sein. Er stand auf und postierte sich mit verschränkten Armen vor Natalie.

»Im Übrigen habe ich hier im Büro nur eine halbe Stunde Pause gemacht, während du und der Nerd sicher eine ganze Stunde in einem Restaurant herumgehangen habt.«

Mehr hatte er nicht zu sagen? Natalie schob die Hände in ihre Jackentaschen und ballte eine Faust um Inspektor Harvey. Ja, sie hatten eine Stunde Mittag gemacht, eine Stunde und zehn Minuten sogar, doch sie hatten währenddessen über Jenny Schumacher gesprochen. Sie hätte Wozniak vorwerfen können, dass er hier täglich Punkt siebzehn Uhr die Segel strich, doch sie wollte sich nicht auf sein Niveau herablassen.

»Ich möchte ganz einfach nur wissen, was du bis jetzt gefunden hast«, brachte sie mühsam ruhig hervor.

»Was ich gefunden habe, also gut …« Er begann an den Händen abzuzählen und fing beim linken Daumen an. »Erstens: Fotos von Urlauben mit Maria Di Lauro. In Italien waren sie zuletzt. In Norwegen davor. Sie haben Städtereisen durch Deutschland gemacht. Mittermeier in Köln, ein Musical in Hamburg, Shopping in Düsseldorf. Jede Menge private Bilder, hauptsächlich von ihm und Di Lauro. Nichts Spektakuläres oder für uns Interessantes. Zweitens: Eine umfangreiche Sammlung Cartoons. Der Mann hatte einen Sinn für Humor und ich heute wenigstens *einen* Grund zum Lachen. Drittens: jede Menge Finanzkram. Alles durchgeschaut. Alles sauber. Viertens: zuletzt oder generell häufig besuchte Webseiten. Commerzbank fürs Onlinebanking, Amazon, Klamottenshops, YouTube, xHamster.« Er unterbrach sich für ein dreckiges Lachen. »Das wirst du nicht wissen, das ist eine Seite, auf der man sich kostenlos Pornos anschauen kann. Weiter geht's mit dem TV-Programm auf TV-Movie, dem Kinoprogramm im CineStar, BMW Deutschland, Facebook, Freenet und Google-Mail.«

Endlich hielt er die Luft an, sah auf seine fünf abgezählten Finger und stellte wohl fest, dass er anders hätte zählen müssen, also ließ er es und verschränkte die Arme erneut. »Die Zugänge zu Google-Mail, Freenet und Facebook sind natürlich durch Passwörter geschützt. Die Daten habe ich bereits angefordert.«

Natalie schwieg, inzwischen bebend vor Wut, denn mit jedem Wort hatte er herablassender geklungen.

»Zufrieden?«, bellte Wozniak. »Insofern ich dir keine weitere Rechenschaft schuldig bin, darf ich dann bitte weiterarbeiten?«

Natalie tat, was sie schon vor fünf Minuten hätte tun sollen. Sie drehte sich auf dem Absatz um und ging.

»Zum Kotzen ist der einfach«, ächzte sie auf dem Weg zu ihrem Büro.

19:45

Die Barkeeperin vom Vortag, Caro, räumte Gläser in die Spülmaschine, als Natalie sich an die Theke setzte. Sie begrüßte sie mit einem Zwinkern. »Das Handy ausgeschaltet?«

Ihre Locken hielt sie heute mit einem dunklen Tuch aus dem Gesicht, was hübsch aussah. Der merkwürdig gemusterte, weite Pullover hätte andere uncool aussehen lassen, sie hingegen wirkte darin wie ein Trendsetter.

»Wieder ein Pots?«, fragte sie.

Natalie hatte das »Ja, gern«, schon auf den Lippen, da sagte jemand hinter ihr: »Hey, wieder da! Du, dir schaut da was aus der Tasche.«

Sie wandte sich um und sah sich dem Barkeeper gegenüber. Er senkte den Blick auf ihre Jackentasche. »Ist mir gestern schon aufgefallen.«

Natalie drehte sich zurück und ließ Caro wissen, dass sie das Potsdamer wollte. Ihr Kollege kam um den Tresen herum und begann, Biergläser zu spülen.

»Schlecht gelaunt heute?«, erkundigte er sich bei ihr.

»Nicht die Spur. Wieso?«

»Hatte den Eindruck. Es scheint die Woche der schlecht gelaunten Leute zu sein.« Caro schubste ihn zur Seite, weil sie ebenfalls an die Spüle wollte, was er mit einem »Ey!« quittierte und ein »Selber ey!« zurückbekam.

»Verstehen kann ich das zwar nicht«, fuhr er fort. »Es ist März, die Sonne zeigt sich öfter, und da sind sie eigentlich alle ganz gut drauf. Die Trauerklöße hocken hier hauptsächlich im November, deprimiert vom Grau, oder im Dezember, deprimiert von Weihnachten, oder im Januar, deprimiert davon, dass alles weitergeht wie bisher.«

Caro stellte das Bier hin. Natalie holte das Bild von Andreas Wilkens aus der Innentasche ihrer Jacke. Bevor sie das Büro noch immer brodelnd vor Ärger verlassen hatte, hatte sie es ausgedruckt. Sie klappte es auseinander und legte es auf den Tresen.

»Kennt ihr diesen Mann?«

Die beiden schauten zusammen drauf.

»Kenn ich«, kam es von Caro. »Der ist öfter hier.«

»Das war er mal«, murmelte ihr Kollege.

Sie runzelte die Stirn. »Wieso war?«

»Weil der Typ tot ist.«

Sie starrte ihn an, doch konnte nicht weiter darauf eingehen, denn neue Gäste gesellten sich an die Bar, also glättete sie ihre Miene, begrüßte sie und erkundigte sich, was sie trinken wollten.

Der Barkeeper betrachtete das Bild weiter.

»Hab ich mir doch gedacht, dass es einen Zusammenhang zwischen dir und den ganzen schlecht gelaunten Barbesuchern gibt«, sagte er. »Bist du Polizistin oder so?«

»Ich bin von der Mordkommission. Natalie Sperling.«

»Schöner wär's gewesen, du hättest mir deinen Namen einfach so von Thekenhocker zu Barkeeper gesagt. Aber was soll's. Besser als gar nicht. Ich bin Elias Stern.« Er nickte in Richtung ihres Potsdamers. »Das geht aufs Haus. Und jetzt frag schon.«

Natalie trank auch den ersten Schluck, wobei sie ihn musterte.

»Woher weißt du, dass dieser Mann tot ist? Und wer waren die deprimierten Barbesucher dieser Woche?«

»Der Reihe nach«, antwortete der Barkeeper mit dem Namen Elias Stern, »aber prinzipiell dieselbe Antwort. Am Montag saß eine Frau da, wo du jetzt sitzt. Sie kam so gegen sieben, betrank sich mit Rotwein.« Er machte es sich bequemer, indem er sich an einen Schrank hinter dem Tresen lehnte, schob die Hände in die Taschen seiner Jeans. »Und ich meine echt betrinken, sie kippte ein Glas nach dem anderen. Irgendwann machte ich mir Sorgen und sprach sie an. Zuerst reagierte sie überheblich, begann dann aber zu weinen, was mich schon forderte.« Durch eine Kopfbewegung wies er auf den Raum hinter Natalie. »Da hast du ein voll besetztes Haus und an der Bar sitzt eine und heult. Aber ich hab das gemanagt bekommen, bin praktisch zwischen den Tischen und ihr hin- und hergetingelt, während Caro alle anderen Leute an der Theke abgefertigt hat und schließlich auch einen Teil der Tische übernahm.« Er drehte sich zu seiner Kollegin, die mit halbem Ohr bei ihnen war. »Stimmt's, Caro, der Montag war seltsam.«

»Jepp«, pflichtete sie ihm bei, während sie einen Weißwein öffnete. »Hat mir Sorgen gemacht, die Frau.«

Elias fuhr fort: »Kurz vor Schluss, als kaum noch Leute hier waren, erzählte sie mehr. Ich erfuhr ihren Namen, Christine, und dass sie Ärztin ist. Sie erzählte mir von ihrem Freund, der auch Arzt und Stammgast hier gewesen sei, und ich ahnte, wen sie meinte, denn so viele Stammgast-Ärzte haben wir hier nicht. Als sie bezahlte, und ich fragte, ob ich irgendwas für sie tun könne ...« Er hielt inne, sammelte seine Gedanken. »Ich dachte an so Sachen wie ein Taxi nach Hause, da meinte sie, dass niemand irgendetwas für sie tun könne. Der wichtigste Mensch in ihrem Leben sei tot, und alle anderen seien ihr herzlich egal.« Abermals pausierte er, ließ Natalies Blick nicht los, und sie fröstelte. »Ich hab kaum geschlafen in der Nacht, so ernüchternd fand ich diese Aussage und die Vorstellung von ihrer Situation.«

Natalie machte einen gedanklichen Haken an Christines Behauptung, im Indigo gewesen zu sein. Auch die Frage, ob sie Stammgast gewesen war, wozu Stefan Seidel keine Aussage hatte treffen können, war geklärt. Wäre sie einer gewesen, hätten Elias oder Caro sie vorher hier gesehen. Willkürlich ausgewählt hatte sie den Laden allerdings kaum. Sie hatte ihrem Geliebten nahe sein wollen und war deshalb genau hierher, in seine Stammkneipe, gekommen, um sich zu betrinken.

»Wer waren die anderen schlecht gelaunten Barbesucher?«

»Nur noch einer.« Elias kraulte sich den Kopf. »Ein Stammgast. So einmal in der Woche oder alle vierzehn Tage kommt er her.« Er schüttelte den Kopf, als korrigierte er sich. »Zumindest hat er das bisher getan. In der Gesellschaft seines Kumpels.«

Bei diesen Worten ahnte Natalie, dass die Rede von Stefan Seidel war. Elias erzählte, was er von dem Mann erfahren hatte, und beschrieb ihn als sonst ausgelassenen, an diesem Tag traurigen Mann, der in mancher Minute auch wütend geworden war; sowohl auf den unbekannten Täter als auch auf seinen besten Freund und dessen unstetes Liebesleben, von dem er annahm, dass es ihm den Tod gebracht hatte.

Caro klinkte sich ein. »Wieso hör ich das erst jetzt? Warum hast du gestern nichts gesagt?«

Elias hob abwehrend die Arme. »Weil wir gestern alle Hände voll zu tun hatten. Und außerdem … bis ich dicht gemacht habe, saß der Mann an der Bar. Ich bin kein Tratschweib!«

Natalie hatte die Hoffnung, mehr zu erfahren: »Kennt Ihr die Namen eurer Gäste?«

Caro antwortete: »Von denen, die so oft kommen, wie diese beiden, schon. Das waren Stepke und Andi.«

»Und hat …«, Natalie entschied sich für den in der Bar geläufigen Spitznamen, »… Stepke was Genaueres zum Liebesleben seines Freundes gesagt? Hat er Frauen erwähnt?«

Elias übernahm wieder. »Von Frauen ist bei mir nichts hängen geblieben, nein. Er hat sich aber zu Andis Beziehung geäußert und dass er die schon längst hätte beenden und ausleben sollen, was auch immer er hatte ausleben wollen. Ohne Einschränkungen, ohne Lügen.« Elias stellte die von Caro zubereiteten Cocktails auf ein Tablett und nahm es auf. »Ich hör zu, weißt du, aber ich frag nicht so oft nach. Was sie mir und in den meisten Fällen irgendwem erzählen wollen, das erzählen sie halt, wie auch ihrem Friseur oder Taxifahrer. Sie glauben, dass ich es am nächsten Tag vergessen hab und neue Geschichten hör.«

»Und, ist das so?«

»Nicht immer.«

Elias ging zu den Tischen, servierte die Getränke, nahm neue Bestellungen auf und geleerte Gläser mit. Natalie sah Caro bei der Zubereitung weiterer Cocktails zu, von denen sie nicht alle kannte. Andere Fragen musste sie erst einmal zurückstellen, denn immer mehr Menschen kamen an die Theke, und der Bereich mit den Tischen füllte sich bis zum letzten Platz. Elias hetzte hin und her, während Caro beim Bierzapfen und Zubereiten der Mixgetränke rotierte. Eine Stunde verging, in der Natalie ihr Potsdamer leerte und auf Apfelschorle umstieg.

Gegen dreiundzwanzig Uhr wurde es ruhiger und Caro hatte Zeit, die Vorräte für die frischen Zutaten der Cocktails aufzustocken.

»Seit wann seid ihr hier, Elias und du?«, fragte Natalie. »Und wer arbeitet hier noch?«

»Elias und ich sind die einzigen festen Angestellten. Dann gibt es noch jede Menge Aushilfen, Studenten und so, die aber immer nur ein paar Wochen arbeiten. Elias ist seit ungefähr vier Jahren hier. Ich bin vor zweieinhalb Jahren dazugekommen. Den Spätdienst machen immer zwei. Von zehn bis fünfzehn Uhr reicht es, wenn einer da ist.« Caro nahm eine Tüte Minzblätter zum Auftauen aus dem Gefrierfach. »Da ist es meistens entspannter, es müssen kaum Cocktails gemixt werden.«

»War Andreas Wilkens, also der, den ihr Andi nennt, schon Stammgast, als du hier angefangen hast?«

»Ich glaub ja. Irgendwann fallen einem bestimmte Leute eben auf. Einer wie Andi natürlich ziemlich schnell.«

»Weil er attraktiv war?«

»Genau.« Caro nahm einen leeren Milchkarton, faltete ihn und wirkte nachdenklich. Sie warf den Karton weg und sah mit einem traurigen Blick auf. »Wurde er echt umgebracht?«

»Ja.«

Natalie ahnte, welche Frage folgen würde, und vergewisserte sich, dass kein Gast in der Nähe war, den ihre Antwort erschrecken würde. Mehr noch als Caro, die mit Furchtbarem zu rechnen schien.

»Wie denn?«

»Die Kehle wurde ihm durchgeschnitten.«

Caros Augen weiteten sich vor Schreck. Ihr Mund zuckte, als wollte sie etwas sagen, doch sie brachte erst einmal nichts hervor. Unweigerlich legte sie eine Hand um ihren Hals, rieb ihn.

»Das ist krass …«, sagte sie tonlos.

»Wie hast du diesen Andi erlebt? Mit wem hat er gesprochen, außer mit seinem Kumpel? Wie sieht's mit Frauen aus?«

Ganz bewusst stellte Natalie Caro und nicht Elias diese Fragen. Sie als Frau hatte die Dinge aus einer für die Ermittlungen günstigeren Perspektive wahrgenommen.

»Er war ein geselliger Mensch«, antwortete Caro ohne lange nachzudenken. »Freundlich, nahbar, aber nicht aufdringlich, wie so manch anderer. Klar hat er sich öfter mit Frauen unterhalten, allerdings hatte ich nicht den Eindruck, dass er herkam, um zu flirten. Sie umschwärmten ihn einfach gern und manchmal ging er darauf ein. Wenn sie ihm gefielen eben. Dunkelhaarige fand er besser als Blondinen oder Rotschöpfe.«

Ja, wir beide wären durch das Raster gefallen, dachte Natalie und war außerdem beeindruckt, was einem Barkeeper alles auffiel.

»Waren es immer neue Frauen?«

»Meistens. Aber das spielt keine Rolle, würd ich sagen.« Caro hielt inne und betrachtete Natalie mit grüblerischer Miene. »Diese Gespräche wirkten oberflächlich, weißt du. Nie schien er wirklich interessiert, sondern flirtete halt ein bisschen, wie zum Zeitvertreib.«

Natalie wusste, was Caro meinte. Sie wusste jedoch auch, dass Wilkens in anderen Fällen an mehr als einem belanglosen Flirt interessiert gewesen war.

»Hast du ihn je mit einer Frau hier rausgehen sehen?«

Die Barkeeperin schüttelte den Kopf und wandte sich Elias zu, der hinter den Tresen kam und ihr neue Bestellungen mitteilte. Während er Gläser spülte, fiel ihm auf, dass Natalie nichts mehr zu trinken hatte.

»Wenn du im Dienst bist«, sagte er und stülpte zwei Weizengläser über die in Schaum stehenden Spülbürsten, »musst du sicher bei Alkoholfreiem bleiben.«

Natalie bemerkte, dass sein Blick von ihren Augen zu ihrem Mund wanderte. Man musste kein Hellseher zu sein, um seine Gedanken lesen.

»Ich bin nicht wirklich im Dienst«, entgegnete sie und holte Elias' Blick damit zurück zu ihren Augen, »aber mit dem Auto da.«

Noch einem Moment betrachtete er sie, abermals länger als es üblich war, dann sah er zu den Tischen hinter ihr, von denen nur noch zwei besetzt waren.

»Wenn du willst, mach Feierabend«, sagte er Caro. »Es ist bloß noch eine Stunde, und heute wird nicht mehr viel passieren.«

Die Barkeeperin freute sich und zapfte das letzte Bier. Natalie hingegen grübelte, ob dieser vermeintlich freundliche Vorschlag eigentlich eigennützig war und mit ihrer Anwesenheit zu tun hatte.

Caro band ihre Schürze ab und gab Elias einen Kuss auf die Wange. »Danke, du Herzchen! Dann gönn ich mir jetzt meinen Schönheitsschlaf, damit ich beim Casting frisch aussehe. Denk dran, zehn Uhr! Sei pünktlich! Und zieh was Nettes an.«

»Ich hab keine netten Klamotten«, konterte Elias. »Nette Klamotten sind langweilig.«

»Auf jeden Fall nicht das Karohemd. Das find ich furchtbar.«

»Das sagst du nicht zum ersten Mal. Ich mag es aber.«

»Dann magst du es halt. Aber nicht morgen.«

Sie nahm ihren Mantel aus einem Schrank, zog einen Schal aus dem Ärmel, wickelte ihn sich um den Hals und schlüpfte in den Mantel. Im Hinausgehen wünschte sie Natalie eine gute Nacht und verabschiedete sich: »Bis vielleicht bald!«

Elias blickte seiner Kollegin nach und wandte sich wieder Natalie zu, nahm ein dickbauchiges Glas und stellte es vor sich hin.

»Also, was tun wir rein?«

Natalie grinste schief. »Apfelschorle?«

»Sorry, ich weiß nicht, wie die gemixt wird.«

Sie zog die Brauen hoch. »*Ringring*, ich bin mit dem Auto da …«

»Hab ich nicht vergessen. Ich dachte an was ohne Alkohol. Einen Baby Hugo vielleicht?

»Gern. Was ist da statt Prosecco drin?«

»Ginger Ale.« Elias warf Limettenstücke ins Glas und füllte es mit der gleichen Menge an Ginger Ale und Mineralwasser. Hiernach gab er einen Schuss Holunderblütensirup, ein paar Minzblätter und Eiswürfel hinzu.

Er stellte Natalie das Glas hin. »Et voilà!«

»Danke.« Sie kostete. Lecker war es, und das ließ sie ihn wissen.

Einen Arm vor den Bauch gelegt, den anderen darauf gestützt, setzte er das Kinn in seine Hand, wodurch er seinen Mund versteckte. Dass er schmunzelte, verriet der Schimmer in seinen dunklen Augen, und Natalie beschloss, dass sie irre werden würde, wenn er nicht aufhörte, sie so anzusehen. In ihrem Bauch setzte ein Kribbeln ein … was sie total albern fand.

»Was tust du, wenn du nicht im Indigo arbeitest?«, fragte sie, um das Schweigen zu brechen und herauszufinden, was er mit dem Fernsehen zu tun hatte.

Elias nahm die Hand vom Gesicht. »Ich schlafe, fütter den eigentlich zu fetten Kater, damit er mich weiterschlafen lässt, lern Texte für Dokusoaps auswendig oder bin am jeweiligen Drehort.«

»Du bist Schauspieler?«

»Nein, ich wär gern einer geworden, aber das hab ich mir ziemlich spät überlegt und war den Schauspielschulen zu alt.« Er spülte einen Schwamm unter fließendem Wasser aus und begann, die Theke zu reinigen. »Mit Jobs für Dokusoaps bezeichnet man sich lieber nicht als Schauspieler. Ich besser mein Taschengeld auf und hab hin und wieder sogar Spaß bei den Drehs.«

»Das klingt auf jeden Fall abwechslungsreich.«

»Ist dein Job doch sicher auch.« Er sah auf. »Was machst du, wenn du keine Mordfälle löst?«

»Ich tu nicht viel anderes.«

»Das solltest du vielleicht ändern.« Aus einem Schrank unter der Spüle nahm er ein Reinigungsmittel. Auf das Saubermachen konzentriert, fragte er: »Wann kommst du wieder her und löcherst mich?«

»Wenn ich neue Fragen habe.« Natalie kramte eine Karte aus ihrer Jacke und schob sie ihm hin. »Aber ruf mich an, falls dir was einfällt.«

Während er die Infos auf der Visitenkarte las, trank sie den Baby Hugo aus. Es war gleich Mitternacht und Zeit, ins Bett zu finden.

0:50

Na? Schlaflos?

Natalie stöhnte, drehte sich auf die andere Seite und knipste das Licht neben dem Bett an. Inspektor Harvey lehnte am Lampenständer.

»Wenn du mich wieder zuquatschst, werd ich ganz sicher nicht schlafen können.«

Kannst du sowieso nicht. Also kann ich dich auch zuquatschen.

»Lass es bitte! Ich bin müde.«

Du hast mich heute Vormittag vergessen! Hätte Markus mich nicht mitgenommen, würde ich jetzt noch im Kommissariat versauern.

»Unsinn! Ich hab dich nicht vergessen. Ich hätte dich schon geholt.«

Hättest du nicht …

»Müssen wir das jetzt diskutieren?«

Nö. Der Tonfall des Hasen wechselte von beleidigt zu provokativ. *Wir können auch über den Barkeeper sprechen.*

»Der geht dich nichts an!«

Du hast ihn wieder angeschmachtet!

Natalie stopfte sich die Finger in die Ohren und summte eine Melodie.

DONNERSTAG, 6. MÄRZ

10:00

Im Krankenhaus hatte Natalie nicht daran gedacht, Maria Di Lauro wegen der Fitnesstrainerin zu fragen. Außerdem hatte Rothmann darum gebeten, dass sie noch einmal persönlich mit der Italienerin sprach. Ein Ausflug zur Agentur Echtzeit Wedding stand also auf dem Plan.

Die hinter dem Empfang sitzende Mitarbeiterin drückte Natalie einen Zettel in die Hand.

»Ihr seid spät dran«, sagte sie. »Neun Uhr hieß es. Füllt das bitte aus.« Ihr musternder Blick glitt von Natalie zu Markus und heftete sich auf dessen Fliege. Die dunkelgrüne, die perfekt zum Kordjackett passte, war es heute. Sie zog eine Braue hoch. »Wartet bei den anderen. Den Gang bis zum Ende durch. Nehmt euch Kaffee, wenn ihr wollt.«

Markus wollte etwas entgegnen und die Dienstmarke zücken, doch Natalie, die bereits einen Blick auf das Dokument geworfen hatte, kam ihm zuvor.

»Wie viele andere Bewerber gibt's denn?«

Die Frau zuckte mit den Schultern. »Ich hatte keine Zeit durchzuzählen und würd auch jetzt gern weiterarbeiten. Also, wie gesagt … den Gang durch …«

»Kaffee nehmen. Fragen beantworten. Schon klar.« Natalie zwinkerte Markus zu. »Komm, Schatz. Suchen wir uns ein schönes Plätzchen.«

Markus schob sich seine Brille auf der Nase hoch.

»Was hast du vor?«, murmelte er auf dem Weg zum Wartebereich. »Was findet hier statt? Und seit wann sind *wir* diejenigen, die Fragen beantworten?«

Am Ende des Gangs befand sich der Aufenthaltsraum der Agentur. Sämtliche Stühle waren besetzt, und auch mit Stehplätzen sah es schlecht aus. Die Kommissare blieben bei einem Fenster, dessen Scheiben bunte Bleiglaselemente enthielten. Natalie lehnte sich gegen die Fensterbank, von wo aus sie sowohl den Gang als auch den Raum überschauen konnte. Markus wartete noch auf eine Erklärung.

»Berlin liebt ist eine Kampagne, für die fünf Paare gesucht werden. Sie werden an bestimmten Berliner Plätzen fotografiert. Die Fotos hängen ab Frühjahrsbeginn als Plakate überall in der Stadt.«

Dass ausgerechnet Echtzeit Wedding die Kampagne durchführte, hielt Natalie für eine interessante Entwicklung. Während sie Markus mehr Details gab, machte sie sich ein Bild von den Wartenden. Die beiden Barkeeper entdeckte sie nirgends, dafür einige schräge Leute, Punks und Goths, aber auch Paare, die im unsäglichen Partnerlook aufgetaucht waren, und andere, die sich wie berühmte Filmpaare gestylt hatten. Natalie musste grinsen, als Frankensteins Monster aufstand, um sich und Frankensteins Braut Kaffee zu holen. *Thema verfehlt!*, sagte sie sich im Stillen.

Markus nahm ihr den Zettel aus der Hand und überflog ihn. »Was macht euch besonders?«, las er und sah wieder auf. »Du willst das doch nicht allen Ernstes ausfüllen und hier warten?«

»Fällt dir etwa nichts ein, was uns besonders macht?«, witzelte sie. »Wir könnten zum Beispiel schreiben, dass wir mörderisch gut drauf sind.«

Markus fand das nicht komisch, also lenkte sie ein. »Natürlich warten wir hier nicht die ganze Zeit. Katharina Di Lauro würde uns dann wohl noch weniger ernst nehmen.«

Eine Tür wurde geöffnet. Elias und Carolin kamen heraus und alberten auf dem Weg zum Empfang. Sie hopste und rempelte ihn an, er lachte und legte den Arm um ihren Nacken, also blieb zu vermuten, dass ihr Casting gut gelaufen war. Nachdem sie verschwunden waren und niemand Neues aufgerufen wurde, schlenderte Natalie zur Tür und lehnte sich daneben an die Wand. Sie hörte, wie zwei Frauen diskutierten. Eine Stimme gehörte Maria Di Lauro. Sie argumentierte für das letzte Paar und tat alle Gegenargumente der anderen Frau mit der ihr eigenen Herablassung ab. Die andere – Natalie ging davon aus, dass es ihre Schwester war – machte das wütend. Sie verlangte außergewöhnliche Menschen für diese Kampagne und hielt Caro zwar für interessant, Elias allerdings für zu attraktiv, doch sie stieß auf taube Ohren. Die Diskussion steigerte sich, bis eine die andere aufforderte, ihren Scheiß allein zu machen.

Die Tür wurde aufgerissen.

Natalie hatte sich Katharina Di Lauro als Zwilling von Maria vorgestellt, doch die Frau, die ihr jetzt gegenüberstand, war lange nicht so hübsch wie ihre Schwester. Lediglich die mandelförmigen Augen und der volle Mund ließen eine Verwandtschaft vermuten, doch davon abgesehen war sie etwas kleiner, ihr Körper weniger kurvig, ihr Stil schlicht. Ihr dunkles Haar war im Nacken zu einem Zopf gebunden. Ein schwarzer Rolli saß über einer ebenfalls schwarzen, schmal geschnittenen Hose, die in Stiefeln ohne Absatz verschwand. Mit dem Blick auf Natalie zog sie die Brauen zusammen, rang sich aber ein Lächeln ab.

»Hey, seid du und dein Freund die nächsten?«, fragte sie und sah kurz zu Markus, der an Natalies Seite Stellung bezogen hatte.

Absolut waren sie das.

»Sind wir«, antwortete er.

Katharina Di Lauro sah auf ihre Liste. »Seid ihr …« Sie schien Probleme mit der Aussprache eines Namens zu haben.

»Natalie Sperling und Markus Svoboda«, kam ihr Markus zuvor. »Mordkommission Berlin. Wir möchten gern noch einmal mit Ihrer Schwester und auch mit Ihnen sprechen.«

Der senkrechten Falten in der Stirn zum Trotz behielt Katharina Di Lauro den freundlichen Ton bei. »Heute ist es ungünstig. Wir sind mitten in einem Casting.«

»Ist uns aufgefallen. Keine Sorge, dauert nicht lange.« Natalie schob sich an der Frau vorbei ins Zimmer. Markus folgte ihr.

»Sehen wir uns jetzt jeden Tag?«, begrüßte Maria Di Lauro sie, ohne aus ihrem Sessel hinter dem Schreibtisch aufzustehen.

Natalie fand, dass sie übertrieb. »Gestern hatten wir nicht das Vergnügen, und heute sind wir gleich wieder verschwunden. Wir brauchen nur eine Info zu Andreas Wilkens' Training im Body Culture.« Natalie stützte sich auf den Schreibtisch, setzte eine Glaskugel, die dort stand, an eine andere Position und sah Maria Di Lauro schließlich in die Augen. »Wissen Sie, ob er zu einer der Angestellten Kontakt hatte?«

Maria Di Lauro begegnete Natalies Blick ohne Wimpernzucken, fragte mit beinahe steifen Lippen »Ach, noch eine Affäre?« und beobachtete dann ihre Schwester, die zu einem Fenster ging, das zur Rückseite des Hauses führte und den Blick in einen Garten freigab.

»Vermutlich, ja«, entgegnete Markus an Natalies Stelle.

Maria Di Lauro verzog den Mund. »Das wird Christine aber schwer treffen.«

Markus nahm sich einen Keks aus einer Schale. »Christine hatte bereits eine Ahnung«, sagte er. »Sie nicht?« Er rückte seine Brille auf der Nase zurecht, betrachtete den Keks genauer und biss hinein.

Den Blick noch auf ihre Schwester geheftet, in ihrem Stuhl hin und her schwingend, erweckte die Italienerin den Eindruck, als würde sie das alles nichts angehen. Natalie überlegte, ob sie im stillen Kämmerlein trauerte oder wütend war und Fremden gegenüber prinzipiell keine Emotionen zeigte, fand es aber doch merkwürdig, dass sie, obwohl sie in ihrem Stolz einmal mehr verletzt worden war, so gefasst blieb. Sie erzählte, dass er keine festen Tage gehabt hatte, an denen er ins Fitnessstudio gegangen war, und dass sie sich nach seinem Training nur selten gesehen hatten. Ob er dann nach Hause gefahren war oder sich mit einer Trainerin vergnügt hatte, darüber wollte Maria Di Lauro nie nachgedacht haben.

»Wenn Sie ihm vertraut haben«, schlussfolgerte Natalie, »warum haben Sie dann sein Handy kontrolliert?«

Maria Di Lauro schnaubte. »Meine Güte, das hab ich *einmal* gemacht. Ich war neugierig, wer schreibt. Das war aus einem Impuls heraus.« Sie sah auf die Uhr. »Wenn das alles war ...«

Markus, dem der Keks geschmeckt zu haben schien, nahm sich einen zweiten. Außerdem setzte er sich, um der Italienerin zu verdeutlichen, dass nicht sie es war, die diese Unterhaltung beendete.

»Wir würden gern noch mit Ihrer Schwester sprechen. Können Sie uns bitte einen Moment allein lassen?«

Maria Di Lauro mochte ihn gern hinauswerfen. So viel verrieten das verächtliche Blitzen in ihren Augen und ihr angehobener Mundwinkel. Doch sie hielt sich zurück und stand auf.

»In der Küche gibt es mehr Kekse«, zischte sie im Hinausgehen.

Natalie wartete ab, bis sie die Tür zugezogen hatte, und wandte sich dann zu ihrer Schwester um, die noch am Fenster stand.

»Ich denke nicht, dass ich Ihnen irgendetwas Neues erzählen kann«, sagte Katharina Di Lauro in prompter Abwehrhaltung.

»Es geht um nichts Neues«, sagte Markus, »sondern noch einmal um die Nacht vom Samstag auf den Sonntag, in der sie angeblich zu Ihrer Schwester gefahren sind.«

»Was heißt *angeblich*?«, schnaubte Katharina Di Lauro. »Maria rief an, weinte wegen des Streits mit Andreas und ich fuhr hin.« Sie zog ihr Handy hervor, aktivierte das Display und begann zu suchen. »Falls Sie die Anrufliste sehen möchten ...«

Markus ließ sich den Eintrag zeigen. »Waren Sie um diese Uhrzeit denn noch munter?«

»Nein. Ich war gerade eingeschlafen.«

»Wann in etwa waren Sie bei Ihrer Schwester?«

»So gegen eins. Ich hatte am Wein getrunken. Deshalb hab ich nicht das Auto genommen und bin mit der Bahn gefahren.«

Natalie klinkte sich mit einer neuen Frage ein: »Wie gut kannten Sie Andreas Wilkens?«

Katharina Di Lauros Blick wanderte von Markus zu ihr. »Ich hab ihn ein paar Mal im Jahr bei Familienfeiern gesehen … Zu Geburtstagen, mal auch zu Ostern oder Weihnachten. Manchmal kam er in die Agentur, nicht oft. Ich würde sagen, ich kannte ihn hauptsächlich aus den Schilderungen meiner Schwester.«

Zwischen Maria und Katharina Di Lauro bestanden nicht nur optische Unterschiede. Auch ihre Wesen waren grundverschieden. Beim Erzählen wirkte Katharina Di Lauro ruhig, und sie beantwortete Fragen geduldig. Sie fummelte nicht herum, wich keinem Blick aus, aber dennoch wurde Natalie das Gefühl nicht los, dass es eine Sache gab, die sie nicht oder nicht den Tatsachen entsprechend erzählte.

Noch auf der Rückfahrt ins Kommissariat überlegte sie, warum die beiden Frauen sich das Alibi überlegt haben könnten. Der Anruf hatte zwar stattgefunden, doch das bewies noch lange nicht, dass Katharina Di Lauro tatsächlich in eine Bahn gestiegen und zu ihrer Schwester gefahren war, um sie zu trösten.

Markus fuhr, und Natalie mochte sich nicht laut mit Harvey unterhalten, deshalb steckte sie die Hand in die Tasche und drückte den Hasen.

»Ist Maria Di Lauro Wilkens' Mörderin?«, flüsterte sie.

Ist sie in der Nacht zurückgekehrt, für eine Aussprache vielleicht?, flüsterte der Hase zurück, *und hat sie aus dem Affekt heraus nach dem Messer gegriffen?*

Natalie fiel eine weitere Frage ein: »Hat sie ihrer Schwester das gestanden und sie um Hilfe gebeten?«

Der Hase hatte einen ersten Einwand: *Würde sie sich unter diesen Umständen und um es perfekt zu machen aber nicht trauernd und leidend zeigen?*

»Vielleicht lügt sie wegen des Alibis, um nicht verdächtig zu sein? Um den Trouble von sich fernzuhalten und absolut nichts mehr mit ihrem Ex zu tun zu haben? Um der Agentur nicht zu schaden.«

Aber was ist mit Katharina?, warf Harvey zu Bedenken ein. *Hätte die nicht Skrupel, einen Mord zu decken, Schwester hin oder her? Würde der Gedanke, sich strafbar zu machen, nicht an irgendeinem Punkt für Nervosität sorgen? Oder war sie eine so gute Schauspielerin?*

18:30

Auf dem Heimweg vom Kommissariat hielt Natalie an ihrem bevorzugten Lebensmittelmarkt, um sich fürs Abendessen und die nächsten Tage zu versorgen. Schon zweimal in dieser Woche hatte sie Tiefkühlpizza gegessen, einen Döner am letzten Abend. Die paar Tomatenscheiben und Salatblätter, die sich zwischen dem Fleisch versteckt hatten, minderten das schlechte Gewissen nicht. Also wanderten nun lauter gesunde Sachen in den Einkaufskorb, zusammen mit dem festen Vorsatz, sie nicht nur Pseudo-Vitamine sein und verschimmeln zu lassen. An der Kasse legte Natalie außerdem eine Tageszeitung und ein Klatschblatt auf das Band. Beide Titelseiten versprachen den Lesern neueste Erkenntnisse zum Mordfall Wilkens. Was aktuelle Erkenntnisse anging, so hatte Daniel Wozniak keine beisteuern können, sondern Natalie knurrig wissen lassen, dass weder Google noch Facebook die Zugangsdaten zu den Accounts herausgerückt hatten und sie die Füße gefälligst weiter stillzuhalten hätte.

Die Presse tat das gewiss nicht. In den vergangenen Tagen hatten sie Anwohner interviewt und zu Wilkens befragt. Die wenigsten kannten ihn. Darüber hinaus ließen sich die meisten Nachbarn von der Überlegung, ob die Gegend in Friedrichshain noch sicher war, nicht verunsichern. Nur eine ältere Frau sorgte sich um den mit dem Küchenmesser bewaffneten Killer, der durch die Straße schlich, eine Klingelpartie veranstaltete und tötete, wer auch immer ihm öffnete.

Anders äußerten sich die vor der Praxis interviewten Menschen, von denen ein Großteil Wilkens' Patienten gewesen waren. Zwar brachten ihre Worte keine Neuigkeiten, doch sie beschrieben den Getöteten, wie zuvor Liselotte Busch und Dr. Franz Schiller, als engagierten Arzt, der nicht knauserig mit dem Verschreiben von Medikamenten und Therapien gewesen war, schon so

manche Bronchitis geheilt und etliche Wirbelblo-
ckaden gelöst hatte.

Zuerst las Natalie den Bericht der Tageszeitung, von der sie sich weniger Unterhaltung auf
niedrigem Niveau versprach. Wie erwartet war
die Berichterstattung sachlich und langweilig, da
es einfach nichts Neues zu berichten gab. Das
Klatschblatt hingegen protzte mit der Fotografie
eines Paares in den Sechzigern. *Brigitte und Hannes
Wilkens auf ihrem schweren Weg in die Wohnung des
ermordeten Sohns*, stand unter dem Bild.

Wilkens' Eltern waren wenige Schritte vor
dem Hauseingang fotografiert worden und wirkten überrascht. Nichtsdestotrotz hatten sie sich in
ein paar Worten geäußert. Dass die Nachricht
vom Tod des Sohnes natürlich ein Schock gewesen sei, sagte Wilkens' Vater, und dass es ihm ein
Rätsel war, was für ein Mensch diese grausame
Tat verübt habe. Zur Arbeit der Polizei wollte er
sich nicht äußern. Auf die Frage, woher sie als Eltern Trost bezögen, antwortete seine Frau, dass
es keinen wirklichen Trost gäbe und nie geben
würde. Sie zeigte sich jedoch dankbar für die
kompetente Betreuung und den Beistand seitens
des Bestattungsinstitutes. Der Bericht schloss mit
der bereits in anderen Quellen gelesenen Nachricht, dass Andreas Wilkens' Beerdigung am
kommenden Montag im engsten Familien- und
Freundeskreis stattfinden würde.

Bestattungsinstitut Muntermann, las Natalie
und ächzte. Das war wieder so ein passender

Name, von denen sie in den vergangenen Jahren einige gelesen hatte. Pietät Hellfeier & Schönertodt, Rainer Kummer & Max Elendt, Gottesknecht Grabmale, Lichtaus Bestattungen. Und der absolute Hammer: Bestattungsinstitut Freudensprung. Von denen ließ man wohl gern die garstige Schwiegermutter oder den reichen Erb-Onkel begraben. Dagegen war der Name Muntermann ja wirklich harmlos.

Sie schlug die Zeitung zu. Auf dem Weg in die Küche warf sie Bruce an der Wand einen Gruß zu, empfahl ihm, doch mal das Unterhemd zu waschen und motivierte sich für das Gemüse-schneiden. Bei den Tomaten säbelte sie sich in den Daumen, weil sie mit den Gedanken weit weg war, nämlich noch im Kommissariat, bei ei-nem der Befragten oder auch bei allen gleichzei-tig. Jedenfalls nicht in ihrer Küche. Ihr kribbeln-der Magen schien sie daran erinnern zu wollen, dass sie etwas übersehen hatte, während ihr mü-des Hirn behauptet, dass sie jede bekannte Per-sonen noch so oft befragen konnte, ohne je wei-terzukommen.

Anders als sonst schaltete sie zum Essen nicht einmal den Fernseher oder Musik an. Sie war sich der Stille gar nicht bewusst, spürte kaum das Pul-sieren ihres verletzten Daumens, aß ihr Hühn-chen und den Salat, dachte und dachte und dach-te … und kehrte immer zum Ausgangspunkt zu-rück. Frustriert räumte sie den Teller und das Besteck bald in die Spülmaschine, wusch die

Schüssel und Pfanne ab und kehrte mit einem Glas Rotwein ins Wohnzimmer zurück. Auf der Couch machte sie es sich bequemer als es irgendwo sonst, außer im Bett, möglich war, entflocht ihren Zopf, strubbelte sich durch die Haare, stützte das Kinn in die Handflächen und brütete dumpf vor sich hin.

Mir ist langweilig!, hörte sie jemanden jammern.

Sie hob den Kopf. Inspektor Harvey lehnte an der Rotweinflasche.

»Warum grinst du dann?«

Ich kann nicht anders.

»Hm! Und was soll ich gegen deine Langeweile tun?«

Lass uns doch ein bisschen spielen!

»Spielen? Was denn?«

Profiling?

Natalie seufzte, setzte sich auf und zog die Beine zum Schneidersitz auf die Couch. »Okay. Dann leg mal los!«

Also noch mal zur Erinnerung: Es fehlen Einbruchspuren. Wilkens hat den Täter also gekannt. Wen würde er nach Mitternacht in seine Wohnung lassen?

»Familie und enge Freunde.«

Einen Patienten?

Natalie schüttelte den Kopf. »Glaub ich nicht. Er hatte getrunken, war vielleicht auch müde. Einen Patienten hätte er gebeten, zur Sprechzeit in die Praxis zu kommen. Problempatienten gab es laut der Akten nicht. Ein Notfallpatient hätte angerufen, statt bei ihm vorbeizuschauen.«

Einigermaßen zufrieden mit ihrer Einschätzung machte Harvey es sich bequem in der anderen Ecke der Couch, in die er vor Stunden gesetzt worden war. *Okay, weiter. Wer macht nach Mitternacht Besuche?*

»Der Täter kam entweder unangemeldet, möglicherweise, weil er wegen eines Problems nicht schlafen konnte oder auf dem Heimweg aus einer Kneipe war und eine Aussprache gesucht hat, oder es hat eine Verabredung gegeben. Zum Sex vielleicht.«

Du gehst von Tötung aus dem Affekt aus, weil es keinerlei Kampfspuren gibt. Harvey legte den Kopf ein wenig schief. Ein Ohr klappte herunter. *Das spricht für eine missglückte Aussprache, für ein tiefsitzendes Problem, das keine Lösung fand.*

»Für Hilflosigkeit, Ratlosigkeit, Kontrollverlust, Frustration. Eine Überreaktion, prinzipiell.«

Harvey fokussierte den nächsten Punkt: *Warum die Tatwaffe mitgenommen wurde, erklärt sich von selbst. Doch was denkst du zum verschwundenen Handy?*

»Dass auch das Handy eingesteckt wurde, ist ein weiteres Indiz dafür, dass Wilkens den Täter gekannt hat. Dass es weder ein Patient noch ein weitläufiger Bekannter war.«

Ach ja? Und wieso?

»Es waren Daten darauf gespeichert, die zum Täter führen. Und der Täter wusste das.«

SMS? Telefonnummern?

Natalie trank einen Schluck Wein, stellte das Glas dann ab. »Ich denke, jeder weiß, dass solche

Daten kein Geheimnis des jeweiligen Telefons sind und von der Polizei herausgefunden werden können.« Sie stützte das Kinn in die Hand, grübelte. »Es müssen Daten gewesen sein, die lokal, also auf dem Gerät gespeichert sind.«

Zum Beispiel?

»Fotos.«

Der Hase grinste breiter. *Schlaues Mädchen!*

»Ist ja erst mal nur eine Vermutung.«

Wie auch immer … Kommen wir darauf zu sprechen, warum du davon ausgehst, dass es eine Frau war.

»Na, schau dir die Männer in Wilkens' Umfeld an! Sein Kollege Schiller hat ein Alibi. Sein Freund Seidel ebenfalls. Christine Zilinskis Mann hat ein Alibi. Gemäß den aktuellen Erkenntnissen sind da keine anderen Männer, die infrage kämen.«

Was ist mit Männern von Geliebten, die wir noch nicht kennen?

»Okay, das angenommen. Aber die hätte er wahrscheinlich nicht gekannt und um diese Uhrzeit auch nicht reingelassen. Falls doch, wär er sicher auf eine Auseinandersetzung eingestellt gewesen und es hätte Spuren eines Kampfes gegeben, DNA-Material unter seinen Nägeln, auf seiner Haut oder der Kleidung.«

Der Hase bedachte das eine Weile und nickte dann. *Mein Gefühl sagt mir ja auch, dass wir eine Frau suchen.*

»Also landen wir an dem Punkt, um den ich schon die ganze Zeit kreise: Wir suchen eine

Frau, die Wilkens nahestand und von ihm verletzt wurde. Entweder im Vorfeld oder in dieser Nacht. Da sie Fotos von sich auf dem Handy vermutet hat, hat sie es mitgenommen.«

Dann würde Maria Di Lauro ja fast als Verdächtige ausscheiden. Außer es wären irgendwelche Schweinerei-Bilder, von denen sie nicht will, dass jemand sie sieht.

»Gleiches gilt für Christine Zilinski.«

Aber nicht für die Trainerin!

»Und auch nicht für eine vierte Unbekannte.«

Inspektor Harvey schien müde zu werden. Er rutschte an der Flasche herab. *Dann häng dich mal rein!*, nuschelte er und begann zu schnarchen.

FREITAG, 7. MÄRZ

7:45

Vor noch nicht allzu langer Zeit hatten viele
Berliner den Stadtteil Neukölln als Brennpunkt
betrachtet, um den man besser einen Bogen
machte. Seit sich die Reuterstraße zum Reuterkiez
gemausert hatte und mit coolen Cafés und Bars
Einheimische und Besucher anlockte, schien sich
Neukölln zum neuen Szeneviertel der Hauptstadt
zu entwickeln – ein Wandel, den Kreuzberg vor
einiger Zeit erlebt hatte und allmählich Abnut-
zungserscheinungen zeigte. Offenbar musste etwas Neues her, auch um mehr hippen Wohnraum
und Argumente für höhere Mietpreise zu schaffen.

Natalie lebte in einer Parallelstraße des Reu-
terkiezes und hatte die Entwicklung praktisch
vom Wohnzimmerfenster aus beobachtet. Sie
hatte sich in Neukölln schon wohl gefühlt, als
andere es noch gemieden hatten, und mochte das
Leben hier. Ihre gemütliche Zweizimmerwoh-
nung würde sie nicht aufgeben, nicht einmal, um

näher am Kommissariat zu wohnen. Die Mieten in Schönefeld waren höher, und die Fahrt zur Arbeit dauerte gerade mal fünfundzwanzig Minuten. Das war eine einfache Rechnung.

Sonnenallee → Hasenheide → Gneisenaustraße … Natalie würde die Strecke selbst im Schlaf finden. Mit den Gedanken schon halb im Kommissariat fuhr sie die Yorkstraße entlang und wechselte auf die linke Spur, um ein schleichendes Auto zu überholen. Ihr Magen kribbelte vor Nervosität, weil etwas an diesem Morgen seltsam war. Irgendetwas wurmte sie.

Sie sah in den Rückspiegel, dann zum Beifahrersitz, dann zum Armaturenbrett. Das war leer. Ungeachtet des darauf wohnenden Staubes.

Natalie trat so hart auf die Bremse, dass der hinter ihr fahrende Wagen eine Vollbremsung hinlegen musste. Ein Hupkonzert setzte ein.

Ihr Herz klopfte, als sie wieder Gas gab.

»Mist, Mist, Mist!« Sie schlug auf das Lenkrad. »Verdammter Mist aber auch!«

Sie hatte Inspektor Harvey vergessen! Und diesmal gab es keine Ausrede, von wegen, sie hätte ihn schon geholt. Auf dem Nachtschrank hatte sie ihn sitzen lassen.

Da musste er jetzt durch, beschloss sie und bog in die Bülowstraße ein, warf aber doch einen Blick auf die Uhr im Cockpit. Zehn vor acht war es, und somit blieb wirklich keine Zeit. Ganz davon abgesehen … Wäre es nicht ein bisschen irre, jetzt umzudrehen? Wegen eines Hasen!

Natalie zögerte, als sie eine Wendemöglichkeit passierte, fuhr aber vorbei. Nein! Sie würde Inspektor Harvey heute Abend Bericht erstatten, und damit würde er sich zufrieden geben … müssen. Oder sie holte ihn in der Mittagspause. Oder sie …

Eine neue Wendemöglichkeit kam in Sicht, und das schlechte Gefühl im Bauch wurde stärker.

»Ach, verdammt!«, fluchte sie und riss das Lenkrad herum.

Auf der zurückführenden Fahrbahn nahm sie die linke Spur, schaltete einen Gang runter und trat das Gaspedal durch. Sie würde zu spät im Kommissariat sein, wenn sie Glück hatte, rechtzeitig zur Besprechung. Obwohl es ihr das Risiko wert war, wünschte sie sich in den folgenden achtzehn Minuten – so schnell war sie nie zuvor gewesen – das Blaulicht des Dienstwagens aufs Dach. Zu Hause angekommen, rannte sie ins Schlafzimmer und schnappte sich Inspektor Harvey, der sie vorwurfsoll ansah.

»Spar dir den Kommentar!«, grummelte sie. »Wir haben keine Zeit!«

Natürlich sparte er sich den Kommentar nicht, doch Natalie verstand kein Wort, da sie den Hasen schon in die Tasche gesteckt hatte und aus der Wohnung hechtete. Im gleichen Tempo ging es wieder Richtung Schönefeld.

Kurz vor halb neun parkte sie das Auto von quer nach schief, flitzte los, spurtete Treppen hinauf, rannte durch Gänge und plumpste nur Sekunden bevor Johannes Rothmann ins Besprechungszimmer kam mit hochrotem Gesicht auf den leeren Stuhl neben Markus. Er schickte ihr einen fragenden Blick, den sie mit einem Kopfschütteln abtat.

Auf Rothmanns Erkundigung schilderte Daniel Wozniak in einem Ton, der zum Einschlafen einlud, dass Google-Mail, Freenet und Facebook die Zugangsdaten von Wilkens' Accounts herausgerückt hatten, er aber keine ungewöhnlichen Mails gefunden hatte. Mit der Auswertung von Facebook war er noch beschäftigt.

»Das ist ziemlich aufwendig«, behauptete er und schaute in die Runde, als erwarte er Beifall. »Außerdem hab ich noch andere Sachen zu tun.«

Rothmann runzelte die Stirn. »Haben Sie es verlernt, Prioritäten zu setzen, Wozniak?«, fragte er. »Diese Auswertung erledigen Sie vor allen anderen Dingen.«

Na endlich!, dachte Natalie und sah zum Kollegen hin. Mit jeder Sekunde nahm sein Gesicht ein dunkleres Rot an. Er schwoll an, als wollte er platzen, da klopfte es und Rothmanns Sekretärin steckte den Kopf zur Tür herein. Sie bat Natalie nach draußen, weil Stefan Seidel da war und mit ihr sprechen wollte.

»Da bin ich gespannt«, hörte sie Markus murmeln, stand auf und verließ den Raum.

In ihrem Büro bot sie Seidel den Stuhl vor ihrem Schreibtisch an und schloss die Blenden, da die Wintersonne zu grell war. Sie wollte nicht sitzen und lehnte sich gegen die Fensterbank.

»Ich habe eine alte SMS von Andreas entdeckt«, begann Seidel. »Er wollte eine Nacht mit einer Frau verbringen und brauchte ein Alibi von mir.«

Fällt ihm das wirklich erst jetzt ein?, überlegte Natalie, fragte aber etwas anderes: »Mit welcher Frau? Der Trainerin?«

Seidel fuhr sich mit der Hand übers Gesicht und atmete durch. »Zuerst dachte ich, es sei Hottie. Als Andreas aber einige Tage später auf ein paar Drinks ins Fandel kam, erfuhr ich, dass er eine gewisse Miss O getroffen hatte. Ich war neugierig und bohrte nach, da zeigte er mir ein Foto auf seinem Handy. Er hatte sie in einer scharfen Pose fotografiert, nur ihren Body, nicht ihr Gesicht. Er traf diese Frau wohl schon eine Weile, aber nicht oft und nur für SM-Spiele.«

SM-Spiele mit Miss O? »Ist das nicht außergewöhnlich genug, um sich sofort zu erinnern?«, fragte Natalie.

Seidel verteidigte seinen Standpunkt. »Er hat sie nur dieses eine Mal erwähnt, danach nie wieder. Wir haben nie über sie und den Sex mit ihr gesprochen. Außerdem habe ich seit Andreas' Tod keinen klaren Kopf. Nach und nach fallen mir Details ein ... das wenigste davon würde Ihren Ermittlungen weiterhelfen. Es sind einfach kleine Erinnerungen.«

»Wann wurde die Nachricht gesendet?«

Seidel zog sein Handy aus dem Jackett, holte die SMS auf das Display und zeigte sie Natalie. »Am dreiundzwanzigsten Januar.«

»Wissen Sie, wo Ihr Freund diese Frau getroffen hat?«

»In einem SM-Studio. Den Namen kenne ich nicht.«

»Ganz sicher ein Studio oder doch ein Club?«

Er zuckte die Achseln. »Ich denke, dass es ein Studio war, denn ich kann mir nicht vorstellen, dass er seine Neigungen in einer Gruppe ausgelebt hat. Allerdings wusste ich bis dato auch nicht, dass er überhaupt ein Faible für SM-Praktiken hat ...«

Natalie hoffte, dass sie bei den Appartements der Stadt eine Buchung finden würden, damit sie nicht all die Clubs abklappern mussten.

»In welcher Rolle hat er diese Spiele gespielt«, fragte sie dann. »Können Sie sagen, ober er den dominanten Part übernahm oder der Frau das Zepter überließ?«

Seidel sprach aus, was Natalie dachte: »Der Name der Geliebten, Miss O, deutet auf Ersteres hin. Im Übrigen war sie auf dem Foto gefesselt.«

»Können Sie sich an mehr Details des Bildes erinnern? An ihre Figur? War sie sportlich, zierlich oder molliger? Haben Sie eine Haarfarbe erkennen können, von Haaren, die über die Schulter fielen. Hatte sie Male auf der Haut?«

Seidel schüttelte den Kopf. Sein für kurze Zeit leerer Blick verriet, dass er sich zu erinnern versuchte. »Es war eine Schwarz-Weiß-Fotografie«, sagte er. »Ihre Haare waren entweder kurz oder zurückgebunden. Und ihr Intimbereich ...« Er zögerte, strubbelte sich durch das Haar. »Na ja, der war recht gründlich rasiert. Male sind mir keine aufgefallen. Aber ihre Brüste waren eher klein, B-Körbchen.« Er formte die Hände, um Natalie eine Vorstellung von der Größe zu geben. »Kompakt, in die Hände passend, schätze ich mal. Und sie war schlank.«

Mehr wusste Seidel nicht zu berichten. Weil die Neuigkeiten geradezu nach Recherche verlangten, und zwar auf der Stelle, komplementierte Natalie den Restaurantbesitzer aus dem Büro, setzte Inspektor Harvey in seinen kleinen Stuhl, zog die Jacke aus und nahm am Schreibtisch Platz. Während der Rechner hochfuhr, trug sie die Fakten zusammen:

Es gab eine vierte Frau. Möglicherweise war sie der Grund, warum Andreas Wilkens seine Beziehung und beide Affären beendet hatte. Und es hatte Fotos auf dem Handy gegeben. Das war ein Grund, das Handy einzukassieren.

Natalie überlegte, ob Wozniak wohl so geistesgegenwärtig und willig gewesen war, die letzten Signale des Handys zu orten und überhaupt zu überprüfen, ob es noch eingeschaltet war. Sie wollte sich hüten, ihn das zu fragen und loggte sich selbst im entsprechenden Programm ein.

Nach der Eingabe von Wilkens' Telefonnummer erfuhr sie, dass das Gerät zuletzt am zweiten

März um Viertel nach Drei gesendet hatte. Der Sendemast, der dieses und alle vorherigen Signale des Tages aufgezeichnet hatte, befand sich in der Nähe von Wilkens' Wohnung. Weil an dieser Stelle kein Weiterkommen war, ließ sich Natalie alle Berliner SM-Mietappartements anzeigen. Gerade hatte sie die Datei mit den Namen an den Drucker gesendet, da kam Markus von der Besprechung zurück und wollte wissen, warum Stefan Seidel da gewesen war.

Natalie erzählte es.

»Das heißt, wir klappern jetzt zig SM-Studios ab und schauen, wer am dreiundzwanzigsten Januar Gäste hatte«, schlussfolgerte Markus.

Natalie lehnte sich im Stuhl zurück. »So ist es.«

Markus nieste, wie immer viermal. Dann zog er ein frisch gebügeltes Taschentuch aus der Hose, wedelte es auf und schnäuzte sich.

»Los geht's«, sagte er, während er sich über die Nase wischte, und stand auf. »So ein Hauch von Sado-Maso am Morgen ist doch was Feines.«

Natalie zog ihre Jacke an, steckte Harvey ein und folgte ihrem Kollegen aus dem Büro.

»Weiß Verena von deinen Neigungen?«, zog sie ihn auf dem Weg zum Parkplatz auf und lachte nur über seine tadelnde Miene.

13:45

Vier frivole Etablissements waren abgehakt. Da es sich bei den Betreibern um Privatleute oder Immobilienagenturen handelte, die ihre Büros oder Wohnungen an anderer Stelle hatten, war der von Markus erwartete Hauch von Sado-Maso aber ausgeblieben. Alle Befragten hatten ihre Kalender auf eine Buchung vom dreiundzwanzigsten auf den vierundzwanzigsten Januar überprüft und im positiven Fall die dazugehörigen Daten herausgerückt. Nur zwei der vier Appartements waren zum Zeitpunkt vermietet gewesen, und anhand der Mails, über die gebucht worden war, schlossen die Kommissare aus, dass es Wilkens oder seine Gespielin gewesen war.

»Wenn er irgendwo gebucht hat«, überlegte Markus und biss in seinen Burger, »wird er das ohnehin kaum mit seinen regulären Mailadressen getan haben.«

Für das verspätete Mittagessen war die Wahl einmal mehr auf Fastfood gefallen. Natalie, die das Zeug nicht mehr sehen konnte, hatte sich für einen Salat entschieden, in dem sie aber auch appetitlos herumstocherte.

»Er wird sich bei einem Provider eine kostenlose Adresse angelegt haben, die er vielleicht auch für die Kommunikation mit Miss O nutzte.«

Natalie brummelte eine Bestätigung, spießte eine Tomate auf die Plastikgabel und betrachtete sie missmutig. Sie wollte mal wieder richtig lecker essen. Ohne selbst kochen zu müssen.

»Andere Freemail-Accounts als die bei Google und Freenet hat unser Kollege nicht gefunden?«

»Nein, leider nicht.« Natalie ließ die Gabel samt Tomate in die Plastikschale fallen, schob sie von sich und stützte das Kinn in die Hand. »Was kocht deine Mutter heute Abend?« Sie wollte sich natürlich nicht einladen, sondern Markus höchstens ein bisschen um die selbstgekochten Hausmannskost beneiden.

»*Was* sie kocht, weiß ich nicht. Ich weiß nur, *dass* sie kocht. Und zwar vor Wut.«

»Oh! Wegen Verena?«

»Ja. Sie und ich gehen heute indisch essen.« Markus sah auf und grinste. »Ich hab Mutter gefragt, ob sie mitkommen möchte.«

»Nicht dein Ernst!«

»Nicht wirklich. Ich wusste ja, dass sie das nie tun würde. Sie verabscheut ausländische Küche und die asiatische erst recht. Hunde und Katzen bekommt man da serviert, meint sie.«

Er steckte sich den letzten Happen des Burgers in den Mund und erkundigte sich mit halbvollem Mund, warum Natalie überhaupt gefragt hatte. Sie winkte ab und nahm ihr Telefon.

›Ich kann keine Tiefkühlpizza mehr sehen‹, textete sie Andrea Berendt. ›Wie wär's mit irgendwas Gutem zu Essen heute Abend?‹

Andreas Antwort trudelte fünf Minuten später ein: ›Geht mir auch so, also gern. Zum Nachtisch aber bitte keinen Tequila!‹

20:45

Schnitzel in allen Variationen stand auf der Speisekarte. Das war zwar auch nicht gerade gesund, aber immerhin kein Fastfood und davon

131

abgesehen das wahrscheinlich beste Schnitzel außerhalb von Österreich. Weniger als *das wahrscheinlich beste* wollte Natalie nach diesem Tag nicht.

Bis zum Feierabend hatten Markus und sie den Vermietern fünf weiterer Appartements einen Besuch abgestattet und sich danach im Kommissariat an die Berichte gesetzt, die sie die Woche über vernachlässigt hatten. Bei den SM-Studios waren sie nicht weitergekommen – insofern man das Ausschließen nicht als Fortschritt betrachtete.

Eine Betreiberin hatte zuerst keine Auskunft geben wollen. Nach ihrer Einsicht stellte sich heraus, dass sie am dreiundzwanzigsten Januar eine Mottoparty veranstaltet hatte. Da Wilkens nicht unter den ausgewählten und eingeladenen Gästen gewesen war, konnte dieses Studio von der Liste gestrichen werden. Ähnlich sah es mit den anderen vieren aus. In zweien hatte es keine Buchungen gegeben, und in den verbleibenden hatten sich die Mieter mit Personalausweis identifizieren müssen. Beide Male waren es Männer gewesen, aber nicht Andreas Wilkens.

»Bist du schon wem auf der Spur?«, fragte Andrea, nachdem sie auch den letzten Krumen ihres Schnitzels aufgegessen hatte. Die Pommes verschmähte sie.

Natalie erzählte von Stefan Seidels Hinweis und ärgerte sich dann über Daniel Wozniak, der Wilkens' Notebook zusammen mit einer Nachricht auf ihren Schreibtisch gestellt hatte. Die Nachricht besagte, dass er seine kostbare Zeit völlig umsonst mit dem Durchwühlen von Facebook verschwendet hatte.

»Sicherheitshalber soll ich meinen fachfrauischen Blick drauf werfen.« Natalie rollte die Augen. »Der Typ geht mir so auf die Nerven.«

»So einen hat es doch überall«, versuchte Andrea zu trösten. »In der Charité springt auch einer rum, der sich für Dr. Quincy hält und dem Chef so tief in den Arsch kriecht, dass er längt oben wieder rausschauen müsste.«

»Das würde Wozniak nicht tun. Es würde einen Zacken aus seiner Krone brechen.«

»Und? Schaust du dir das Notebook noch mal an?«

Natalie spießte ihre letzten Bratkartoffeln auf, als sei die Gabel eine Forke und ihr Kollege die Kartoffeln. »Der Vorschlag triefte vor Sarkasmus …«

»Schon klar.« Andrea verzog abschätzend den Mund. »Aber wo du das Ding nun schon hast, wieso nicht?«

»In den letzten Tagen war ich kaum vor zweiundzwanzig Uhr zu Hause. So ein wenig Wochenende wäre nicht schlecht.«

»Du sagst es. Und wenn Wozniak meint, das Gerät ist in Ordnung, dann wird es wohl so sein. Oder misstraust du ihm?«

»Eigentlich nicht, auch wenn er in letzter Zeit echt lahm ist. Es ist seine Art, die so furchtbar ist.

Jeden motzt er an, spielt sich auf. Und mit mir scheint er ein besonderes Problem zu haben, obwohl ich …«, Natalie suchte nach dem richtigen Wort, » … nur kommuniziere.«

»Vielleicht wollte er in diesem Fall selbst draußen ermitteln und nicht vor Computern hocken.«

»Möglich. Aber das war Rothmanns Entscheidung und nicht meine.«

Natalies Handy piepte, was merkwürdig war, da auf dem Dienstgerät hauptsächlich Anrufe eingingen, kaum SMS. Sie sah nach und fand die Nachricht eines unbekannten Absenders.

›Mir ist noch etwas eingefallen. Viele Grüße, Elias Stern‹, las sie und entschuldigte sich bei Andrea, weil sie vor das Restaurant gehen und ihn gleich zurückrufen wollte.

Er schien überrascht, dass sie so prompt reagierte. »Hättest du auch so schnell zurückgerufen, wenn ich dich um ein Date gebeten hätte?«, wollte er mit einem Lachen wissen.

»Auf ein Date?« Natalie war irritiert. »Ich weiß nicht. Möglicherweise nicht.«

Falls er enttäuscht war, ließ er es sich nicht anmerken, sondern plauderte weiter. »Hättest du überhaupt zurückgerufen?«

»Möglicherweise schon. Irgendwann später. Aber was ist dir denn nun noch eingefallen?«

»Na, dass ich gern ein Date mit dir hätte.«

»Ähm, ach so …« Nun war es Natalie, die lachte. Während sie über den Gehweg schlenderte, grübelte sie, was sie ihm antworten sollte.«

»Das war eine Frage«, tönte Elias noch immer amüsiert in ihr Schweigen.

Natalie gab sich einen inneren Ruck. »Wann denn?«

»Wie wär's mit morgen Abend?«

»Morgen Abend schon …« Ja klar, morgen war Samstag und somit ein Abend zum Ausgehen … für die meisten Leute. »Du, ich hab Bereitschaft. Noch neun Tage …«

»Bereitschaft, ja und? Das heißt, du musst dich bereithalten, aber nicht am Schreibtisch sitzen.«

»Ich will ein paar Sachen recherchieren …« Allmählich kam sie sich vor, als würde sie ihm Ausreden liefern, dabei erklärte sie bloß ihren Job.

Elias blieb hartnäckig. »Morgen Abend aber nicht. Willst du mich nun treffen oder nicht? Ein klares Nein und ich frag nie wieder.«

Ein Nein wäre übereilt. Ein Ja aber auch. Nicht nur, weil sie Elias zum aktuellen Fall befragte, sondern auch, weil sie lange nicht gedatet hatte. »Können wir morgen Vormittag noch mal sprechen?«

»Klar«, sagte er. »Ich meld mich bei dir, und jetzt muss ich hier loslegen. Caro hat frei, die Aushilfe ist nicht der Schnellste und der Laden ist voll. Zu schade, dass du nicht am Tresen sitzt.«

Ehe Natalie etwas erwidern konnte, legte er auf. Sie steckte das Handy ein und ging zurück ins Restaurant, wo gerade zwei neue Weiße mit Schuss an ihren Tisch gebracht wurden.

»Neuigkeiten zum Fall?«, fragte Andrea, als Natalie sich setzte.

»Nicht wirklich.« Sie stützte die Ellenbogen auf den Tisch, nahm ihren Zopf nach vorn und pinselte sich mit den Haarspitzen über die Nase.

»Sondern?« In der Erwartung einer längeren Geschichte, machte Andrea es sich bequem, indem sie sich zurücklehnte und die Füße unterm Tisch kreuzte.

»Das war der Barkeeper aus Wilkens' Stammkneipe, in der ich mich umgehört habe. Wir sind ins Gespräch gekommen, bevor ich mich als ermittelnde Kommissarin geoutet habe.«

»Oh!« Andrea machte große Augen.

»Nun will er sich mit mir treffen?«, sagte Natalie. »Ich weiß nicht, ob das eine gute Idee ist.«

Andrea grinste und zuckte mit den Schultern. »Wenn er nicht verdächtig ist, spricht doch nichts dagegen, oder gibt es einen moralischen Kodex bei euch?«

Natalie verneinte das. Sie würde Rothmann sicher nicht um Erlaubnis bitten, einen Mann zu treffen, nur weil sie ihn zum aktuellen Fall befragt hatte. Und er würde sich wundern, wenn sie es täte. Sie wollte darüber schlafen und ihre Entscheidung am Morgen aus dem Bauch heraus treffen.

SAMSTAG, 8. MÄRZ

6:45

Zum ersten Mal, seit sie den Fall des toten Arztes übernommen hatte, träumte Natalie. Hätte sie einen Traum bestellen können, wäre es das Südseemodell gewesen, doch da die Bestellfunktion fehlte, setzte sie sich noch im Schlaf mit dem Alltag auseinander und fuhr U-Bahn. Nachts. In einem völlig leeren Zug ohne Sitzplätze, der viel zu schnell unterwegs war. Weil sie sich mit beiden Händen in einer von der Decke baumelnden Schlaufe festhalten musste, konnte sie nicht an ihr Handy gehen, als Elias anrief. Sie versuchte es zwar, doch ihre Hände waren wie an der Schlaufe festgeklebt. Und so klingelte das Handy ... und klingelte und klingelte.

Zuerst träge und nur widerwillig tastete sich Natalies Geist in die Wirklichkeit vor, doch als ihr bewusst wurde, dass ihr Telefon tatsächlich tutete, war sie mit einem Schlag hellwach. Erschrocken rollte sie sich auf die Seite, hob das Gerät vom Boden neben dem Bett auf, nahm das Gespräch an und bemühte ein »Hallo« über die Lippen.

»Sperling! Sind Sie wach?«, bellte Johannes Rothmann in ihr Ohr.

»Jetzt schon.« Natalie linste zum Digitalwecker. Nicht mal sieben Uhr war es. Dafür aber ein gottverdammter Samstag. »Was gibt's denn?«

»Ein neues Problem.«

Ja, so was in der Art hatte sie sich gedacht.

»Raus aus den Federn, Sperling, kommen Sie sofort nach Friedrichshain. Ins Beerdigungsinstitut Muntermann.«

Der Name wurde nun in zweiter Weise ironisch.

»Wilkens' Leichnam wurde gestern dorthin gebracht.«

»Exakt. Sind Sie auf dem Weg?«

Natalie setzte sich auf, stellte die Füße vors Bett und kraulte sich mit der freien Hand den Kopf. »Bin ich. Weiß Markus schon Bescheid?«

»Wenn einer von Ihnen beiden da ist, genügt das erst mal. Ich bin selbst gleich dort. «

Auf dem Weg ins Badezimmer dachte Natalie daran, dass Markus mit Verena verabredet gewesen war. Möglicherweise hatte er sogar die Nacht mit ihr verbracht … endlich einmal. Für den Fall sollte er gern noch eine Weile in ihren Armen schlummern.

Ach komm schon, gib's zu!, grinste Inspektor Harvey schon putzmunter vom Nachtschrank her. *Du bist neidisch. Würdest selbst gern in den Armen*

von irgendwem kuscheln. In denen des Barkeepers viel-
leicht?

Natalie warf ihm einen verächtlichen Blick zu
und strafte ihn mit Schweigen.

8:35

In das Bestattungsinstitut war eingebrochen
wurden, dies mit einem Picklock, einer Art Diet-
rich, wie man ihn im Set mit verschiedenen Grö-
ßen bei jedem gut sortierten Händler kaufen
konnte. Das Institut verfügte weder über eine
Überwachungskamera noch über eine Alarmanla-
ge.

»Was will man auch schon von Toten steh-
len?«, rechtfertigte sich Karl Muntermann, der
Inhaber, der sich in am frühen Morgen an die
Herrichtung von Wilkens' Leichnam für die am
Montag geplante Beerdigung hatte machen wol-
len.

Nun würde er etwas mehr zu tun haben.

Der Transportsarg, aus dem der Tote von der
Gerichtsmedizin abgeholt worden war, war auf-
geschraubt worden. Die quer über seinen Oberkörper führende Naht, unter der sich die für die
Obduktion entnommenen Organe befanden, war
aufgetrennt worden. Das Herz fehlte. Auf die
rechte, bis dato unversehrte Brustseite hatte man
den Schriftzug *Keine Liebe* geritzt.

Johannes Rothmann hatte auch mit Paul Liebig telefoniert, der eine halbe Stunde nach Natalie
am Tatort erschien. Wenig später traf Andrea Be-

rendt ein, und die Männer der Spurensicherung, die den Leichnam abklebten, um fremde Wimpern, Haare und Hautschuppen zu finden, unterbrachen ihre Arbeit. Die Gerichtsmedizinerin sah sich die geöffnete Naht an und vermutete, dass sie mit einer kleinen Schere, einer Nagelschere möglicherweise, aufgetrennt worden war.

Natalies Hirn ratterte auf Hochtouren. War der Täter derselbe, der Wilkens umgebracht hatte? Die erste Tat war aus dem Affekt heraus geschehen, doch diese hier war geplant gewesen. Dass derjenige gewusst hatte, in welches Bestattungsinstitut Wilkens gebracht worden war, schränkte den Kreis der Verdächtigen leider nicht ein. Im Gegenteil, ganz Berlin wusste das wohl, seit es in der Zeitung gestanden hatte, wie Natalie sich erinnerte. Sie wünschte die Klatschpresse zum Teufel.

Es war denkbar, dass eine Person Wilkens getötet und eine andere sich sein Herz geholt hatte, doch Natalie es für unwahrscheinlich. Handelte es sich um ein und dieselbe Person, dann war sie ein verdammt hohes Risiko eingegangen. Die Hoffnung, mit Wilkens' Tötung davonzukommen, spielte offenbar keine Rolle. Etwas anderes war wichtiger gewesen: Rache zu nehmen? Die Verzweiflung zu stillen? Sein Herz zu besitzen? Weil er ihres besaß, selbst jetzt noch? Für Letzteres sprach der Schriftzug *Keine Liebe*.

»Svoboda, Michalski und Krupa sind gleich hier und kümmern sich um die Befragungen der

Nachbarn«, sagte Rothmann, der vom Telefonieren zurückkam. »Sprechen Sie mit dem Bestatter. Von dem habe ich gerade erfahren, in welchem Hotel die Eltern des Opfers wohnen. Dorthin fahre ich jetzt.«

Zu schade, dass Wozniak weiterschlafen durfte, dachte Natalie und suchte Karl Muntermann, der total verdattert in einem Nebenzimmer saß.

10:00

Wie befürchtet, hatte der Bestatter keine wertvollen Informationen beisteuern können. In der Absicht, mit seiner Arbeit an Wilkens zu beginnen, hatte er ihn so vorgefunden und die Polizei verständigt. Er und seine Frau wohnten über dem Beerdigungsinstitut. Sie waren gegen Mitternacht schlafen gegangen, hatten bis dahin nichts bemerkt und sich, wie jeden Morgen, um sechs Uhr dreißig wecken lassen.

Nach seiner Befragung machte sich Natalie auf den Weg nach Wedding. Unterwegs telefonierte sie mit dem Krankenhaus, wo man ihr bestätigte, dass Christine Zilinski noch auf der Station war und am Montag entlassen werden würde. Nun war sie gespannt, ob Maria Di Lauro ihr abermals ein Alibi nennen würde.

»Ach, an den Wochenenden kommen Sie sogar zum Frühstück, wie schön!«, begrüßte sie die Italienerin.

Natalie überging den Sarkasmus. »Darf ich reinkommen?«

»Aber natürlich.« Maria Di Lauro öffnete die Tür ein Stück weiter und trat zurück. »Wo ist denn Ihr Kollege? Ich hab doch Kekse da.«

»Mein Kollege befragt die Nachbarn des Bestattungsinstitutes, in das der Leichnam Ihres ehemaligen Lebensgefährten gebracht wurde. Dort wurde letzte Nacht eingebrochen.«

In der Küche nahm Maria Di Lauro zwei Tassen aus dem Schrank, stellte die erste in den schon eingeschalteten Automaten und drückte einen Knopf für die Kaffeezubereitung.

Sie lachte, ohne amüsiert zu klingen, wandte sich ihr zu und verschränkte die Arme vor der Brust. »Was gibt es dort denn zu stehlen? Doch nicht etwa die Leiche des Mistkerls?«

»Nicht seine Leiche, nein. Bloß sein Herz.«

Ein erschrockener Ausdruck huschte durch ihre dunklen Augen. »Sein Herz …«, echote sie tonlos.

»Ja. Wo waren Sie zwischen Mitternacht und sechs Uhr?«

Der Schreck verschwand aus ihrer Miene. Empörung trat an seine Stelle. »Ganz davon abgesehen, dass mir sein Herz scheißegal ist … Sie glauben nicht ernsthaft, dass ich so was tun könnte? Den Brustkorb öffnen, das Herz rausschneiden … Und dann?« Sie schüttelte den Kopf. »Ich hab bis ein Uhr gearbeitet, hier zu Hause. Danach bin ich ins Bett, um bis neun zu schlafen.« In einem verächtlichen Tonfall fügte sie an: »Bestätigen kann das keine Menschenseele.«

Weil der Automat zu brummen aufhörte, erinnerte sie sich an den Kaffee und reichte ihn Natalie. Eine überraschend freundliche Geste.

»Andreas Wilkens' Leichnam wurde obduziert.« Natalie pustete in die Tasse, aus der Duft von richtig gutem Kaffee aufstieg. «Das bedeutet, dass sein Herz schon nicht mehr in seiner Brust war, also nicht herausgeschnitten werden musste. Es befand sich im oberen Bauch unter der Naht zusammen mit den anderen untersuchten Organen.«

Die Italienerin gab ihren eigenen Kaffee beim Automaten in Auftrag. »Haben Sie schon mit Christine gesprochen? Sie ist die Ärztin, die wüsste, wie so was geht.«

»Frau Zilinski ist noch im Krankenhaus. Abgesehen davon braucht es wohl keine Spezialkenntnisse, um eine Naht aufzutrennen.«

»Ich hab es nicht getan.«

»Woran haben Sie denn gearbeitet bis ein Uhr?«

»Die Shootings für unsere Kampagne waren gestern. Der Fotograf hat mir die Previews gesendet. Ich hab sie gesichtet und eine Auswahl getroffen.«

»Und Ihre Schwester?«

»Katharina?« Sie nahm ihre Tasse in beide Hände, wärmte sie scheinbar. »Die war natürlich mit mir unterwegs, hat die Previews danach ebenfalls erhalten und sich mit mir via Skype kurzgeschlossen. Zuletzt habe ich ihr gegen dreiundzwanzig Uhr geschrieben. Wollen Sie das fürs Protokoll sehen?«

Natalie wollte, obwohl sie Maria Di Lauro glaubte. Mit großer Wahrscheinlichkeit hatte sie den Herzdiebstahl nicht begangen, und warum auch immer sie für die Nacht vom ersten auf den zweiten März log, mit ebenso großer Wahrscheinlichkeit hatte sie Andreas Wilkens nicht die Kehle durchgeschnitten.

Christine Zilinski auch nicht.

Nachdem sie den Nachrichtenverlauf auf Skype angeschaut hatten, loggte sich Maria Di Lauro auf einer Onlineplattform ein, die der Bereitstellung gemeinsam genutzter Daten diente, und öffnete einen Ordner mit Fotografien.

»Und hier sind die Previews mit Kommentaren dazu.« Sie schob das Notebook zu Natalie, zeigte auf den Bildschirm. »Die sind mit Uhrzeit erfasst.«

Natalie sah nicht nur die Kommentare, sondern auch die Bilder der fünf ausgewählten Gewinnerpaare. Die ersten Aufnahmen zeigten ein älteres Paar auf einem Spreedampfer vor der Museumsinsel. Auf den nächsten waren zwei Männer mit Topmodel-Qualitäten vor dem Brandenburger Tor fotografiert. Eindeutig verliebt waren auch die beiden Punks, die unterhalb des Fernsehturms nur Augen füreinander hatten. Die vierte Location war der Reichstag, vor dem eine Businessfrau einen perfekt zu ihr passenden Typen an der Krawatte zu einem Kuss heranzog.

Bei der Betrachtung des fünften Paares schmunzelte Natalie, denn sie mochte den Blick, den Elias Stern in die Kamera warf. Er und Caro waren unter den Flügeln der bronzenen Viktoria auf der Aussichtsplattform der Siegessäule fotografiert worden. Elias' Arme umschlangen Caro, die mit dem Rücken zu ihm stand. Sie lehnte den Kopf gegen seine Schulter und lachte in den Himmel. Die beiden wirkten so vertraut, dass selbst Natalie, die es besser wusste, ihnen das Liebespaar abkaufte.

Um dieser Fotografie nicht mehr Aufmerksamkeit zu schenken als den anderen, wandte sie sich wieder Maria Di Lauro zu.

»Coole Fotografien«, sagte sie und trank ihren Kaffee aus. Sie ging zur Spüle und stellte die leere Tasse hinein. »Die kommen sicher gut an, in Berlin. War das Ihre Idee?«

Maria Di Lauro klappte das Notebook zu. »Meiner Schwester fiel das ein. Ich wollte, dass wir das bis zum Frühlingsanfang umgesetzt bekommen.« Sie senkte den Kopf, wurde grüblerisch. »So kurzfristig. Hätte ich geahnt …«

Natalie entschärfte den Gedanken. »Hätte irgendjemand eine Ahnung gehabt, würde Andreas Wilkens noch leben. Sie schaffen das schon rechtzeitig mit Ihrer Kampagne.«

Maria Di Lauro zog eine Braue hoch, als stellte sie deren aufmunternde Worte infrage.

Als Natalie sich verabschiedete, fragte sie: »Wann sehen wir uns wieder? Zum Abendessen?«

Natalie ging mit den Worten, dass auch der Zeitpunkt ihres Wiedersehens nicht vorhersehbar war.

13:45

Daniel Wozniak hatte nicht direkt an Wilkens' Notebook gearbeitet, sondern, wie es üblich war, eine Spiegelung der Festplatte unter die Lupe genommen. Als er Natalie den Rechner auf den Tisch gestellt hatte, war er wahrscheinlich nicht davon ausgegangen, dass sie ihn tatsächlich anschauen würde.

Nicht aus Trotz, sondern vielmehr, weil es ihr keine Ruhe ließ, stoppte Natalie auf der Rückfahrt im Kommissariat, um das Notebook zu holen. Zu Hause schaltete sie es ein, gab das ermittelte Passwort ein und klickte sich eine Weile durch die Ordner, die Wozniak ihr bereits unter erstens bis viertens aufgezählt hatte.

»Er hat sie mit seinem Handy fotografiert«, murmelte sie. »Solche Fotos löscht man vom Handy, wenn man in einer Beziehung ist und speichert sie vielleicht anderswo.«

Harvey steckte den Kopf aus der Jackentasche. Die Jacke hatte Natalie ausgezogen und über den Sessel geworfen, ohne den Hasen rauszunehmen.

Wär ja nicht schlecht, wenn ich auch mal schauen könnte!, beschwerte er sich.

Sie holte ihn also aus der Jacke und setzte ihn neben das Notebook. Er beugte sich ein Stück nach vorn, um besser sehen zu können.

Warum gurkst du in den Ordnern herum, die Wozniak schon überprüft hat? Schau lieber nach welchen, von denen er dir noch nichts erzählt hat!

»Scheinbar hat er mir von allen Ordnern erzählt.«

Ach, papperlapapp! Geh mal in die Systemsteuerung unter Ordneroptionen! Dort holst du dir die Ansicht auf den Schirm und lässt dir versteckte Ordner und Dateien anzeigen.

Natalie befolgte die Schritte, die der Hase empfohlen hatte, und bekam ein virtuelles Laufwerk angezeigt, das mit dem Buchstaben X bezeichnet war.

Schau einer an! Harvey pfiff durch seine Zähne. *Ich wette, da sind keine Bilanzen oder Cartoons drauf gespeichert.*

Auf Natalies Doppelklick öffnete sich ein Fenster.

»Scheiße! Passwort! Ich dreh ihm den Hals um!«

Sie sprang auf, marschierte eine Runde durchs Wohnzimmer und starrte dann, die Hände in die Hüften gestemmt, auf das Notebook. Das Herz donnerte in ihrer Brust. Sie nahm ihr Handy, um Wozniak anzurufen, doch pfefferte es auf die Couch und pflanzte sich wieder hin.

»Dieser verdammte Idiot!«, knurrte sie.

Wozniak kann ja nun nichts dafür, dass das Verzeichnis geschützt ist … Das war beinahe zu erwarten.

»Aber er hätte es entdecken und die Technik um die Entschlüsselung bitten sollen. Dann wären wir jetzt schon weiter. Wer weiß, wie lange das nun wieder dauert.«

Jammer nicht rum! Sag selbst dort Bescheid und streng deinen Kopf an. Probier doch ein paar Begriffe!

Natalie klimperte verschiedene Worte und Wort-Zahlen-Kombinationen ein. Vornamen, Nachnamen, Geburtsdaten, Spitznamen, Sternzeichen, Städte, Straßen, Urlaubsorte, Sexstellungen, SM-Clubs, Emotionen und Gelüste – mit keinem der eingegebenen Begriffe bekam sie Zugang zum Laufwerk. Gegen Abend hinterließ sie der Kriminaltechnik eine Nachricht und bat um Entschlüsselung.

Sein Notebook war doch schon mit einem Passwort geschützt, überlegte Harvey. *Warum hat Wilkens sich die Mühe gemacht, ein verstecktes Verzeichnis anzulegen und es zu verschlüsseln? Nur für ein paar Fotos?*

Natalie griff den Gedanken auf: »Angenommen, Wilkens hat das Gerät nicht immer ausgeschaltet, wenn er nicht in seiner Nähe war, oder Maria hat es hin und wieder benutzt. Vielleicht hat er die Fotos und was auch immer sich dort befindet gesammelt.«

Vielleicht sind es auch völlig uninteressante Daten.

»Wir werden es erst wissen, wenn wir einen Blick darauf werfen.« Sie tippte weitere Begriffe ein und grummelte vor sich hin, weil ihr die wiederkehrende Fehlermeldung auf den Wecker ging.

Ihr Telefon klingelte. Ein nicht im Telefonbuch gespeicherter Anrufer wurde auf dem Display angezeigt. Es war Elias' Nummer.

19:25

Natalies Entscheidung war in zweifacher Hinsicht aus dem Bauch getroffen: Elias lud sie nicht einfach auf ein Date ein, sondern zu einem Abendessen, das er selbst gekocht hatte. Wie hätte sie das nach diesem Tag ausschlagen können?

Die Adresse, die er ihr genannt hatte, lag am Rummelsburger See in Friedrichshain. Direkt zum Wasser sollte sie kommen und, wie sich herausstellte, noch ein Stück weiter, denn sie entdeckte Elias am Ende eines Steges, an dem Motorboote und Jachten überwinterten. Er stand auf der Terrasse eines Hausbootes, hob beide Arme und winkte, um auf sich aufmerksam zu machen. Natalie winkte kurz zurück und beeilte sich zu ihm zu kommen.

»Sag nicht, du bist mit dem Auto da«, begrüßte er sie und ging schnell voran ins Haus – offenbar, weil ihm kalt war, ohne Jacke und Schuhe.

Natalie folgte ihm. »Ich hab Bereitschaft und hätt ich keine, wär ich auch mit dem Auto gekommen.«

»Was hast du gegen den praktischen Berliner Nahverkehr?«

»In erster Linie ist er nicht praktisch.« Sie lachte, weil ihr das nächste Geständnis ein bisschen peinlich war. »Ich hasse U-Bahnen. Bekomme einen Koller in diesen Dingern.«

Elias hielt ihr ein Glas Rotwein hin. »Eins ist doch okay oder nicht?«

Sie nahm das Glas. »Eins darf ich.«

Sie tranken und tauschten einen länger als normalen stummen Blick zu dem Wir sind Helden einen Soundtrack lieferten:

Schluss mit den Faxen und Schluss mit dem Greinen, mit einem Tritt in die Haxen und einem Kuss, der zum Weinen wär …

Natalie wandte den Blick ab, um sich umzuschauen.

Die Front des Hausbootes war vollständig gläsern und bot einen Ausblick über die nun im Dunkeln liegende Bucht, in deren Wasser sich Bootslichter spiegelten. In der Ferne sah man den Fernsehturm.

»Das Hausboot gehört meinen Eltern«, erzählte Elias. »Sie vermieten es als Ferienunterkunft. Wenn es leer steht, im Winter öfter, bin ich immer mal hier. Ich mag die Ruhe und das Leben auf dem Wasser.«

Und du schleppst hierher Frauen ab, dachte Natalie. Ein perfektes Liebesnest war das. Die idyllische Lage, der fantastische Ausblick, die hochwertige Einrichtung, die stimmungsvolle Beleuchtung …

»Ich weiß, was du denkst«, sagte er.

Sie setzte sich in einen der weißen Sessel, die um einen niedrigen Glastisch standen. »Ach, wirklich? Was denk ich denn?«

Er blieb ihr die Antwort schuldig, musterte sie und lehnte sich gegen die Glasscheibe, sodass er Teil des fantastischen Ausblicks wurde. Sein schwarzes Hemd war schmal geschnitten, der

oberste Knopf geöffnet und die Ärmel aufgeschlagen. Er trug eine dunkle Jeans und war barfuß. Sein Mund formte sich zu einem Lächeln,
ein sanftes, als wollte er sie necken. Das verrieten
auch seine Augen, die im Lichtschein die Farbe
von Haselnüssen hatten. Natalie hielt seinem
Blick stand und verkniff sich ein Seufzen. Die
Umgebung hin oder her, selbst in einer herunter-
gekommenen Bude hätte Elias' Äußeres gewirkt.

Weil sie die Lederjacke noch trug, ihr darin
aber zu warm wurde, stellte sie das Glas auf den
Tisch, zog die Jacke endlich aus und legte sie neben sich. Sie strich die Ärmel ihres Kapuzenshirts
nach oben und lehnte sich zurück – noch immer
auf seine Antwort gespannt.

»Meistens komme ich allein hierher«, sagte er
und kam heran. »Eben weil ich die Ruhe so mag.«
Als er ihre Jacke nahm, um sie aufzuhängen, fiel
Inspektor Harvey aus der Tasche. Er hob ihn auf
und betrachtete ihn. Sein Grinsen spiegelte das
des weißen Hasen.

»Hinge wenigstens ein Schlüssel dran …«

»Was dann?«

»Ich dachte eben, es sei ein Schlüsselanhä-
nger… da du das Ding immer dabeihast.«

»Ist es nicht.«

»Sondern?«

Als er sie ansah, zog Natalie eine Braue hoch.
»Ich behaupte, es ist ein weißer Hase.«

Elias wollte ihn ihr geben, doch sie winkte ab.
»Schon okay, er kann in der Tasche warten …«

Weil ihr bewusst wurde, dass diese Formulierung für Elias möglicherweise seltsam klang, korrigierte sie sich schnell: »Also, er ist meistens in der Tasche …« Das machte es nicht besser. »Es macht ihm nichts aus.«

Und wie ihm das was ausmachte!

Elias steckte Inspektor Harvey in die Tasche und sorgte dafür, dass seine Ohren herausschauten. »Wenn er nichts dagegen hat, hier zu warten, ist es ja gut.«

Abermals kam er zu Natalie, reichte ihr diesmal die Hand. Sie nahm sie, stand auf und ließ sich von ihm in die Küche führen, wo am Tresen für zwei gedeckt war.

»Was gibt es?«, fragte sie. »Es duftet.«

Elias zog einen Hocker für sie zurück und bat sie Platz zu nehmen. »Lass dich überraschen!«

20:05

Zum Rinderfilet servierte Elias im Ofen geschmorte Zucchini, Paprika, Auberginen und Folienkartoffeln mit Crème fraîche. Natalie liebte es, hatte sie auch das Gefühl sich nie revanchieren zu können, weil ihre Haute cuisine schon Spaghetti Bolognese waren – falls ihr die Bolognese nicht anbrannte. Was die meisten für unmöglich hielten, war ihr schon oft gelungen.

»Ich muss einen Crash-Kochkurs belegen, bevor ich dich zum Essen einlade«, sagte sie.

Elias winkte ab. »Es muss nicht immer Steak sein. Ich esse auch Nudeln mit Tomatensoße.«

»Bestimmt nur gekocht, nicht gebraten.«

Er grinste. »Oder eben Bratkartoffeln. Aber schön, dass du überhaupt darüber nachdenkst, für mich zu kochen.«

Natalie schob das Stück Filet, das sie sich bis zum Schluss aufgehoben hatte, in den Mund und kaute es genüsslich. Elias, der seinen Teller bereits geleert hatte, beobachtete sie über den Rand seines Glases hinweg. Dann erzählte er, dass er einmal einen Polizisten gespielt hatte, der wegen seines Alkoholproblems von seiner Frau mitsamt Kindern verlassen worden war.

»Ein fieser Bursche war das.« Er setzte eine finstere Miene auf. »Hat einen Kleinkriminellen, der nur ein bisschen Shit verticken wollte, eiskalt erschossen. Und am Schluss, als alles aufflog …«

Elias schüttete sich den letzten Schluck Wein hinter die Binde, ließ sein Kinn herunterklappen, den Mund erschlaffen und die Augen glasig gucken. Mit zitternden Händen stellte er sein Glas ab, formte seine Hand wie eine Pistole, ließ sie noch stärker zittern und setzte den ausgestreckten Zeige- und Mittelfinger an seine Schläfe. Dann drückte er ab. Sein Körper ruckte so sehr, dass Natalie erschrak, aber sie musste auch grinsen. Erst recht, als Elias' den Kopf zur Seite kippte, er langsam vom Stuhl rutschte und verdreht auf dem Boden neben dem Tresen liegen blieb.

»Tragisch!«, kommentierte sie sein Schauspiel.

Elias rührte sich nicht. Erst als Natalie unter den Tisch linste, öffnete er ein Auge.

»Was denn, krieg ich keinen Applaus? Ohne Applaus arbeite ich nicht!« Er schloss das Auge und verfiel erneut in die Totenstarre.

»Kein Applaus«, konterte Natalie, »aber Ruhm und Ehre … lebenslänglich.«

Elias musste lachen und gab auf. Er stand auf und setzte sich wieder. »Hast du die Botschaft überhaupt verstanden?«

Sie überlegte. »Schlechtigkeiten kommen immer raus?«

»Quatsch! Was ich eigentlich sagen wollte: ich hab Erfahrungen mit Polizisten und so.«

Sagte er das auch mit einem Zwinkern, so waren seine Worte doch ehrlich gemeint, und Natalie war ein bisschen gerührt. Nicht nur von der Botschaft, sondern vom ganzen Kerl. Mehr als ihr lieb war, weshalb es ihr nun schon schwerer fiel, seinem Blick standzuhalten, statt woandershin zu schauen und das schöne Schweigen durch eine Plattitüde übers Wetter zu unterbrechen.

Als die Spannung zwischen ihnen brenzlig wurde, stand Elias auf und zog sich einen Pullover über. Dann brachte er Natalie die Jacke, schnappte sich im Wohnzimmer ein paar Decken und bat sie, ihn nach draußen zu begleiten.

Auf dem Steg vor dem Hausboot standen zwei Holzstühle, die er aufklappte und die Decken hineinlegte. Er schlang sich in seine Decke und zog die immer noch nackten Füße hoch. Als sich Natalie ebenfalls eingemummelt hatte, erzählte er ihr, dass Caro und er für die Kampagne *Berlin liebt* ausgewählt worden waren und das Shooting auf der Siegessäule bereits hinter sich hatten.

Aus einem ersten Impuls heraus wollte sich Natalie ahnungslos geben, entschied sich dann aber für die Wahrheit und sagte Elias, dass sie die Bilder bereits gesehen hatte. Er war überrascht, auch darüber, dass Maria Di Lauro Andreas Wilkens' Lebensgefährtin gewesen war.

»Was hältst du von ihr?«, wollte sie von ihm wissen.

Er warf ihr einen Blick zu. »Hey, das wird jetzt aber kein Verhör!«

»Wenn, dann eine Befragung. Bei einem Verhör säßest du in einem sehr ungemütlichen Raum im Kommissariat. Aber nein. Es ist nicht mal eine Befragung. Es interessiert mich, wie die Frau auf dich wirkt. Mehr nicht.«

»Damit du mein Bild mit deinem Bild vergleichen kannst?«

»Das vielleicht schon.«

Er dachte nach, sah dabei über den dunklen See. »Sie ist ein bisschen anstrengend und zu … sagen wir mal … tussimäßig. Ich mag Frauen, die locker sind und natürlich, ohne die Schicht Make-up im Gesicht und ohne Designerklamotten, mit denen sie sich Individualität zu kaufen glauben. Katharina ist mir sympathischer; sie ist cool und gelassen und nimmt ihrer Schwester manchmal den Wind aus den Segeln.« Er lehnte sich zurück und mummelte sich besser ein. »Aber Maria weiß auch, was sie will. Und das find ich wiederum gut.

Jemand, der einem direkt sagt, was er denkt und nicht um den heißen Brei redet.«

»Wie lange hat das Shooting denn gedauert?«

»Eine ganze Weile, und es war kalt dort oben, trotz der Sonne. Caro hat sich bestimmt einen Schnupfen geholt. Sie durfte ihre Jacke und auch den Schal nicht anbehalten, wie sie gern gewollt hätte, und bibberte ziemlich in ihrem dünnen Shirt.«

»Du hast sie bestimmt anständig gewärmt«, sagte Natalie, ohne sich den ironischen Ton zu verkneifen. »Hast deine Brust an ihren Rücken geschmiegt, deine Arme um sie geschlungen …«

»Täusch ich mich oder hör ich da ein wenig Eifersucht?« Trotz der Dunkelheit war der provokante Funken in seinen Augen zu sehen.

Natalie ließ ihn abblitzen. »In deinen Träumen!«

»Das ist charmant.« Er stand auf, zog Natalie aus dem Stuhl und hob ihr Kinn mit dem Finger, damit sie ihn ansah.

Sie spürte ein Prickeln in ihrer Brust, hielt den Atem an.

»Ich weiß nicht, welche Bilder du gesehen hast«, sagte er, »aber die meiste Zeit haben wir Bauch an Bauch gestanden.«

»Ah!« Natalie lächelte. »So wie wir gerade?«

»Nicht ganz. Ich schau dich an, aber du musst in Richtung Haus gucken.«

Sie wandte den Kopf, spürte seinen Atem auf ihrer Wange und fröstelte. »So?«

»Meine Hände liegen auf deinem Hintern.« Er legte sie drauf. »Und du schlingst die Arme um meinen Hals.«

Sie tat es, und widerstand der Versuchung, ihn anzuschauen. »So wurdet ihr fotografiert?«

»Ja. Und weißt du, wie nicht?«

»Wie seid ihr nicht fotografiert worden?«

»Dazu musst du mich ansehen.«

Seine Stimme klang jetzt anders, rauchiger, und Natalie fröstelte ein weiteres Mal. Sie wandte den Kopf und begegnete seinem nun beinahe schwarzen Blick. Er strich über ihren Rücken, hob einen Mundwinkel wie zu einem kurzen Lächeln und dann küsste er sie.

MONTAG, 10. MÄRZ

10:30

Natalie und Markus kamen mit einer geringen Hoffnung zu Andreas' Wilkens Beerdigung: Sie hofften, dass auf dem Friedhof eine Person auftauchte, die weder zur Familie, noch zu den offiziellen Verwandten oder Freunden gehörte.

Aufgrund des Herzdiebstahls hatte es infrage gestanden, ob Wilkens überhaupt unter die Erde gebracht werden konnte. Doch da weder die Spurensicherung noch Andrea Berendt Hinweise auf einen Täter hatten finden können und die Eltern des Getöteten auf die letzte Ruhe ihres Sohnes drängten, fand die Beerdigung wie geplant statt.

Das Wetter war der pure Hohn. Hatte es am Vortag einmal mehr Schneeregen gegeben, den wirklich jeder inzwischen leid war, so strahlte die Sonne heute von einem zartbewölkten Märzhimmel. Vögel zwitscherten in den noch kahlen Sträuchern.

Mit dem eitlen Sonnenschein hatte Maria Di Lauro einen guten Grund für ihre Sonnenbrille.

Tränen sah man nicht auf ihren Wangen, doch die hätten Natalie nun auch überrascht. Hingegen hatte sie schon erwartet, dass sich die Italienerin von ihrer Schwester begleiten ließ, die aber nicht unter den Trauergästen war, sondern sich um die Angelegenheiten der Agentur kümmerte.

Christine Zilinski, die gerade erst aus dem Krankenhaus entlassen worden war, bemühte sich nicht, ihre Trauer zu verbergen, nun, da es ohnehin kein Geheimnis mehr gab. Scheinbar bewusst abseits vom Pulk stand sie da, den Blick auf das Grab geheftet, und ließ die Tränen laufen. Von Wilkens' Eltern brachte ihr das so einige irritierte, auch empörte Blicke ein, die sie jedoch ignorierte. Das tat sie auch mit ihrem Kollegen Franz Schiller, als er und seine Frau an ihre Seite traten und er die Hand auf ihre Schulter legte. Sie war nur körperlich anwesend, geistig jedoch ganz weit weg – bei den besten der vielen Stunden vielleicht, die sie mit Andreas Wilkens verbracht hatte.

Die anderen Gäste waren Liselotte Busch und, wie die Kommissare von Wilkens' Vater erfuhren, die aus dem Urlaub zurückgekehrten Nachbarn aus der Dachwohnung, fünf Stammpatienten, zwei aus München und Dresden angereiste Studienfreunde sowie Stefan Seidel. Er hatte eine Rede vorbereitet, die das Wesen des aus dem Leben Geschiedenen sehr viel farbenfroher beschrieb, als es die Worte des Geistlichen zuvor getan hatten. Der hatte sein Engagement als Arzt gelobt, war auf seine Hobbys eingegangen und hatte Ziele genannt, die er erreicht hatte. Hingegen zeichnete Seidel das Bild eines Mannes, der das Leben genossen und noch einiges vorgehabt hatte – Reisen, Familie, verrückten Extremsport – und den er zuletzt an einer Kreuzung stehend erlebt hatte. Für eine Richtung, da war Seidel sich in seinen Worten sicher, hatte er sich bereits entschieden, und er bedauerte es, nicht mehr zu erfahren, wohin der neue Weg den Freund geführt hätte.

Seidels Rede verstieß gegen einen Grundsatz von Grabreden: Sie spendete keinen Trost, sondern machte den Anwesenden noch einmal bewusst, dass ein Leben auf unnatürliche Weise und brutal beendet worden war. Prinzipiell gab es für so etwas keine tröstenden Worte, deshalb mochte Natalie Seidels Rede. Alles andere hätte sie verlogen oder beschönigend gefunden – Worte, die ein bester Freund nicht wählte.

An Markus Seite stehend, behielt Natalie die Umgebung im Blick. Für einen Trauernden war die Beerdigung meist sehr wichtig, und konnte man diesem zur Trauerbewältigung wichtigen Ereignis nicht direkt beiwohnen, dann eben in bestmöglicher Nähe. Unbekannt und unentdeckt. Mit einem vermeintlich anderen Ziel vorbeigehend oder hinter einem Baum versteckt.

Nicht wenige Leute gingen vorbei. Manche schienen tatsächlich irgendwohin auf dem Friedhof unterwegs zu sein, wohingegen andere aus unverhohlener Neugier vorbeischlenderten. Darunter war aber niemand, der für ihren Fall von Interesse war.

Nach einer Stunde hatte jeder dem Toten die letzte Ehre erwiesen. Seidel sprach mit Wilkens' Eltern. Maria Di Lauro verabschiedete sich. Markus ging zu Franz Schiller und dessen Frau, die bei Liselotte Busch standen. Christine Zilinski hatte sich noch immer keinen Millimeter bewegt und starrte weiter auf das Grab. Sie blinzelte, als Natalie sie ansprach und sich nach ihrem Befinden erkundigte, sah dann auf. Ihr Blick ließ erahnen, dass sie ein Beruhigungsmittel genommen hatte.

»Ich weiß nicht, ob ich Ihnen mit tausend oder einem einzigen Wort antworten soll«, sagte sie.

Natalie musste weder das eine noch die tausend Worte hören, um zu verstehen. »Ich hoffe, Sie fühlen sich bald besser.«

Als Christine Zilinski sich zum Gehen wandte, blieb sie an ihrer Seite und warf einen Schulterblick zu Markus. Er sprach noch mit Franz Schiller und gab ihr ein Zeichen, dass er gleich nachkommen würde.

»Sie sind jetzt wieder zu Hause?«

Christine Zilinski nickte.

»Und Ihr Mann, ist er …«

»Er auch.«

Von dieser Tatsache war sie wenig begeistert und lieferte gleich einen der Gründe. »Wahrscheinlich glaubt er, auf mich aufpassen zu müssen. Ich wünschte, ich wär allein. Mir geht es besser ohne ihn. Würde Franz mich nicht in der Praxis brauchen, ich ginge weg aus dieser verdammten Stadt.«

»Wann werden Sie wieder arbeiten?«

»Am Mittwoch. Je eher, desto besser. Für alle.«

Sie erreichten den Ausgang. Natalie blieb vor ihrem Dienstwagen stehen und sah, dass Markus bereits kam.

»Haben Sie schon eine andere Frau gefunden, mit der Andreas …« Die Ärztin beendete den Satz nicht. Vermutlich nicht, weil sie nicht wusste, von welcher Art Beziehung sie sprechen sollte und überlegte, ob sie einer anderen Affäre hatte weichen müssen oder ob er sich verliebt hatte. In Anbetracht dessen, was sie für ihn empfunden hatte, mussten beide Vorstellungen schrecklich sein.

»Wir haben ein paar Spuren, denen wir nachgehen, mehr nicht.«

Markus kam zu ihnen. Er klinkte sich ins Gespräch ein und bot Christine Zilinski an, sie mitzunehmen, da sie ein Taxi rufen wollte. Sie zögerte zuerst, nahm dann aber Markus' per aufgehalter Tür verdeutlichte Einladung an und setzte sich auf den Rücksitz des Dienstwagens.

Auf der Fahrt erkundigte sie sich, ob die Anwesenheit der Kripo auf einer Beerdigung üblich war, ob es zum guten Ton gehörte oder ob damit ein bestimmter Zweck verfolgt wurde. Markus antwortete wahrheitsgemäß, dass sie in der Hoffnung auf Informationen gekommen waren. Dann wechselte er das Thema, konnte die Ärztin aber nur schwer für das Gespräch begeistern.

Natalie, die hinter dem Steuer saß, warf während der Fahrt immer wieder einen Blick in den Rückspiegel auf Christine, die die gesamte Zeit aus dem Fenster sah. Bei ihrer ersten Begegnung hatte die Frau noch Selbstbewusstsein ausgestrahlt, sie hatte Haltung gehabt und war einigermaßen gefasst mit ihrem Verlust umgegangen. Seit dem Aufenthalt im Krankenhaus war nichts davon übrig. Sie wirkte wie eine leere Hülle und ohne jede Orientierung. Gefiel es ihr auch nicht, dass ihr Mann wieder zu Hause wohnte, Natalie fand es einigermaßen beruhigend.

12:30

Da Markus einen Zahnarzttermin hatte, wollte Natalie allein einen Happen essen und verließ das Kommissariat gerade, da klingelte ihr Handy. Als sie Elias' Namen auf dem Display sah, klopfte ihr Herz ein paar Takte schneller.

»Hey, kommst du auf einen Kuss vorbei?«, begrüßte Elias sie und korrigierte sich gleich scheinheilig. »Kaffee, wollte ich sagen. Kommst du auf einen Kaffee vorbei?«

Natalie schmunzelte und ermahnte sich doch im Stillen, einen Gang runterzuschalten. Konsequent, wie sie war, tat sie das, schaltete vom vierten in den dritten und gab Gas, um noch schneller in Friedrichshain zu sein.

Das Indigo hatte gerade erst geöffnet und war noch leer. Elias hatte allein Dienst und schien das zu genießen.

»Latte macchiato?«, fragte er, sobald Natalie am Tresen saß.

Sie nickte und beobachtete, wie er Kaffee für sie beide zubereitete. Über die Schulter wollte er wissen, wie ihr Tag bisher gewesen sei, und stellte ihr, als sie ihm sagte, dass sie gerade von Wilkens' Beerdigung kam, schnell den fertigen Latte hin.

»Vielleicht einen Whiskey dazu? Wir haben einige gute da.«

»Danke, nicht vor fünfzehn Uhr.« Sie atmete durch, stützte den Kopf auf. »Auch ohne Beerdigung wär der Tag bescheiden. Ich hab das Gefühl, ich trampel auf einer Stelle.« Für einen Moment wünschte sie sich in Elias' Kopf, um sich an die Besuche des Arztes im Indigo zu erinnern. »Wann hast du Andreas Wilkens hier eigentlich zuletzt gesehen?«

Elias blies die Backen auf. »In der Woche, bevor das geschehen ist. Ich hatte Frühdienst, bin aber etwas später als achtzehn Uhr rausgekommen. Am Donnerstag muss das gewesen sein.«

»War er mit Stefan Seidel hier?«

»Nein, allein. Er stand draußen, als ich ging, und telefonierte. Mit seiner Freundin, denk ich.«

»Wieso glaubst du das?«

Elias pustete in seinen Kaffee und trank einen Schluck, behielt das Glas in der Hand. »Es klang eben so.«

»Kannst du dich erinnern, was er gesagt hat?«

Wieder dachte er nach, doch schüttelte dann den Kopf. »Nicht so richtig. Es war nichts Großartiges. Wie er redete … liebevoll war das und er lächelte dabei. Er hat mich angesehen, als ich vorbeiging, mir zum Gruß zugenickt und den Kopf dann wieder gesenkt, um sich auf sein Gespräch zu konzentrieren.«

»Wie viel später hast du Feierabend gemacht an diesem Donnerstag?«

»Kurz vor neunzehn Uhr bin ich hier raus.«

Donnerstag, der achtundzwanzigste Februar, neunzehn Uhr. Diese Daten notierte Natalie im Geist und erinnerte sich an die Datenherausgabe, um die Wozniak den Mobilfunkanbieter gebeten hatte. Prompt war da wieder die Unruhe, diesmal der Drang, ins Kommissariat zu düsen und Wozniak zu fragen, doch sie hatte ihren Kaffee noch nicht einmal angerührt.

»Ich muss mal telefonieren«, sagte sie Elias und stand auf, um vor die Tür zu gehen.

»Kannst du gern hier drinnen tun. Das Verbot …«, mit den Fingern malte er Gänsefüßchen in die Luft, »… das gilt nur, wenn Caro hier ist. Ich hab nichts dagegen.«

Natalie ging trotzdem raus und rief auf Wozniaks Apparat an. Er grummelte seinen Namen ins Telefon, war offenbar wieder bester Laune. Auf Natalies Frage, ob Wilkens' Mobilfunkanbieter die Daten herausgerückt hatte, schickte er ein grantiges »Nein« durch die Leitung. Sie stutzte und wollte wissen, wann er die Anfrage denn gefaxt habe.

»Am Mittwoch!«, knurrte er. »Ich kümmer mich drum, sobald ich mit Susannes Scheiß fertig bin.«

Bevor sich Natalie für seine Mühe bedanken konnte, hatte er schon aufgelegt.

Sie ging wieder ins Indigo und trank ihren Kaffee, wobei ihr Blick auf Papiere fiel, die Elias vor sich liegen hatte.

»Was ist das?«

Er verzog das Gesicht, wirkte genervt. »Ein Skript für einen Text, den ich lerne. Ich fahr nachher noch nach Köln. Dort ist der Dreh.«

»Was für eine Rolle spielst du diesmal?«

Elias sah vom Skript auf. »Einen eifersüchtigen Tanzlehrer.« Er zog die Brauen kraus, funkelte sie böse an, klatschte das Handtuch, mit dem er eben noch Gläser poliert hatte, auf den Tresen und verschränkte die Arme vor der Brust. »Hast du noch alle Latten am Zaun, mich so vorzuführen?«, schimpfte er laut. »Und überhaupt, wie du die ganze Zeit an dem Tanzschüler rumtatschst! Ekelhaft! Ich kotz gleich!«

Er relaxte wieder. »Das soll ich mit, wie da steht, kaum unterdrückter Wut sagen. Kommt das so rüber?«

Natalie schmunzelte. »Jepp.«

Mit einem Seufzer trocknete Elias weiter ab. »Entweder mach ich irgendwann eine eigene Kneipe auf oder ich spiel in diesen Fernsehproduktionen, bis ich alt und grau bin. Wahrscheinlich darf ich dann immer ein Penner sein, der in Mülltonnen nach Pfandflaschen wühlt, oder ein dementer Großvater, der die Familie tyrannisiert.«

Weil er so deprimiert klang, versucht Natalie, ihn aufzumuntern: »Vielleicht wirst du auch entdeckt, und dann seh ich dich nur noch, wenn ich mal ins Kino gehe.«

Er schüttelte den Kopf, trank seinen Latte aus und spülte das Glas. »In diesen Produktionen wird man nicht entdeckt. Niemand erwartet dort Talente. Ich mach das nur, um mir ein bisschen was dazuzuverdienen.«

Natalie konnte zuschauen, wie er den Missmut aus seiner Miene zwang, um wieder der gutgelaunte Barkeeper zu sein. Mit einem Lächeln, das sogar echt schien, lehnte er sich über den Tresen und fasste das Revers von ihrer Lederjacke, zog sie ein Stück näher, kam ihr entgegen.

»Aber Kino ist eine gute Idee.«

Natalie brachte ihren Mund ein bisschen dichter vor seinen, sah ihm in die Augen. »Wann bist du zurück aus Köln?«

»Mittwochabend.«

»Das ist schön.«

Nur leicht berührten seine Lippen ihre. Dann ließ er ihre Jacke los und strich das Revers glatt. »Ich ruf dich an, wenn ich wieder in Berlin bin.«

Natalie stand auf. »Mach das«, sagte sie und stemmte die Tür mit der Schulter auf. Unter ihrer Haut prickelte es noch.

19:00

Nach einem zwischen Gräbern zugebrachten Nachmittag und einem Snack zu Hause fuhr Natalie abermals zum Friedhof. Sie hatte die Lederjacke gegen eine Winterkutte getauscht. Mütze, Schal, Handschuhe und Wollsocken in den Chucks würden dafür sorgen, dass ihr nicht zu kalt wurde. Pepsi, Schokolade und Gummibärchen sollten zum Durchhalten animieren.

Während ihrer nachmittäglichen Lauer hatte sie einen geeigneten Platz für die Nacht gesucht und gefunden. In der Nähe eines Wasserhahns, etwa dreißig Meter vom Grab entfernt, wuchs eine Hecke, die zu drei Seiten eine Bank einschloss. Die Nische war einigermaßen dunkel, weil keine Laterne in der Nähe stand.

Natalie setzte sich, packte ihr Proviant aus und zog Inspektor Harvey aus der Tasche, damit er neben ihr sitzen konnte. Er war schlecht gelaunt, da er diese Aktion für absolut sinnlos hielt.

Hätte sich der Kerl nicht im August umbringen lassen können? Ausgerechnet im Winter musste das sein, maulte er.

»Hey, kein Sarkasmus!«

Hättest du nicht wenigstens was zum Lesen mitbringen können?

»Was zum Lesen? Ich seh kaum die Hand vor Augen.«

Dann eben Musik …

»Du kannst jetzt keine Musik hören! Du musst deine Lauscher aufsperren. Was ist los, Harvey?«

Ich bin müde! Ich will nach Hause.

»Da wäre ich auch lieber. Es ist doch nur diese eine Nacht …«

Es kommt eh keiner.

»Möglich. Aber vielleicht haben wir Glück. Ich kann nicht zu Hause rumsitzen oder schlafen. Mein Gefühl sagt mir einfach, dass irgendwann jemand kommen wird.«

Quatsch! Die Frau hat ihn umgebracht und sein Herz geklaut. Damit hat sie echt was riskiert, doch es war eine Aktion, die ihr das Risiko wert schien. Sie wollte sein Herz, unbedingt … und sie hat es bekommen. Sie ist nicht so bescheuert, hier aufzuschlagen!

»Wer weiß …«

Wie spät ist es?

Natalie zog ihr Handy hervor, um die Uhrzeit auf dem Display zu überprüfen. »Neunzehn Uhr fünfundzwanzig.«

Können wir uns darauf einigen, um zwei die Segel zu streichen, wenn bis dahin keiner aufgetaucht ist?

Sie öffnete die Tüte mit den Gummibärchen und versuchte, ein paar Weiße zu finden. »Vier Uhr«, murmelte sie.

Drei Uhr!

»Wir bleiben bis vier und jetzt halt die Klappe!«

23:45

Die Tüte Gummibärchen war leer, die Tafel Schokolade aufgefuttert. Die Pepsi sollte die Müdigkeit vertreiben, sorgte aber nur für ein Rumoren im Magen. Natalie stützte die Ellenbogen auf die Knie, das Kinn in die Hände und seufzte lautlos.

Wie spät ist es?, hörte sie von Harvey und seufzte noch einmal.

»Zehn Minuten später.«

Laaaaaaaaaaangweilig!

»Ja, mir auch.«

Können wir einfach gehen?

»Wir bleiben.«

Das ist so unfair! Lass uns eine Münze werfen. Bei Kopf lassen wir diesen Schwachsinn und …

»Scht!«

Natalie setzte sich auf und spähte durch die Dunkelheit zu Wilkens' Grab, das von den Laternen des Hauptweges beleuchtet wurde. Jemand ging darauf zu. Eine schmale Gestalt, nicht viel größer als sie selbst. Sie trug eine Jacke, deren Kapuze hochgeschlagen war. Ihre Hände steckten in den Taschen. Ihr Gang wurde mit jedem Schritt langsamer, zögerlicher. Vor dem Grab blieb sie tatsächlich stehen.

»Na also!«, wisperte Natalie, verstaute Harvey in der Tasche und stand auf. Sie öffnete ihre Kutte, um die Waffe griffbereit zu haben und schlich los. Über eine Rasenfläche, über einen Querweg, zwischen Gräbern entlang. Die Person, eindeutig eine Frau, stand mit dem Rücken zu ihr, sah auf das Grab. Natalie nahm eine letzte Deckung hinter einem Baum, spähte am Stamm vorbei. Keine zehn Meter waren es mehr. Sie schlich weiter –

und erstarrte, als sie auf einen Zweig trat und es unter ihrem Fuß knackte.

Die Frau fuhr herum. Durch die Kapuze lag ihr Gesicht völlig im Schatten. Natalie erkannte gar nichts.

»Polizei!«, rief sie. »Nehmen Sie die Hände über den Kopf!«

Die Frau dachte nicht im Traum daran. Sie rannte los, preschte den Pfad entlang zum Hauptweg und nestelte dabei an ihrer Kapuze, wohl um zu verhindern, dass sie ihr vom Kopf flog. Natalie heftete sich an ihre Fersen und forderte sie noch einmal vergeblich auf, stehenzubleiben, dann sparte sie sich ihren Atem, denn die Frau war schnell. Sie schien Kondition zu haben.

Am Ausgang bog Natalie hinter der Fliehenden nach rechts auf die Boxhagener Straße. Sie hatte Seitenstechen und ihre Beine taten weh, doch sie sprintete weiter, fluchte, weil der Abstand zwischen ihr und der anderen größer wurde. Mit zusammengebissenen Zähnen gab sie ihren Chucks Sporen und beschleunigte ihr Tempo.

Hättest du bloß nicht die ganzen Gummibärchen gegessen!, schalt sie sich, sondern nur die Schokolade! Und wärst du häufiger zum Fitnesstraining gegangen! Überhaupt solltest du wieder regelmäßig joggen. Aber, verflixt noch mal, es war ewig her, dass sie jemanden zu Fuß verfolgt hatte! Das war beinahe Old School.

Die andere strauchelte und stolperte, weil Kids auf Fahrrädern aus einer Seitenstraße kamen. Sie rempelte einen um und rannte weiter. Der Junge brüllte ihr etwas nach. Er war noch nicht wieder aufgestanden, da war Natalie bei ihm und schnappte sich sein Rad.

»Ey!«, schrie der Junge sie an.

»Polizei. Sorry, aber ich brauch das!«

Ehe er und seine Kumpels kapierten, was geschah, war sie aufgestiegen und trat in die Pedale. Über die Schulter rief sie dem vor Wut tobenden Jungen zu, dass er sich sein Rad auf dem Revier in Schöneberg abholen sollte und schaltete ein paar Gänge runter, um schneller zu werden.

Kurz vor der Warschauer Straße holte sie die Frau ein. Sie zog an ihr vorüber, brachte das Rad quer vor ihr und mit einer scharfen Bremsung zum Stehen. Die Frau wollte wieder in die entgegengesetzte Richtung laufen, doch Natalie sprang vom Fahrrad, das polternd umfiel, packte sie und hielt sie fest. Sie spürte, wie die Frau erschlaffte und aufgab, ließ aber noch nicht los.

»Ich hab ihn nicht umgebracht, ich schwör's«, wimmerte die Frau. Natalie hatte die Stimme schon einmal gehört. Ohnehin ahnte sie, mit wem sie es hier zu tun hatte. Wer so rennen konnte, musste sportlich sein.

Sie drehte die Frau um, zog ihr die Kapuze vom Kopf.

»Jenny Schumacher«, sagte sie. »Ich muss Sie bitten, mich auf das Kommissariat zu begleiten. Gegen Sie besteht der dringende Verdacht der Tötung von Andreas Wilkens.«

DIENSTAG, 11. MÄRZ

9:00

»Er war bloß ein Kumpel …«, presste Jenny Schumacher zwischen den Zähnen durch und zog den Rotz in Nase hoch. »Wir haben nur gevögelt, mehr nicht.«

Die Fitnesstrainerin heulte, seit sie im Vernehmungsraum saß.

»Für einen Kumpel, mit dem Sie ab und zu gevögelt haben, schleichen Sie nachts auf den Friedhof?« Natalie setzte sich auf die Tischkante und verschränkte die Arme. »Wieso haben Sie uns nicht gesagt, dass Sie ihn gut kannten und sind, wie ein Kumpel es tun würde, zu seiner Beerdigung erschienen?«

»Weil ich nicht wollte.« Jenny Schumacher hob den Kopf, um Natalie einen trotzigen Blick zuzuwerfen, sah dann wieder auf die Tischplatte. »Es war mir unangenehm. Ich wollte nicht angeglotzt oder angesprochen werden. Ich wollte nicht darüber reden, weder mit Andreas' Lebensgefährtin, noch mit Ihnen.«

173

»Warum?«, erkundigte sich Markus, der auf einem Stuhl Platz genommen hatte. »Aus Scham, wegen des Ehrgefühls …?«

»Ich wollte nicht verdächtig sein«, fiel Jenny Schumacher ihm ins Wort. »Ich kann es mir nicht erlauben, den Job zu verlieren. Von Andreas' Tod habe ich im Body Culture erfahren, weil sich Leute drüber unterhalten haben. Ich war eh platt von der Erkältung und hab mich krankschreiben lassen, um den Schock zu verdauen …«

»Schockiert waren Sie also schon«, stellte Markus fest.

Die Trainerin wischte sich Tränen aus dem Gesicht. »Eine Zeitlang waren wir uns nun mal körperlich echt nah …« Ihre Stimme nahm einen dringlichen Ton an. »Und ich konnte ihn gut leiden, wollte mich von ihm verabschieden. Aber mehr war da nicht, das müssen Sie mir glauben!«

Markus reichte ihr die Box mit den Taschentüchern. Sie zog ein paar raus, schnäuzte sich aber nicht, sondern zerknüllte die Tücher in der Hand.

»Wann hatten Sie und Andreas Wilkens zum ersten Mal Sex?«, fragte er.

»Vor einem halben Jahr ungefähr. Nach dem Training. Wir haben uns bei mir getroffen, danach ist er nach Hause gefahren.«

»Ist er das die anderen Male denn nicht?«, hakte Markus nach.

»Doch, ist er immer. Manchmal haben wir vorher noch ein Bier getrunken, aber Kuscheln und so, das brauchten wir nicht.«

Was sie danach erzählte, stimmte mit dem überein, was Natalie und Markus bereits von Stefan Seidel gehört hatten: Sie hatten sich nur wenige Male im Monat getroffen und zuletzt im Januar. Wilkens hatte die Affäre beendet, weil der Reiz weg war, und sie hatte es hingenommen. Ungeachtet dessen hatte sie keine Neigungen zu ausgefallenen Sexpraktiken und bezeichnete das, was sie und der Arzt in ihrer Wohnung und ausschließlich dort, praktiziert hatten, als Stino-Sex.

Natalie hielt es für wahrscheinlich, dass Wilkens die Lust auf die Affäre mit Christine Zilinski schon eher verloren hatte, aus Gewohnheit dabei geblieben war und sich für ein bisschen Ablenkung auf Jenny Schumacher eingelassen hatte. Bis er festgestellt hatte, dass ihm das auch nicht gab, was er suchte. Aber was hatte er gesucht? Eine Beziehung? SM? Eine Frau, mit der er sowohl das eine als auch das andere haben konnte?

Als Natalie spürte, dass ihr Geduldsfaden dünner wurde, stand sie auf und ging ein paar Schritte durch den Raum. Sie tauschte einen Blick mit Markus, der gelassen blieb und die Trainerin fragte, wie sie und der Arzt sich verabredet hatten.

Jenny Schumacher zuckte die Schultern. »Einfach während des Trainings. Wenn wir halt Bock hatten. Manchmal auch per SMS.«

Natalie klinkte sich wieder ein. »Wann haben Sie ihn zuletzt gesehen?«

Die Antwort kam prompt. »Am vergangenen Freitag bei seinem Training. Wir haben währenddessen kurz gesprochen, nur allgemein, wie es geht und so. Mehr war nicht.«

Natalie unterdrückte ein Grummeln, lehnte sich an eine Wand und musterte Jenny Schumacher. Die Frau erzählte nichts von einer unsterblichen, beidseitigen Liebe, die sie und Wilkens verbunden hatte, versuchte nicht klarzustellen, wie wenig Grund sie für die Tat gehabt hatte. Auf Markus nochmalige Erkundigung zu ihrem Aufenthalt während der Tatzeit wiederholte sie, im Club gewesen und mit einem Nobody für Sex verschwunden zu sein. Die Nacht, als im Beerdigungsinstitut eingebrochen worden war, hatte sie angeblich in der Wohnung einer Freundin verbracht, um auf deren kleine Tochter aufzupassen. Den Namen und die Adresse der Frau rückte sie ohne Zögern heraus und erklärte sich zudem mit einer Durchsuchung ihrer Wohnung einverstanden.

Natalie verließ das Vernehmungszimmer und ging zu ihrem Büro. Um ihren Frust loszuwerden, hätte sie unterwegs zu gern gegen eine Wand getreten, verkniff sich das aber.

Inspektor Harvey hatte mal recht gehabt, als er behauptet hatte, dass die Person, die die Tat begangen hatte, nie und nimmer auf den Friedhof kommen würde, weil sie bereits hatte, was sie hatte haben wollen. Das verdammte Herz des Arztes. Natalie gestand sich ein, dass Jenny Schumacher weder eine Kandidatin für eine feste Beziehung noch für die SM-liebende, außergewöhnliche Miss O war. Sie war einfach nur Hottie. Ein flüchtiger Zeitvertreib.

12:00

Nach der ergebnislosen Wohnungsdurchsuchung und der Bestätigung des Alibis für die Einbruchsnacht durfte Jenny Schumacher gehen. Natalie brodelte an ihrem Schreibtisch vor sich hin und versuchte nicht auszurasten, weil sich Markus ständig in sein blödes Stofftaschentuch schnäuzte.

Sie lud sich die Fotografien von Wilkens' Frauen auf ihren Bildschirm: Jenny, die willige Fitnesstrainerin. Christine, die langjährige heimliche Gefährtin. Maria, die betrogene Partnerin. Ein Bild mit Fragezeichen für Miss O, die Frau im Dunkeln. Die Frau, die vielleicht diejenige war, wegen der alle anderen drei abserviert worden waren oder im Fall von Maria noch hätten abserviert werden sollen. Gerade wollte sie sich mit neuen Passwortideen am versteckten Laufwerk versuchen, da kam Johannes Rothmann ins Büro, um Natalie und Markus mitzuteilen, dass sich Christine Zilinski in der vergangenen Nacht das Leben genommen hatte.

Auf diese Neuigkeit wollte Natalie gern reagieren, indem sie mit der Stirn auf die Schreibtischplatte schlug. Mit Mühe hielt sie sich aufrecht. Eine tote, aufgrund ihres Krankenhausaufenthaltes zur Herzdiebstahlzeit nicht mehr verdächtige ehemalige Verdächtige war so ziemlich das Letzte, was sie jetzt gebrauchen konnte. Auf Markus' ähnlich ernüchternde Aufforderung, in die Gänge zu kommen, um dem frischen Witwer einen Besuch abzustatten, grummelte sie dann doch hörbar, zog sich aber die Jacke an und steckte Harvey in die Tasche.

13:15

Frank Zilinski stand unter Schock und brachte nur zusammenhanglose Wortfetzen hervor. An die Küste wollte er für ein paar Tage fahren und versuchen, klarzukommen. Nach allem, was geschehen war, hatte er nicht daran geglaubt, Christine zurückgewinnen zu können, doch die Tatsache, dass er sie nun ganz verloren hatte, schien ihn aus der Bahn geworfen zu haben. Es war ihm egal, ob sich die Kommissare im Haus umsahen oder nicht. Er zuckte die Schultern und blieb sitzen, als sie ins obere Stockwerk gingen.

Für einen Moment wünschte sich Natalie, die Tatwaffe zu finden, auch das Handy und das Herz des Arztes – in einem Glas aufbewahrt, in einem Schrein zentriert und mit Kerzen umstellt, sah sie es in ihren Gedanken. Sie wischte das Bild beiseite. Viel zu einfach. Und Christine war als Verdächtige so gut wie ausgeschieden, weil sie zur Herzklauzeit im Krankenhaus gewesen war.

Im Schlafzimmer fand sie das Mobiltelefon der Ärztin. Es war eingeschaltet. Natalie holte den Verlauf auf das Display und sah, dass Christine Zilinski in den Stunden vor ihrem Tod geschätzte hundert Mal auf Wilkens' Handy angerufen hatte. Ihr letzter Anruf war jedoch bei Maria Di Lauro gewesen. Das Gespräch hatte nicht einmal eine Minute gedauert.

Davon abgesehen, entdeckten Markus und Natalie nichts, was Ihnen weitergeholfen hätte, und so verabschiedeten sie sich wenig später von Frank Zilinski, der sie nicht zur Tür brachte.

Von der Notwendigkeit, der launischen Italienerin einen erneuten Besuch abzustatten, war Markus so wenig begeistert wie Natalie. Da er nicht erneut umsonst durch halb Berlin gondeln wollte, rief er bei Echtzeit Wedding an und erfuhr, dass beide Di Lauros zu einem Termin in einer Druckerei waren und erst am nächsten Morgen wieder in der Agentur sein würden. Also ging es zurück ins Kommissariat.

In ihrem Postfach fand Natalie eine Mail von Johannes Rothmann, in der er sich aufregte, dass ihm noch kein Bericht zum Fall Wilkens vorlag. Natalie ersparte sich eine Rechtfertigung, fielen ihr auch hundert Gründe ein, die sie davon abgehalten hatten, bislang nur ein Wort zu schreiben. Während Markus sich allein auf den Weg in ein SM-Studio machte, haute Natalie in ihre Tastatur, um die Forderung des Chefs zu erfüllen. Sie fuhr den Rechner runter und knipste die Schreibtischlampe aus, als alle Kollegen längst im Feierabend waren. Nur Rothmann war noch in seinem Büro und telefonierte. Natalie wollte nicht stören und sich mit einem Handzeichen verabschieden, doch er unterbrach das Gespräch, um klarzustellen, dass er den nächsten Bericht ohne Aufforderung wollte.

Zähneknirschend stapfte Natalie den Gang hinunter und durch das Treppenhaus. Nicht nur der Ärger über Rothmann saß ihr im Nacken, sondern auch eine Unruhe, als hätte sie etwas vergessen. Ein sicheres Zeichen für Überarbeitung. Auf dem Parkplatz nahm sie ihr Handy und wählte Maria Di Lauro an. Die Italienerin schien ihre Nummer bereits zu erkennen.

Statt der Begrüßung sagte sie: »Ich bin weder in der Agentur, noch zu Hause, sondern in Andreas' Wohnung.«

»Was wollen Sie dort?« Natalie setzte sich hinter das Lenkrad, zog die Tür zu.

»Bestimmt nicht einziehen. Hier sind noch ein paar Dinge, die mir gehören, und ich helfe Andreas' Eltern beim Ausräumen.«

»Dann komme ich eben dorthin«, beschloss Natalie.

»Tun Sie, was Sie nicht lassen können.« Maria Di Lauro legte auf.

19:45

Vor dem Haus stand ein Umzugswagen. Zwei Möbelträger waren damit beschäftigt, eine Kommode einzuladen, die Natalie in Wilkens' Flur hatte stehen sehen. Sein Vater gab den Männern

Tipps, wie sie das Ding am besten auf die Ladefläche stellen sollten, was diese zu überhören versuchten. Als er Natalie sah, erkundigte er sich zu Neuigkeiten, nahm stumm hin, dass es keine gab und wandte sich abermals den Männern zu.

In der Wohnung traf Natalie auf Wilkens' Mutter. Sie wiederholte die Frage ihres Mannes und reagierte ähnlich, stapelte Teller in einer Kiste. Maria Di Lauro war im Schlafzimmer mit dem Sortieren von Kleidungsstücken beschäftigt.

»Kommt alles in die Kleiderspende«, murmelte sie. »Möchte mal wissen, ob das überhaupt Sinn macht. Die Leute, die den Krempel kriegen, ziehen so was doch gar nicht an.« Sie hielt ein Hemd hoch. »Das ist von Armani.«

Natalie lehnte sich in den Türrahmen. »Ich bin hier wegen Ihres Telefonats mit Christine Zilinski. Worum ging es dabei?«

Die Italienerin ließ das Hemd sinken. »Wieso fragen Sie mich das, wenn Sie schon davon wissen? Fragen Sie doch Christine! Sie hat mich angerufen.« Entrüstet stemmte sie die Hand mitsamt dem Hemd in die Seite. »Hören Sie etwa mein Telefon ab?«

»Tun wir nicht. Und ich kann Christine Zilinski nicht mehr fragen. Sie hat sich das Leben genommen, kurz nach dem Gespräch mit Ihnen.«

Maria Di Lauro sank auf das Bett. Alles Make-up konnte nicht verbergen, dass die Farbe aus ihrem Gesicht wich. Natalie ging ins Zimmer, nahm auf der Ecke des Bettes Platz und wartete ab. Sie ahnte, dass die Frau gleich reden würde, denn sie suchte ihren Blick. Ihre Pupillen waren vor Schreck geweitet.

»Sie wollte mir sagen, dass es ihr leid tut«, brachte sie hervor und starrte Natalie weiter an.

»Was tat ihr leid?«

»Ich glaube, sie meinte die Affäre. Ich habe sie nicht ausreden lassen, habe ihr gesagt, dass das alles keine Rolle mehr spielt.« Beinahe ruckartig stand sie auf und ging zum Fenster. »Wie kann man nur so dumm sein?«, spie sie aus, doch es klang nicht bösartig. »Sich wegen eines Kerls umbringen? Sie hatte doch ein Leben, einen tollen Beruf, einen tollen Mann ... Sie wäre doch irgendwann wieder glücklich geworden.«

»Leider wollte sie nicht darauf warten.«

»So eine dumme, dumme Kuh! Er war es doch gar nicht wert. Kein Mann ist das wert.« Sie wirbelte herum, sah traurig aus. »Kommen Sie mit, ich will Ihnen seine Pornosammlung zeigen!«

Sie stürmte aus dem Raum. Natalie stand auf, folgte ihr ins Wohnzimmer und beobachtete, wie Maria Di Lauro in einer Kiste wühlte.

»Der Typ war echt krank«, sagte sie in gedämpftem Tonfall, weil sie nicht wollte, dass Wilkens' Mutter sie hörte. »Eine Pornosammlung zu haben, finde ich schon merkwürdig. Aber das hier sind nicht irgendwelche Pornos.« Sie zog eine DVD hervor und zeigte Natalie das Cover, auf dem eine anscheinend als Sklavin agierende nackte Frau leidvoll das Gesicht verzog, weil ihr ein in

Leder gekleideter Dominus die Peitsche auf den Hintern klatschte.

Mit spitzen Fingern warf die Italienerin den Film wieder in die Kiste. »Voll abartig«, lautete ihr Kommentar.

Natalie vermutete, dass Wilkens von der Abneigung seiner Partnerin gegen solche Praktiken gewusst und ihr verheimlicht hatte, dass er SM mochte. Sie hätte niemals mitgemacht, nicht bei ihrer Reaktion auf die Filme. Gewiss war sie auch nicht die Demut in Person, sondern blieb im Bett sicher so dominant, wie sie es außerhalb davon war. Den DVDs zufolge hatte Wilkens allerdings den dominanten Part bevorzugt.

Natalie kniete sich ebenfalls hin und blätterte durch die DVDs, überflog die zumeist unmissverständlichen, brutal klingenden Titel. Als sie beinahe beim letzten angekommen war, hielt sie inne und zog den Film aus der Kiste.

Die Geschichte der O, las sie und öffnete die Hülle. Eine Fotografie flatterte zu Boden und blieb mit dem Bild nach unten liegen.

»Was ist das denn?«, fragte Maria Di Lauro und wollte danach greifen. »Da steht was drauf!«

»Nicht anfassen!« Natalie stand auf und befühlte ihre Taschen in der Hoffnung, ein paar Handschuhe einstecken zu haben. Doch die waren im Auto, wie auch die Ziplock-Tüten, die sie jetzt benötigte.

»Fassen Sie das nicht an!«, ermahnte sie die Italienerin noch einmal, denn die konnte offenbar kaum widerstehen, rutschte um die Kiste herum, um die Schrift auf der Rückseite entziffern zu können.

»Holen Sie mir bitte eine Pinzette oder so was!«

Wilkens' Mutter betrat den Raum. »Ist irgendwas?« Besorgt sah sie zwischen den Frauen hin und her.

Zum Glück schaltete Maria Di Lauro und erhob sich. »Nein, nichts weiter.« Sie ging zu ihr, legte ihr die Hand an den Rücken und führte sie nach draußen. »Wo ist die Kiste, in die du die Sachen aus dem Bad gepackt hast?«

Natalie hörte die beiden sprechen. Sie hockte sich wieder hin, beugte sich über die Rückseite der Fotografie und sah sich die Handschrift an. Diese kippte leicht nach rechts ab und war schnörkellos. Die Großbuchstaben und Bögen der Buchstaben, die unter die Zeilen fielen, waren lang. Es war die Handschrift einer selbstbewussten, jüngeren Frau.

Mein Herz, las Natalie,

so sehr genieße ich die Zeit mit dir! Ich will sie anhalten, wenn wir zusammen sind. Ich will sie schneller laufen lassen, wenn wir uns nicht haben. Du hast mehr Macht über mich, als du annimmst. Du hast sie auch in Momenten, in denen du in deinem fremden Leben bist und ich in meinem. Dann ist da echter Schmerz, ganz anders und nicht erträglich. Nicht zu vergleichen mit dem Schmerz deiner süßen Grausamkeit. Tu mir also bald wieder weh. Tu mir richtig weh! Ich brauche das. Ich brauche dich!

Keine Unterschrift. Verdammt!

Natalie las die Zeilen ein zweites Mal und nahm nebenbei die Pinzette von Maria Di Lauro entgegen. Die Frau hockte sich neben sie, las ebenfalls und ließ einen verächtlichen Laut nach dem anderen hören.

»Abartig, einfach abartig!«, ächzte sie. »Da tun sich Abgründe auf. Das ist also die zweite Affäre!«

»Die dritte«, entgegnete Natalie und nahm eine Ecke des Fotos zwischen die Zangen der Pinzette. Sie hob das Bild an, drehte es um und wünschte, die Di Lauro würde endlich die Klappe halten, doch die schimpfte nur lauter. So lange, bis sie von Natalie einen Anranzer bekam.

Die Fotografie war schwarz-weiß. Sie zeigte einen nackten, von Lederriemen umschlungenen Frauenkörper in lasziver Pose. Auf den ersten Blick erschien der Körper makellos und feminin, nicht zu viel Speck auf den Hüften und auch nicht zu wenig, sondern das, was man als genau richtig bezeichnen würde. Ihre Brüste waren, wie Stefan Seidel sie mit je einer Handvoll beschrieben hatte. Die Brustwarzen waren erregt und hatten sich zusammengezogen. Wenngleich der Kontrast nachbearbeitet wurde, um den dunklen Hintergrund und die Lederriemen richtig schwarz und das Übrige noch weißer wirken zu lassen, konnte man von einer hellen Haut ausgehen.

Natalie stand auf, hielt die Fotographie ins Licht und murmelte: »Hallo, Miss O!«

MITTWOCH, 12. MÄRZ

10:45

Einige der Fingerabdrücke auf der Fotografie stammten von Andreas Wilkens. Die anderen waren unbekannt. Es waren nicht die von Jenny Schumacher und auch nicht die von Maria Di Lauro, die noch am Morgen im Kommissariat gewesen war, um ihre Fingerabdrücke nehmen zu lassen.

Zum gefühlt tausendsten Mal betrachtete Natalie das Schwarz-Weiß-Bild. Die Frau darauf hatte keine so vollen Kurven wie Maria Di Lauro, doch ihr Körper war weiblicher als der von Jenny Schumacher. Auch Christine Zilinski war schmaler gewesen. Sie hob den Kopf, als Markus ins Zimmer polterte. Er war in einem weiteren SM-Studio gewesen.

»Treffer!«, triumphierte er, zog sein Notizbuch aus der Tasche und klappte es auf, um Natalie vorzutragen, was er in Erfahrung gebracht hatte.

»Im Vie Noire hat es am dreiundzwanzigsten Januar eine Buchung gegeben. Ein gewisser *Wilk* hat diese getätigt. Ich habe eine E-Mail-Adresse dazu. Zwar keine uns bekannte, aber *Wilk* klingt doch verdammt nach Wilkens, was meinst du?« Sichtlich zufrieden setzte er sich und rollerte an seinen Tisch.

Natalie lehnte sich zurück und verschränkte die Arme. »Ich fress einen Besen, wenn er das nicht ist. Kontaktierst du den Mailprovider wegen der Zugangsdaten?«

»Aber sicher.«

»Der Eigentümer des Studios hat ihn und sie nicht zufällig zu Gesicht bekommen? Eine Kamera ist da nirgends installiert?«

Markus begann in seine Tastatur zu klimpern. »Leider nicht. Darauf hatte ich auch gehofft.«

Natalie machte einen grüblerischen Laut. »Vie Noire, das klingt aufregend.«

»Ja, das ist vielleicht ein genialer Schuppen«, erzählte er, während er schrieb. »Also, hätte ich solche Gelüste, wär das meine Adresse. Edel! Echt edel. Das muss früher ein Club gewesen sein. Alles rot und schwarz. Schummerlicht in einem langen Gang, von wo aus es zu verschiedenen Themenräumen geht. Die sind auch alle in Rot und Schwarz gehalten. Viel Leder, viel Stahl, viel Seide und so. Bis auf den einen Raum zumindest …«

Natalie linste an ihrem Monitor vorbei und schmunzelte, weil Markus sich die Brille auf der Nase hochschob.

»Wie war es denn in diesem einen Raum?«

Jetzt wurde er sogar ein wenig rot. »Hell. Wie beim … Arzt.«

Sie lachte. »Aha, der Raum für Doktorspiele. Mit Gyn-Stuhl und so weiter?«

Markus runzelte die Stirn. »Also, dieses ganze Fesselzeugs und Kettengeklimpere und die Peitschen, das mag ich mir ja noch erotisch vorstellen, aber einen Besuch beim Frauenarzt …« Er erwiderte Natalies Blick und wurde wegen ihres Schmunzelns noch röter. »Na, was denn? Das ist doch nicht normal!«

Natalie zuckte mit den Schultern. »Was ist schon normal? Wer passt heute überhaupt noch in dieses Schema?«

Sie stellte das Foto zwischen die Tasten ihres Keyboards, betrachtete es nochmals kurz und klappte Wilkens' Laptop auf, den sie wieder mit ins Büro gebracht hatte. Die Kriminaltechnik hatte das Passwort für das versteckte Laufwerk noch nicht rausgerückt, und Natalie wollte sich abermals daran versuchen. Auf ihrem Rechner öffnete sie Google und gab den Titel des Films ein, in dessen Hülle das Foto gesteckt hatte: *Die Geschichte der O.*

Natalie wusste den Film im erotischen Genre einzuordnen, doch die genaue Handlung kannte sie nicht und las nach. Wikipedia bezeichnete das Werk als französischen Liebesfilm, der auf dem gleichnamigen sadomasochistischen Roman der Autorin Dominique Aury basierte und sich mit dem Thema der freiwilligen weiblichen Unterwerfung befasste. Während des Lesens machte sie sich Notizen und versuchte sich im Anschluss erneut am Passwort. Paris, Unterwerfung, Sklavin, Stephen, René – nichts funktionierte. Nach einem nochmaligen Überfliegen des Textes gab sie andere Worte ein und verlor schon die Lust, da öffnete sich das Laufwerk.

»Verdammt, Roissy!«, rief sie, streckte die Faust siegesreich in die Luft und grinste Markus an.

Er kräuselte die Stirn. »Was spielen wir jetzt? Jeopardy. Eine Stadt in Frankreich? Ist das die Antwort?«

»Das Passwort zu Wilkens' verstecktem Verzeichnis lautet Roissy. Der Name des Schlosses, auf dem sich die O zur Sub ausbilden lässt.«

Ihr Telefon klingelte. Auf der Anzeige stand die Durchwahl der Kriminaltechnik. Die Jungs wollten ihr das Passwort nennen. Weil Natalie es sich nicht mit noch jemandem verscherzen wollte, tat sie so, als notierte sie das Wort und verschwieg, dass sie eine Sekunde schneller gewesen war, Kraft ihrer Gedanken.

Markus kam um den Schreibtisch herum, um mit ihr einen Blick auf den Inhalt des Laufwerks zu werfen. Es gab nur einen einzigen Ordner, der den einfallsreichen Namen *Pix* trug. Ein Teil der abgespeicherten Bilder schien mit einer leistungsfähigen Kamera aufgenommen zu sein, der weitaus größere Teil eher mit dem Handy. Alle zeigten denselben Frauenkörper, aber immer ohne

Kopf. Mal war sie gefesselt, teilweise auch in so aufreizenden Posen, dass Markus wieder errötete. Andere Male war sie an einem Kreuz oder auf einem Sklavenbock fixiert. Mehrere Bilder zeigten Details von Striemen auf ihrer Haut, von geklammerten Nippeln oder Schamlippen. Auf einigen Fotos waren dunklere Haarsträhnen im Nacken der Frau zu erkennen. Da alle Aufnahmen schwarz-weiß waren, ließ sich der genaue Farbton leider nicht bestimmen. Natalie öffnete ein Bild, auf dem Miss O bäuchlings an ein Andreaskreuz gekettet war. Auf ihrem Schulterblatt prangte die Tätowierung eines Steuerrades. Es war nicht groß, vielleicht fünf Zentimeter im Durchmesser.

Markus versuchte zu scherzen. »Was machen wir nun? Lassen uns von allen hell- bis dunkelbraunhaarigen, hellhäutigen Berlinerinnen zwischen fünfundzwanzig und vierzig die kalte Schulter zeigen?«

Natalie konnte nicht lachen. Sie dachte nach. »Eventuell ist das was für die Presse. Aber dafür ist es jetzt noch zu früh. Ich will die Medien da jetzt noch nicht involviert haben.«

Markus ging zurück zu seinem Platz und verfasste sein Schreiben an den Mailprovider. Natalie blieb vor ihrem Rechner und klickte sich durch die Fotografien.

12:30

Zum Mittag saß Natalie in einem türkischen Imbiss und stocherte in einem Gericht, dessen

Namen sie schon wieder vergessen hatte. Es schmeckte, war gut gewürzt, wurde aber kalt, weil sie so mit Nachdenken beschäftigt war und das Besteck immer wieder hinlegte. Inspektor Harvey lehnte galant an ihrem schon leergetrunkenen Colaglas. Er schwieg beharrlich. Wahrscheinlich war ihm mal wieder eine Laus über die Leber gelaufen, aber Natalie hatte keine Zeit, sich nun auch noch mit seinen Launen zu befassen.

Das Vie Noire. Der Mail-Account. Miss O. Das Tattoo.

Mit Sicherheit hatten Wilkens und Miss O E-Mails geschrieben. Über diesen geheimen Account. Sie wollte an der Zeit drehen, die Zugangsdaten sofort haben. Natürlich hatte sie auch hier das Passwort Roissy versucht, doch es hatte nicht funktioniert.

In ihre Gedanken versunken, bezahlte sie und machte sich auf den kurzen Rückweg ins Kommissariat. Gerade bog sie in die Keithstraße ein, da durchfuhr sie ein Schreck. Sie tastete ihre Tasche ab. Leer!

Erschrocken machte sie kehrt und spurtete in die Richtung, aus der sie gekommen war. Das bald einsetzende Seitenstechen ignorierte sie, bedauerte jedoch zum zweiten Mal in dieser Woche ihren Mangel an Kondition. Hätte sie geahnt, dass sie nun ständig am Rennen war …

Atemlos polterte sie in den türkischen Imbiss und sah zu dem Tisch hin, an dem sie zehn Minuten zuvor gesessen hatte. Von Inspektor Harvey war keine Spur. Zwei Mädchen, Teenager, hockten da jetzt und unterhielten sich über irgendeinen Typen aus ihrer Klasse. Natalie ging zu ihnen.

»Habt ihr hier einen Hasen gesehen?« Mit einer Geste beschrieb sie seine Größe. »Etwa so groß. Weiß. Rotes Halsband mit Punkten.«

Die Mädchen hatten ihr Gespräch unterbrochen. Sie starrten sie an, bekamen rote Wangen und schüttelten unisono die Köpfe.

»Nein«, erdreistete sich die eine zu lügen. »Hier lag kein Hase.«

Natalie drehte sich um und ging zur Bedientheke. Auf ihre Erkundigung sagte ihr der Mann, dass er ihren Tisch erst abgeräumt hatte, als die beiden schon dort gesessen hatten. Sie waren nur kurze Zeit, nachdem sie gegangen war, in den Imbiss gekommen. Natalie bezog also nochmals vor dem Tisch der Mädchen Position. Wirklich sauer zückte sie ihre Dienstmarke und hielt sie den beiden hin.

»Kripo Berlin. Den Hasen! Und zwar sofort!«

In Windeseile griff eines der Mädchen in seinen Rucksack und holte Inspektor Harvey heraus. Ihre Hand zitterte, als sie ihn Natalie reichte. Die nahm ihn, steckte ihn in ihre Jackentasche und zog ab. Auf der Hälfte der Strecke hatte der Schreck nachgelassen und sie hörte den Hasen in ihrer Tasche nölen.

Unverschämtheit!, sagte er gerade, und dies sicher nicht zum ersten Mal. *Eine absolute Unverschämtheit!*

»Ist ja schon gut«, murmelte Natalie mit gesenktem Kopf. »Tut mir leid, okay?«

Gar nichts ist okay!

»Jetzt lass es gut sein. Ist doch nichts passiert!«

Nichts passiert?! Frechheit! Ich habe zehn Minuten meines Lebens in der Gesellschaft eines angebissenen Schokoriegels, eines ständig piependen Handys, eines Tampons und eines Buches mit dem Titel ›Meine peinlichen Eltern‹ vergeudet. Ich hatte Panik, höllische Panik, mein Dasein auf immer und ewig bei dieser Göre fristen zu müssen. Und du sagst, es ist nichts passiert?! Unverschämtheit!

Natalie fühlte sich elend. Die Tage der Bereitschaft und Arbeit am Fall waren zu lang. Sie bekam zu wenig Schlaf, hatte zu viel zu tun, und es gab zu viele Sachen, an die sie denken musste. Auf Markus und die anderen war Verlass, doch was Wozniak anging … Die wenigen Aufgaben, die er in diesem Fall hatte, wollte sie ihm am liebsten abnehmen. Wie schluderig er arbeitete, bewies die Sache mit dem versteckten Laufwerk.

Natalies Handy klingelte. Elias' Nummer wurde auf dem Display angezeigt, und das genügte, um sie durchatmen zu lassen. Er hatte versprochen, sich zu melden, wenn er aus Köln zurück war und ließ offenbar nicht eine Stunde verstreichen. Als er sagte, dass er noch im Zug war, dachte Natalie an seine Küsse. An den ersten leidenschaftlichen auf dem Hausboot und an den zweiten, der kaum ein Kuss gewesen war, sondern eine Art Vorgeschmack auf seine Lippen.

Elias fragte, wie es ihr ging und sie gab ihm eine beinah ehrliche Antwort, die ihn zwischen den Zeilen lesen und eine Order aussprechen ließ: Pünktlich Feierabend sollte sie machen und ohne Umweg zu ihm kommen. Nicht zum Hausboot diesmal, sondern nach Hause.

Vor dem Kommissariat beendete Natalie das Gespräch und nahm auf dem Weg ins Büro je zwei Stufen mit einem Schritt. Der Rest des Tages würde ruhig verlaufen, sagte sie sich. Und sie würde pünktlich Feierabend machen, um eine Verschnaufpause einzulegen. Mit Elias, denn der tat ihr gut. Er brachte sie zum Lachen. Das gelang nicht vielen. Die meisten Menschen ließen sie nur grimmiger durchs Leben wandern. Elias schenkte ihrem Geist dringend benötigte Ablenkung und Freiheit. Was er mit ihrer Libido anstellte, war eine ganz andere Sache, allein seine Stimme am Telefon hatte ihr Inneres zum Summen gebracht – und auch dieses Gefühl war so gut und so lang vermisst und so was von willkommen.

19:15

Elias wohnte in Friedrichshain, nur wenige Gehminuten vom Indigo entfernt, in einem Hinterhaus, das über einen Hof erreicht wurde. Es war kein sonderlich hübsches Gebäude, und die Namen auf dem riesigen Klingelschild ließen auf eine Multikultur der Nachbarn und auf Studenten-WGs schließen. Einen Fahrstuhl gab es nicht, und so nahm Natalie die vielen Treppen bis in die unter dem Dach liegende Etage.

Er wartete an der Wohnungstür, lehnte im Rahmen, ganz lässig, als habe er sie nicht erst am Mittag, noch vor seiner Ankunft in Berlin, angerufen und voller Ungeduld zu sich geordert. Sein Lächeln verriet ihn jedoch. Natalies Blick fiel auf einen roten Tigerkater, der um Elias' nackte Füße schmuste und aus hellgrünen Augen neugierig zu ihr hochsah. Sein leises Miau erklang, als sie ihm die Aufmerksamkeit entzog, um Elias zu begrüßen, mit einem Kuss auf die Wange und einem leisen, warmen Hallo. Daraufhin trat er zur Seite und bat sie herein, schloss die Tür. Es kribbelte in Natalies Nacken, weil sie Elias' Blick auf sich spürte. Der Kater wetzte an ihr vorbei in irgendein anliegendes Zimmer und mauzte abermals, eindringlicher diesmal und um die wiederum von irgendwoher kommende Musik zu übertönen. Wir sind Helden sangen die traurige *Ballade von Wolfgang und Brigitte.*

Als Natalie sich umdrehte, stand Elias vor ihr. Er hob die Hände und packte, wie er es bei ihrem Treffen im Indigo getan hatte, das Revers ihrer Lederjacke. Wie von allein schoben sich Natalies Hände unter sein T-Shirt, strichen über seine warme Haut.

»Frau Kommissarin, ich bin verrückt nach dir«, murmelte er an ihre Lippen und küsste sie. Nicht spielerisch, nicht lockend, nicht fragend diesmal, sondern hart und verlangend. Natalies

Jacke fiel zu Boden, und ineinander verschlungen stolperten sie darüber. Elias dirigierte Natalie in sein Schlafzimmer, zog sie auf dem Weg dahin weiter aus und ließ sich von ihr auch um ein paar Kleidungsstücke erleichtern. Atemlos plumpste sie rücklings auf sein Bett und zog ihn mit sich.

20:35

Natalie trug ein T-Shirt von Elias, hatte die nackten Beine auf den Küchenstuhl gezogen und sah ihm beim Kochen zu. Damit tat sie es dem Tigerkater gleich, der in der Fensterbank hockte. Sie hatte Elias zur Hand gehen wollen, doch er hatte alles schon vorbereitet und briet nur noch das frische Gemüse an.

»Kochen macht mir Spaß, also brauchst du kein schlechtes Gewissen zu haben.« Er warf ihr einen Blick über die Schulter zu. »Und für dich koche ich gern. Ich könnte mich wahrscheinlich daran gewöhnen.«

Natalie strich sich ein paar Strähnen hinters Ohr. Im Liebesspiel hatte Elias ihren Zopf entflochten, und nun taten die Haare, was sie wollten, wuselten um ihren Kopf und in ihr Gesicht, was sie eigentlich wahnsinnig machte. Sie mochte, was Elias gerade gesagt hatte, fand seine Gedanken schön, doch sie sorgte sich auch deshalb.

»Polizisten, insbesondere die von der Kripo …«, hob sie an und zögerte, um die richtigen Worte zu wählen. »Die sind nicht gerade für unkomplizierte Partnerschaften bekannt.«

Er nahm das mit Humor. »Dann ist es ja gut, wenn sich schon mal einer zum Kochen bereit erklärt. Ich würde dir ganz sicher auch nie eine Szene machen, wenn ich stundenlang vor gedecktem Tisch mit Kerzenschein auf dich warten müsste. Ich würde die Kerze einfach erst anzünden, wenn ich dich kommen höre.«

Wie süß war das denn!

»Das alles natürlich nur rein hypothetisch«, sagte er daraufhin schnell. »Ich hab's nicht eilig. Ich mag dich einfach gern.«

»Ich mag dich auch.«

Ganz unerwünscht flimmerten Szenarien der gescheiterten Beziehungen vor Natalies geistigem Auge auf. So ziemlich jeder Typ Mann hatte aufgrund ihres Jobs das Handtuch geworfen oder so mies reagiert, dass sie Schluss gemacht hatte. Sie wollte, dass Elias sich der Realität unbedingt bewusst war.

»Es ist ja nicht nur so, dass Mordkommissare hin und wieder Bereitschaft haben.« Sie schlang die Arme um ihre Beine. »Oder zu wirklich unpassenden Gelegenheiten und Tageszeiten einfach verschwinden müssen, dass sie Überstunden schrubben und selbst zu Hause im Kopf oft bei der Arbeit sind …« Was sie nun sagen musste, fiel ihr schwer, und sie bemühte die Worte über ihre Lippen: »Viele von uns haben außerdem irgendwie einen an der Waffel.«

»Ach, echt?« Elias lachte leise, während er das Gemüse in der Pfanne wendete.

»Ja. Mein Kollege Markus zum Beispiel, der wohnt noch bei seiner Mutter, lässt sich von ihr die Klamotten rauslegen, hat für jeden Wochentag eine Fliege und benutzt Stofftaschentücher. Er niest immer viermal nacheinander. Und mein anderer Kollege ...« Sie dachte an Wozniak, behielt den Namen aber für sich. »Der fährt dauernd in den Wald, um Bäume zu fällen und dabei zu schreien.«

Jetzt prustete er und wandte sich ihr zu. »Lieber einen Baumstamm anschreien als die Ehefrau.« Er zwirbelte den Holzlöffel zwischen den Fingern. »Und welche Macke hast du? Bist du bei den Anonymen Alkoholikern?«

Es war ein Klischee, dass Kriminalkommissare gern tief in die Flasche schauten, aber leider auch recht nahe an der Realität.

»Nein, ich habe Harvey«, entgegnete Natalie prompt und hob, von sich selbst erschrocken, die Hand vor den Mund.

»Der weiße Hase, den du in der Jackentasche mit dir rumträgst?«

»Genau.« Peinlich berührt schaute sie aus dem Küchenfenster.

»Das ist aber irgendwie niedlich.«

»Na ja, eigentlich ist Harvey ...« Sie verbesserte sich. »Inspektor Harvey gar nicht so niedlich, wie er aussieht.«

Auf einen Ruck, den sie sich gab, sah sie Elias wieder an und erzählte ihm, wie sie den Hasen gefunden und wie sich ihre Beziehung seither entwickelt hatte. Elias hatte seinen Spaß und bekam sich kaum noch ein, als sie ihm von ihrem Erlebnis am Mittag erzählte. Natalie war auf seine Reaktion gespannt. Entweder würde er sie für durchgeknallt halten und aus seiner Wohnung komplimentieren oder sich nur ein bisschen amüsieren.

»Der Hase ist deine innere Stimme«, sagte Elias. »Deine Vernunft, nehm ich an, deine Moral, dein schlechtes Gewissen, deine Intuition. Er hilft dir, deinen Geist zu sortieren, wenn dich zu viele Fakten durcheinanderbringen. Er ist deine Konzentration auf das Wesentliche.« Nun verkniff er sich ein Grinsen. »Für die meiste Zeit zumindest.«

Natalie war beeindruckt. Und sie schwieg. Also redete Elias weiter und wechselte das Thema.

»Eigentlich hatte ich dir ja für heute Kino versprochen, aber so recht Lust hab ich keine. Ich hab geschaut, was im Fernsehen läuft, doch da kommen nur Krimis. Viele DVDs hab ich nicht, aber Loriot und ...«

Natalie fiel ihm ins Wort. »Oh, *Papa ante portas* wär perfekt! Der hat auch so eine herrliche Macke.« Sie ahmte eine Passage ihrer Lieblingsszene nach und überlegte, wo ihre Lederjacke lag, die zwar nicht knarzte, aber doch passen würde. »Krawehl, krawehl. Taubtrüber Ginst am Musenhain ...«

Elias drückte Natalie zwei Teller und Besteck in die Hand, nahm die Pfanne vom Herd und ging damit voran ins Wohnzimmer. Während sie aßen, sahen sie den Film, lachten an denselben Stellen und kuschelten bald. Gerade bat Loriot alias Heinrich die Zeugen Jehovas ins Haus, da klingelte Elias' Telefon. Er stand auf, um es zu suchen, fand es auf einem Lautsprecher und nahm das Gespräch entgegen.

»Hey, ja, ich bin wieder in Berlin. Alles okay bei dir?«, sagte er und ging aus dem Zimmer.

Natalie hörte ihn in der Küche weiterreden, mit einem Kumpel, wie es schien, und sie wollte gar nicht zuhören, doch sie konnte sich auch nicht mehr auf den Film konzentrieren, als er mit gesenkter Stimme sprach. Die Kommissarin in ihr spitzte die Ohren.

Dass er gerade nicht könne und nicht wolle, verstand sie, und was das solle. Dann wurde die Küchentür geschlossen. Ihr wurde mulmig, und sie setzte sich auf. Dass Elias mit einem Kumpel sprach, war jetzt ausgeschlossen. Er sprach mit einer Frau, die ihn gerade sehen wolle. Eine Stimme, die sie beruhigen wollte, beharrte darauf, dass er vielleicht eine komplizierte Familie hatte, ebenso gut mit seiner Mutter oder seinem Vater reden konnte, doch dass er sogar die Küchentür geschlossen hatte, fand Natalie einfach merkwürdig. Die beruhigende Stimme wies sie darauf hin, dass es auch eine klammernde Exfreundin sein konnte – und erinnerte sie daran, dass Elias und sie längst nicht den Stand einer Beziehung erreicht hatten, diesen vielleicht nie erreichten.

Sie schüttelte den Kopf, um die Gedanken loszuwerden und zwang sich zu einem Lächeln, als er zurück ins Wohnzimmer kam. Er kuschelte sich zu ihr auf die Couch, zog sie in seine Arme und drückte einen Kuss auf ihre Schläfe. Natalie atmete durch.

»Ich muss bald nach Hause.«

»Ich dachte, du bleibst heute Nacht.« Die Enttäuschung lag klar in seiner Stimme.

»Beim nächsten Mal vielleicht. Ich brauch zumindest frische Unterwäsche, deine kann ich nicht tragen, und ich will mich morgen früh nicht zweimal in den Stadtverkehr einreihen.«

Elias ließ das unkommentiert. Sie sahen den Film zu Ende an, dann suchte Natalie ihre Kleidung zusammen.

DONNERSTAG, 13. MÄRZ

11:00

Der Mailprovider hatte die Zugangsdaten übermittelt, doch was Natalie und Markus im Postfach fanden, war eine Enttäuschung. Dort standen lediglich die Buchungsbestätigung des einen bekannten Termins sowie die eines weiteren im Dezember. Im Postausgang waren zwei Antworten auf die jeweilige Buchung. Zwei kurze »Danke, alles klar.« und sonst gar nichts. Auch nicht im Papierkorb, nicht im Spam-Ordner.

»Er hat mit dieser Frau offenbar nicht via Mail kommuniziert«, stellte Markus fest.

Natalie ging zu ihrem Platz. »Nicht über diesen Account zumindest! Und vielleicht auch über keinen anderen.« Sie ließ die Schultern sinken. Das noch vermisste Telefon kam ihr wieder in den Sinn. »Verdammt, ich frag mich, warum der Mobilfunkanbieter eigentlich so ewig mit der Datenherausgabe braucht. Das ist doch nicht normal. Wozniak hat das vor …«

Sie zählte an Fingern zurück. »Am vergangenen Mittwoch ist das Fax rausgegangen. Das ist acht Tage her.«

Sie griff zum Telefon und wählte die Durchwahl des Kollegen. Er schien schwer beschäftigt und bellte, dass er kein Fax gesehen habe und sie selbst beim Mobilfunkanbieter nachfragen solle. Natalie pfefferte den Hörer über den Tisch, stand auf und suchte die Faxanfrage aus einem Ordner. Sie fand sie schnell, blätterte um, sah sich den Sendebericht an und erstarrte.

»Das darf nicht wahr sein!«

Markus kam zu ihr. »Was ist los?«

»Sieh dir das an!«

Er beugte sich über den Bericht. »Fehlerhaft.«

Bebend vor Ärger heftete Natalie die beiden Blätter aus, stand auf und schob sich an Markus vorbei. Dass Johannes Rothmann gerade in Wozniaks und Justus Fröhlichs Büro war und auch Letzterer anwesend war, störte sie nicht im Geringsten. Im Gegenteil. Sie knallte den Faxbericht auf Wozniaks Schreibtisch.

»Lies mal! Was steht da?«

Er verschränkte die Arme vor der Brust, schielte zum Blatt und brummte: »Tja, da ist wohl was schiefgelaufen. Ich bin auch nur ein Mensch.«

»Was schiefgelaufen? Das Fax ist nie gesendet worden und ich warte seit über einer Woche …«

»Wieso warten Sie über eine Woche, Sperling?«, schaltete sich Rothmann ein. »Warum haben Sie nicht eher nachgesehen?«

Sowohl der Kommentar ihres Bosses als auch Wozniaks Grinsen ließen das Fass überlaufen. Natalie war außer sich.

»Weil ich seit über einer Woche rotiere! Weil ich mich nicht um jedes kleine Ding kümmern und an alles denken kann, denn *ich* bin auch nur ein Mensch. Weil ich mich außerdem auf die Arbeit meiner Kollegen verlasse. Zumindest versuche ich das. Aber offenbar ist das ein Fehler!«

»Was ist denn mit Svoboda?«, dröhnte Rothmann, gleichermaßen aufgebracht. »Sie sind doch zu zweit. Was macht der denn?«

»Was soll die Frage? Der rotiert ebenfalls und geht, wie ich, davon aus, dass jeder hier einen einwandfreien Sendebericht von einem fehlerhaften unterscheiden kann. Wie wir außerdem davon ausgehen, dass jeder in einem Tötungsdelikt Ermittelnde ein verstecktes Laufwerk für eine interessante Sache hält.«

»Vor allen Dingen solltet ihr zwei mal davon ausgehen, dass ...«

Weiter kam Wozniak nicht, denn Rothmann brüllte so laut, dass man es noch am Alexanderplatz hören musste. Puterrot lief er an und sein mächtiger Körper stand unter Hochspannung.

»Sie, Wozniak, halten gefälligst die Klappe! Von ihrer Schlamperei hab ich schon lange die Schnauze voll! Noch so ein Ding, und Sie machen eine Weile Urlaub, verstanden?«

Natalie hätte sich in diesem Moment gern in Luft aufgelöst, was auch auf Justus Fröhlich zu-

zutreffen schien, doch keiner wagte, sich zu bewegen. Nicht einmal der hartgesottene Wozniak.
Natalie beobachtete, wie er einen Kommentar
hinunterwürgte und stattdessen knapp nickte.

Rothmann war noch nicht fertig. »Und jetzt
bewegen Sie Ihren Arsch und senden Sie dieses
Fax. Und zwar mit Dringlichkeit.«

Wozniak nahm das alte Fax und wollte loszie-
hen, doch Rothmann hielt ihn auf. »Das schreiben Sie gefälligst neu«, brüllte er weiter. »Mit Datum von heute. Und zu Ihrer Information: Wenn
auf dem Sendebericht ein OKAY steht, dann bedeutet es, dass das Fax durchgegangen ist. Steht
dort FEHLERHAFT, ist es das nicht.«

Mit einem Knall, der Natalie und Justus Fröhlich zusammenzucken ließ, krachte die Tür hinter
Rothmann ins Schloss. Natalie beeilte sich, das
Zimmer zu verlassen und überhörte Wozniaks
durch die Lippen gezischtes »Schönen Dank
auch!« beflissentlich.

»Ist die Hölle übergefroren?«, begrüßte Markus sie im Büro.

Natalie ging zur ihrem Platz und nahm einen
Notfall-Schokoriegel aus dem untersten Schub-
fach. Sie hatte ihn kaum aufgegessen, da stand
Rothmann in ihrem Büro, also wappnete sie sich,
wie Wozniak runderneuert zu werden, doch der
Chef der achten Mordkommission hatte ihnen
etwas anderes mitzuteilen.

»Anruf von den Kollegen aus Tempelhof«,
knurrte er. »Ein Tötungsdelikt in diesem Studio,

in dem Wilkens im Januar war. Die Putzfrau hat den Kunden heute gegen neun gefunden. In Anbetracht dessen, was ich gerade dazu gehört habe, ist das euer Fall. Fahrt also hin und schaut es euch an. Die Spusi ist vor Ort, Staatsanwaltschaft und Gerichtsmedizin sind informiert.«

12:15

Das Vie Noire befand sich in einem Gewerbegebiet, in dem man eher Branchen wie Lagerhaltung und Metallverarbeitung vermutete. Ganz sicher kein Studio, in dem Sadomasochisten ihren Fetisch auslebten. Die Fassade war entsprechend unscheinbar, Wellblech, das kleine Fenster und eine Metalltür einrahmte. Sobald man im Inneren stand, befand man sich in einer in rotes Licht getunkten, fremdartigen Welt.

Der süße Geruch von Blut schlug Natalie entgegen. Wieder einmal in den Ganzkörper-Saunen steckend, ging Markus und sie an den im Gang beschäftigten Männern der Spurensicherung vorbei ins hintere Zimmer. Beim Anblick des Toten, der schlaff am Andreaskreuz hing, erschrak Natalie, so furchtbar sah er aus, doch sie zwang ihre Füße und ihren Atem weiter, und blieb auch dann äußerlich gefasst, als Markus ungläubig ächzte.

In dickflüssigen Bächen rann Blut aus einer in der Brust des Mannes klaffenden Wunde. Es floss über seinen Bauch, seine Beine und unter die eisernen Fesseln, in denen seine Fußgelenke fixiert waren. Sie waren so eng geschraubt, dass seine Füße blau waren. Wie auch seine Hände. Rote Striemen zeichneten sich auf seinen Schenkeln ab, und von seinen Hoden hingen Gewichte. Der Boden vorm Kreuz war ein roter See, in dem sich Knochen türmten.

In ihrer Zeit bei der Mordkommission in Berlin hatte sie so einiges gesehen, etwas vergleichbar Grausames allerdings noch nicht, und sie wünschte, Rothmann hätte sie und Markus doch zuvor mit den Details versorgt.

Andrea Berendt war bereits da und mit der gerichtsmedizinischen Untersuchung beschäftigt.

»Die Haut wurde aufgetrennt«, erklärte sie Natalie und Markus. »Mit einem Cuttermesser, wie man es in jedem Baumarkt bekommt, nehm ich an. Auch möglich, dass ein Einmalskalpell, wie sie hier herumliegen, verwendet wurde. Danach wurde der Thorax geöffnet, indem die Rippen herausgeknipst wurden, Nummer drei bis acht.«

»Womit wurde das gemacht?«, erkundigte sich Markus.

Natalie warf einen Blick auf den blutigen Knochenhaufen zu ihren Füßen und fragte sich, ob sie wohl in zwanzig Jahren abgebrüht genug war, um einen solchen Anblick einfach wegzustecken.

»Alles Mögliche eignet sich dazu.« Andrea Berendt wies auf die Enden der herausgetrennten Rippen. »Mit einer Astzange zum Beispiel oder einem Bolzenschneider. Nach einem von diesen beiden Dingen sieht es für mich im Moment aus.«

Sie zeigte auf lose Gefäßenden: »Für die Durchtrennung der Aorta, der Arterien und Venen könnte wiederum eine normale, kräftige Schere gedient haben. Sie wurden durchschnitten, das Herz wurde herausgenommen und ...«

»Fallen gelassen«, beendete Natalie den Satz. Sie warf einen weiteren Blick auf den Boden unterhalb des Andreaskreuzes. Auf das Herz des Mannes. Das ungewollte.

Andrea Berendt trat einen Schritt zurück, um den Toten aus einiger Entfernung zu betrachten. Natalie und Markus folgten ihr.

»Wie lange braucht man für so was?«, fragte Natalie.

»Ein Profi, etwa ein Arzt oder Metzger, erledigt das in fünfzehn Minuten. Ein Laie wird eine Stunde damit beschäftigt sein.«

Der Mensch, der das getan hatte, hatte die ganze Nacht Zeit gehabt. Im Übrigen bestand kein Zweifel daran, dass es dieselbe Person gewesen war, die das Herz aus Andreas Wilkens' Leichnam entnommen hatte. Für eine sofortige Wahrnehmung der Botschaft war die rechte Brustseite gesäubert worden, bevor man den bekannten Schriftzug *Keine Liebe* hineingeritzt hatte.

»Hat er noch gelebt, als all das ... mit ihm gemacht wurde?«, fragte Natalie und wollte Markus, der in sein Notizbuch kritzelte, gern den Stift aus der Hand schlagen. Sie hielt es für möglich, dass der Mann zuvor erstickt worden war. Über seinen Mund und die Nase war breites, silbernes Tape, wie man es ebenfalls im Baumarkt erhielt, geklebt worden.

Andrea Berendt bestärkte Natalies Verdacht. »Ich denke, er ist erstickt. Sicher kann ich das aber erst nach der Untersuchung im Institut sagen. Dann auch mehr zur Uhrzeit.«

Natalie wandte sich um, um aus dem Raum zu kommen – aus dem ganzen Appartement – und durchzuatmen. Im Korridor begegnete ihr Paul Liebig, wie immer im Anzug und zu schnieke, um sich mit dem Schutzanzug abzugeben. Über den Fortschritt ihrer Ermittlungen war der Staatsanwalt durch ihre Berichte auf dem neuesten Stand und so wenig erfreut wie Johannes Rothmann. Dass ihm statt des Täters ein neues Opfer präsentiert wurde, hatte ihm offenbar die Laune verdorben, und so war als Begrüßung nicht mehr als ein Knurren für Natalie drin.

Sie schickte ihn im Geiste zum Teufel, drückte sich an ihm vorbei ins Treppenhaus. Auf der Straße befreite sie sich vom Schutzanzug, knüllte ihn zusammen und wollte zum Auto, da bemerkte sie die Presseleute, die ihre Verärgerung auf Bild festhielten. Am liebsten wollte sie hinüberlaufen und jedem einzelnen die Kamera aus der Hand schlagen, atmete aber durch und wandte sich nochmals zum Wellblechschuppen um.

Andrea Berendt kam aus der Tür. Bei Natalie zündete sie sich eine Zigarette an.

Natalie schob die Hände in die Hosentaschen. »Wann hast du wieder angefangen?«, fragte sie.

Andrea Berendt pustete den Rauch des ersten Zuges aus. »Ich hab ja nie wirklich aufgehört. Drei Wochen ohne zählen nicht, denk ich.« Sie wippte auf den Fersen. »Sonst alles klar bei dir? Wie war dein Date mit dem Barkeeper?«

Natalie wusste keine Antwort darauf. Hätte es das belauschte Telefonat nicht gegeben, wäre ihr mehr dazu eingefallen.

»Lass uns auf ein Mädchenbier treffen«, sagte sie nur.

15:30

Den Auskünften des Eigentümers des Vie Noire zufolge war das Studio ab zwanzig Uhr vermietet worden. Der Eigentümer kannte den Gast nicht, hatte weder ihn noch seine Begleitung zu Gesicht bekommen. Wie zuvor bei Wilkens war die Buchung per E-Mail erfolgt. Beim Opfer handelte es sich um den Sebastian Kowalczyk, Geschäftsführer einer Friedrichshainer IT-Systemberatung, neununddreißig, verheiratet. Er hatte zwei Kinder im Alter von zwei und fünf. All diese Daten hatte Markus in seinem Notierwahn festgehalten, wofür ihm Natalie wiederum dankbar war. Die nun bevorstehende Aufgabe bescherte ihr jedoch eine heftige Übelkeit. Die Information des nächsten Angehörigen war immer eine üble Sache, doch eine Ehefrau und Mutter von zwei Kindern in Kenntnis zu setzen und sie zur Identifikation in die Pathologie zu bitten, war das pure Grauen.

Sabine Kowalczyk öffnete die Tür. In einem grauen Hausanzug, ungeschminkt, die praktische Kurzhaarfrisur unfrisiert stand sie da und hatte ihre Zweijährige auf dem Arm. Filmregisseure hätten sich eine solche Szene einfallen lassen. In der Realität hätten Natalie und Markus weniger Drama bevorzugt. Der Staubsauger hätte es auch getan.

»Frau Kowalczyk, dürfen wir reinkommen?«, fragte Markus mit dem ruhigen Timbre in der Stimme, dessen er sich in solchen Situationen wie auf Kommando bediente. »Wir sind von der Kripo Berlin und müssen mit Ihnen sprechen. Es geht um Ihren Mann.«

»Er ist nicht zu Hause. Ich weiß nicht, wo er ist.« Die Stimme der Frau verlor die Balance, klang ängstlich, aber auch wütend. »Er meinte, er sei in einem Meeting, doch als er heute früh nicht neben mir lag, hab ich angerufen. Es gab kein Meeting. Wo ist der Kerl?«

Natalie sah von Sabine Kowalczyk zu dem Kind. Die Frau verstand, trat einen Schritt zurück, forderte die Kommissare zum Hereinkommen auf und wandte sich an ihre Tochter.

»Hast du Lust auf den Puuh-Bären?«, fragte sie die Kleine, die natürlich Lust hatte. Nachdem ihre Mutter sie abgesetzt hatte, lief sie ins Wohnzimmer zum Fernsehgerät voran.

Markus und Natalie warteten in der Küche. Er hatte sich an den Küchentisch gesetzt. Sie blieb, wie so oft, lieber stehen. Ihr Blick klebte an ei-

211

nem großen Deko-Holzschild, dessen schnörkelige Aufschrift dazu ermutigte, jeden Tag zu leben, als sei es der letzte, und ihre Gedanken flogen zu Kowalczyk, der das wahrscheinlich vorgehabt hatte, ohne zu ahnen, dass er tatsächlich kein Morgen erleben würde. Einige Minuten später war seine Frau bei ihnen. Auf Natalies Erkundigung, wo ihre ältere Tochter sei, antwortete sie, dass sie in den Kindergarten ging. Sie ordnete ein paar Dinge auf der Anrichte, warf das Spültuch ins Becken, stellte eine Schüssel mit Obst in den Kühlschrank und erkundigte sich nach dem Verbleib ihres Mannes. Als sie sich umwandte, sich gegen den Kühlschrank lehnte, hatte die Angst ihre eben noch empfundene Wut eingeholt und stand klar in ihren Augen.

Markus sprach. Er war darin einfach besser. »Es tut uns leid, Ihnen mitteilen zu müssen, dass Ihr Mann einem Verbrechen zum Opfer gefallen und verstorben ist.«

Verstorben, ächzte Natalie im Stillen, doch ohne Markus' Wortwahl abzuwerten. Er bediente sich einer offiziell gültigen Formulierung, die man auch dann verwendete, wenn jemand vorsätzlich getötet, also ermordet worden war.

Die Farbe wich aus Sabine Kowalczyks Gesicht. Sie schwankte und verschränkte ihre Arme vor der Brust. Ihr Mund zitterte, weil sie etwas sagen wollte, es aber nicht formulieren konnte. Von einer Sekunde auf die andere klappte sie zusammen wie ein Taschenmesser, fiel auf die grau gesprenkelten Bodenfliesen der Küche und begann zu stöhnen, zu wimmern.

Natalie kniete neben ihr. Das Wenige, das sie tun konnte, war Halt zu geben. Der schmale Körper der Frau bebte, und sie klammerte sich an sie, schluchzte an ihrer Schulter, krallte die Finger in ihre Jacke und schlug ihr mit der Faust auf den Rücken. Natalie streichelte ihr durch das kurze blonde Haar und biss sich auf die Zunge, um bloß nichts zu sagen. Die deutsche Sprache rühmte sich, eine der wortreichsten der Welt zu sein, doch nicht ein Wort war in einem solchen Moment angebracht oder passend.

Fünfzehn Minuten vergingen. Sabine Kowalczyk war erst in der Lage aufzustehen, als ihre Tochter plötzlich in der Küche stand und Hunger hatte. Mit Mühe machte sie sich von Natalie los, rappelte sich auf und drückte dem Mädchen eine Packung Kekse in die Hand. Mit erstaunlich ruhigen Worten führte sie sie wieder ins Wohnzimmer und kehrte mit dem Telefon zurück. Sie rief ihre Mutter an, bat sie, vorbeizukommen und legte sofort wieder auf.

Natalie versuchte, die Befragung in Gang zu bringen: »Frau Kowalczyk, so schwer es Ihnen auch gerade fällt; ein paar Antworten von Ihnen würden uns sehr helfen.«

»Ich will wissen, wie er gestorben ist«, lautete die tonlose Erwiderung.

Natalie zögerte, suchte nach dem richtigen Anfang und schilderte schließlich die Umstände, unter denen Sebastian Kowalczyk zu Tode gekommen war. Der darauffolgende Zusammenbruch dauerte in etwa so lange wie der erste. Als die Krämpfe und das Weinen nachließen, versuchte Natalie es mit einer neuen Frage.

»Wussten Sie von dieser Neigung, die Ihr Mann hatte?«

Ein Kopfschütteln war die Antwort.

»Haben Sie eine Idee, wen er getroffen haben könnte?«

Abermals ein Kopfschütteln.

»Es ist möglich, dass Ihr Mann sich auf gewissen Plattformen im Internet oder über E-Mail verabredet hat«, sagte Markus nach längerer Zurückhaltung. »Sind Sie einverstanden, dass wir seinen Laptop und ähnliche Geräte mit ins Kommissariat nehmen und dort überprüfen? Sein Mobiltelefon haben unsere Kollegen bereits am Tatort gefunden und zur Beweisaufnahme einbehalten.«

Sabine Kowalczyk nickte und stöhnte. Sie ballte die Hände zu Fäusten, lockerte sie dann wieder, holte aus und schmetterte eine leere Vase vom Tisch. Aus dem anliegenden Wohnzimmer drangen die fröhlichen Stimmen von Winnie, dem Puuh-Bären, und Tigger.

»Wir werden das Unternehmen Ihres Mannes unter die Lupe nehmen und auch seinen Freundeskreis«, erklärte Markus weiter.

Die Frau fuhr herum. »Warum das Unternehmen? Meinen Sie, die Schlampe, die ihn umgebracht hat, ist in seiner Firma angestellt? Seine Sekretärin? Die Putzfrau?« Mit einem Ächzen wandte sie sich ab und sah aus dem Fenster in den Garten.

»Davon gehen wir im Moment nicht aus, aber wir ermitteln in alle Richtungen. Auch seine Verwandten und Freunde sind für uns interessant, und sei es nur, um Hinweise zu bekommen und Informationen zusammenzutragen.«

»Sebastians Familie lebt in Süddeutschland. In einem kleinen Kaff im Alpenvorland.« Das spie sie beinahe aus. »Freunde hatte er einige.«

Natalie klinkte sich ein. »Was hat er mit denen unternommen? Hatte er bestimmte Hobbys?«

»Er hat sich zum Squash getroffen, auch zum Fahrradfahren oder Inlineskaten. Im Winter waren sie oft Skifahren in Österreich. Sebastian brauchte die Bewegung als Ausgleich zu seinem Job.« Wieder wurde ihr Ton böse. »Und scheinbar brauchte er mehr als das.«

Natalie blieb am roten Faden. »Waren das alles Männer, seine Freunde?«

Die Frage schien die Frau noch mehr aufzubringen. »Natürlich waren es Männer. Er hatte keine weiblichen Freundinnen. Nicht, dass ich wüsste zumindest. Wenn er mit seinen Freunden nicht beim Sport unterwegs war, dann fuhren sie zum Fußball oder auch mal zu einem Konzert. Oder sie trafen sich in einer Kneipe auf ein Bier. Ganz normale Dinge. Nichts, was nicht jeder andere Mann auch täte.«

Natalie erinnerte sich, dass es im Body Culture, dem Fitnessclub, in den Andreas Wilkens gegangen war, einen Squash Court gab, also erkundigte sie sich danach, doch Sebastian Kowalczyk war auf keinen Club festgelegt.

»Wie sieht es mit Kneipen aus?«, fragte Natalie weiter. »Gab es eine, in die er besonders häufig gegangen ist?«

Noch aus dem Fenster schauend, stützte sich die Frau auf dem Tresen ab. »Das Indigo«, sagte sie. »Das ist auf dem Kiez hier in Friedrichshain. Ich war selbst einige Male mit ihm oder Freundinnen dort.«

Aus dem Augenwinkel sah Natalie, dass Markus ihren Blick suchte. Als sie ihn erwiderte, zog er eine Braue über den Rand seiner Brille. Natalie machte sich eine gedankliche Notiz: Konzentration auf das Indigo. Ein neues Gespräch mit Elias und Caro. Die Frau, die sie suchten, war möglicherweise Stammgast in der Szenekneipe.

»Wir ermitteln in einem weiteren Fall«, sagte Markus nun, »der gewisse Ähnlichkeiten zu dem Ihres Mannes aufweist. Sagt Ihnen der Name Andreas Wilkens etwas?

Sabine Kowalczyk schwieg – und Natalie überlegte, ob sie zugehört hatte. Sie wollte die Frage wiederholen, da antwortete die Frau: »Er war unser Arzt.«

Das war interessant, verdammt interessant sogar. Daniel Wozniak und Justus Fröhlich hatten die Patientendaten auf dem Rechner des Arztes ausgewertet. Wie gründlich zumindest Ersterer in letzter Zeit arbeitete, hatte Natalie inzwischen erfahren. Möglicherweise stand in den Akten der Kowalczyks nichts Außergewöhnliches, aber davon würde sie sich nun persönlich überzeugen.

Merkwürdig war, dass Sabine Kowalczyk mit ihrer Antwort gezögert hatte. Bedauerlicherweise ließ sich ihre Miene nicht lesen, weil sie ihnen noch immer den Rücken zukehrte und aus dem Fenster sah.

»Wie oft haben Sie und Ihr Mann Dr. Wilkens aufgesucht?«, fragte Markus. »Und gab es Probleme während einer Behandlung? Meinungsverschiedenheiten …?«

Sabine Kowalczyk fuhr herum. Sie zitterte, was jedoch auch am mit der Einsicht kommenden Schock liegen konnte.

»Mein Mann und ich haben ihn aufgesucht, wann immer es notwendig war. Er war unser Hausarzt, der uns impfte, uns krankschrieb …« Mit den Händen fuhr sie durch die Luft und wurde lauter. »Was auch immer, verdammt! Was hat sein Tod mit dem von meinem Mann zu tun? Dem Wilkens wurde doch die Kehle durchgeschnitten in seiner Wohnung …«

Ein drittes Mal brach die Frau zusammen und weinte so laut, dass ihre Tochter erneut in die Küche kam. Markus nahm sie bei der Hand, zog ihr eine Jacke an und führte sie in den Garten hinter das Haus. Natalie kümmerte sich um Sabine Kowalczyk, die nur noch darum bat, allein gelassen zu werden. Natalie erkundigte sie nach ihrer Mutter und wann sie da sein würde, doch in derselben Minute klingelte es bereits. Natalie ließ sie herein und informierte sie mit wenigen Worten. Eine Stunde später fuhren sie und Markus zurück ins Kommissariat.

19:00

Wilkens' Herz zu haben war also nicht genug, überlegte Natalie auf der Fahrt nach Hause, und die Szene aus dem Vie Noire flackerte in ihren Gedanken auf. Nicht länger suchten sie eine Frau, der das eigene Herz gebrochen und gestohlen worden war, und die sich deshalb das Herz des Diebes geholt hatte – nachdem sie ihm im Affekt die Kehle durchgeschnitten hatte. Sie suchten niemanden, der sich in ein stilles Kämmerlein zurückgezogen hatte und darauf hoffte, nie gefunden zu werden. Sie suchten eine Mörderin, die entweder schlichtweg grausam oder aber total abgestumpft und gleichgültig geworden war. Sebastian Kowalczyk war geradezu hingerichtet worden, um seines Herzens wegen.

Denk daran, dass sie es nicht gewollt hatte!, erinnerte sie Inspektor Harvey von seinem Platz auf dem Armaturenbrett aus. *Sie hat es dort gelassen. Aber sie hat wieder diese beiden Worte in seine Brust geritzt.*

»Ein Mann ohne Liebe«, grübelte Natalie. »Ohne Liebe für sie? Ohne Liebe für irgendwen?«

Möglicherweise war Wilkens ohne Liebe für diese Frau gewesen. Er war mit Maria Di Lauro zusammen gewesen, doch die hatte er auch nicht geliebt. Ebenso wenig wie seine anderen Liebschaften.

Natalie versuchte einen Zusammenhang herzustellen: »Aber das neue Opfer ist ein verheirateter Mann. Hat sie mit ihm ebenfalls eine andauernde Affäre gehabt?«

Glaub ich nicht. Sie hat sein Herz weggeworfen.

»Vielleicht kannte sie ihn aus dem Indigo und wusste, dass er seine Frau betrog. Vielleicht hat sie ihn in diese Falle gelockt, um ihn für seine Untreue zu bestrafen, für seine Lieblosigkeit?«

Oder sie bestraft noch immer Wilkens.

Natalie wurde ganz flau im Magen bei diesem Gedanken, und der Hase sprach das zu schlussfolgernde Übel an:

Die Frage ist auch, ob sie es bei diesem einen Mal belässt. Ehrlich gesagt, habe ich das Gefühl, dass sie es wieder tun wird.

»Eine Serienmörderin? Frauen morden viel seltener in Serie als Männer. Warum?«

Frauen morden aus anderen Gründen als Männer. Männer tun es in den meisten Fällen aus Lust. Ein Mord verschafft Mördern, vielleicht wegen einer Fehlsteuerung im Gehirn, eine ähnliche Befriedigung wie Sex. Frauen hingegen morden aus Eifersucht oder aus Rache.

»Also nimmt diese Frau ihre erste Tötung im Affekt zum Anlass, Rache zu üben und untreue Männer in Serie um ihre Herzen zu erleichtern?«

Inspektor Harvey wackelte mit dem Kopf, weil Natalie durch ein Schlagloch fuhr. *Darauf würde ich mich an deiner Stelle einstellen!*

FREITAG, 14. MÄRZ

15:00

Tatsächlich waren die Patientenakten der Kowalczyks unspektakulär. Ungefähr seit ihrer Heirat und dem Umzug nach Friedrichshain hatten sich beide bei so gewöhnlichen Problemen wie Grippe, Magenbeschwerden und Rückenschmerzen von Wilkens behandeln lassen.

Mit einem Sammelsurium an Informationen, von denen der Großteil unbrauchbar war, kehrten Natalie und Markus von der Befragung der zwei besten Freunde Kowalczyks ins Kommissariat zurück. Dass der Geschäftsmann eine Neigung zu SM gehabt hatte, war den Männern neu gewesen. Beide hatten jedoch zugegeben, dass er nicht die treueste Seele gewesen war und kaum einen Flirt ausgelassen hatte. Von einer dauerhaften Affäre hatten sie allerdings nichts gewusst, und sie kannten keinen Seitensprung namentlich. Ihren Angaben zufolge hatte seine Ehefrau von all dem keine Ahnung gehabt, da Sebastian Kowalczyk nie die Nacht bei einer anderen Frau verbracht hatte. Nichtsdestotrotz hatte der Haussegen seit der Geburt des jüngeren Kindes schiefgehangen. Sie hatte ihm vorgeworfen, keine Zeit für die Familie zu haben und zu viel zu arbeiten. Offenbar war ihm die Ehekrise Anlass für seine Eskapaden gewesen. Beide Freunde teilten außerdem die Meinung, dass er sich damit ein Ventil für den Stress in seiner Firma geschaffen hatte. Die IT-Beratung hatte Kowalczyk fünf Jahre zuvor gegründet und war vor allem von mittelständischen Unternehmen zur Wartung der Systemlandschaften beauftragt worden.

Markus und Natalie hatten Stefan Seidel einen zweiten Besuch im Restaurant abgestattet, um ihn zu Sebastian Kowalczyk zu befragen. Er kannte den Mann nicht persönlich, gab beim Blick auf das Foto aber an, ihn hin und wieder im Indigo gesehen zu haben. Andreas Wilkens' ehemaliger Praxiskollege, Dr. Franz Schiller, der die Kowalczyks wenige Male in der Vertretung behandelt hatte, konnte ebenso wenig zu neuen Erkenntnissen beitragen.

15:15

Natalies Rechner war noch nicht einmal hochgefahren, da stolzierte Daniel Wozniak ins Büro. Er zog sich einen Stuhl heran, setzte sich, überschlug die Beine und hob die Hände, um mit seinem Erstens, Zweitens, Drittens zu beginnen.

»Erstens«, fing er auch gleich an, »die Buchung im Vie Noire wurde vom privaten E-Mail-Konto des Opfers getätigt. Weitere Buchungen oder einen Mail-Kontakt zu einer besonderen Frau habe ich nicht gefunden. Bloß das übliche Blabla mit Freunden, Bestellbestätigungen für Online-Einkäufe, Rechnungen und so weiter.« Er nahm den Zeigefinger zum abgezählten Daumen. »Zweitens: Der Typ hatte einen Account auf einem Seitensprungportal. Seine letzten Unterhaltungen liegen allerdings Monate zurück und wurden nicht für Verabredungen geführt.« Der Kollege wollte zu Drittens übergehen, aber Natalie unterbrach ihn.

»Wozu dann, wenn nicht für Verabredungen?«

Wozniaks zog die Augenbrauen bis zur Stirnoberkante und glotzte Natalie an. »Na, wofür schon? Für virtuelles Herumgeficke natürlich.« Verärgert zählte er weiter: »Drittens: Fröhlich kümmert sich gerade um den Geschäftsrechner, aber Kowalczyks Handy ist sauber. Kein Texten mit Geliebten, keine Fotos von anderen Frauen außer seiner eigenen. Gleiches gilt für sein privates Notebook ... von den besuchten Pornoseiten einmal abgesehen, aber die findet man wohl bei jedem Mann im Webseitenverlauf.«

Wozniak hielt inne, weil Markus viermal nieste, und Natalie verkniff sich ein Grinsen, denn dieses Niesen hatte etwas von einem Protest. Wozniak interpretierte das auch so.

»Bei jedem normalen Mann zumindest«, grummelte er in Richtung Markus und fuhr fort: »Viertens ...« Er nickte in Richtung Natalies Monitor. »Ruf mal die Webseite seines Unternehmens auf.«

Als sie die Finger auf die Tastatur legte, diktierte er ihr den Namen, und sobald sich die Seite geöffnet hatte, bat er sie, auf das Impressum zu klicken. »Sag mir, was dir auffällt.«

Markus kam herum, um ebenfalls einen Blick darauf zu werfen.

Das Impressum war für gewöhnlich die langweiligste Seite einer Webpräsenz, und Natalie kniff ein Auge zu, um unter den Pflichtangaben eine ungewöhnliche Information zu finden. Name, Straße, Eintrag ins Handelsregister, Steuernummer, Datensicherheit … all das waren völlig normale und rechtssichere Angaben. Sie las weiter und gelangte zu einem Link.

»Na, sieh mal einer an!«, murmelte sie und lehnte sich im Stuhl zurück.

Markus hatte es ebenfalls entdeckt. »Echtzeit Wedding hat diese Webseite designt und programmiert?«

Wozniak stand auf und schlug Markus auf die Schulter. »Wenn das mal keine interessante Parallele ist …«, sagte er und ging aus dem Büro.

Natalie griff zum Telefon und wählte die Nummer der Agentur. Auf ihre Bitte, zu Maria Di Lauro durchgestellt zu werden, bekam sie zu hören, dass die Chefin krank sei. Ihr Misstrauen war geweckt. Als sie daraufhin jedoch erfuhr, dass Katharina Di Lauro ebenfalls krank sei, schrillte der Alarm in ihrem Kopf.

Im Aufstehen zog sie ihre Jacke über, schnappte sich den Autoschlüssel und rief Markus zu, dass sie wieder mal durch Berlin gondeln würden. Zu Maria Di Lauro und zu deren Schwester.

18:00

Keine der Frauen hatten sie zu Hause angetroffen. Nicht auszuschließen war, dass sie geschlafen oder es vor lauter krankheitsbedingter Schlappheit nicht zur Tür geschafft hatten. Dass dies bei beiden der Fall sein sollte und keine über das Mobiltelefon erreichbar war, ließ Natalies und Markus' Misstrauen wachsen. Nichtsdestotrotz mussten sie unverrichteter Dinge abziehen.

Da im Indigo mit Gewissheit jemand anzutreffen war, fuhr Natalie nach Feierabend hin. Weil es Freitag war, war die Bar gut besucht. Elias und Caro wirbelten zwischen der Theke und den Tischen hin und her und warfen ihr in der Hektik nur einen kurzen Gruß zu. Natalie war froh, dass Elias sie nicht mit einem Kuss begrüßte. Nicht nur wegen des Telefonats, das sie belauscht hatte, sondern vielmehr, weil es ihr unangenehm gewesen wäre. Sie war hier, um ihn als Zeugen zu befragen, und ein Kuss passte da schlecht. Auf einem Hocker an der Theke sitzend, wartete sie noch eine Weile auf ruhigere Minuten, doch als sich keine Gelegenheit für ein Gespräch ergab, bat sie Caro für eine Befragung an einen weniger hektischen Ort. Über ein in die Jahre gekommenes Treppenhaus mit unter den Schritten knarzenden Stufen und abgegriffenem Geländer führte die Barkeeperin sie in die erste Etage, wo sich ein Büro befand.

Natalie zeigte Caro ein Foto von Sebastian Kowalczyk. Die nahm es, betrachtete es wenige Sekunden und gab es zurück.

»So zweimal in der Woche ist er hier.«

»Wann war er zuletzt da?«

Caro überlegte. »Am Dienstag. Bis Mitternacht ungefähr. Mit einem Freund. Dienstags und donnerstags kommt er meistens.«

Dass Kowalczyk am genannten Wochentag im Indigo gewesen war, wusste Natalie bereits von besagtem Freund. Auch die Zeit, zu der er verschwunden war, war ihr bekannt.«

»Er ist mit seinem Freund gegangen?«

Caro setzte sich auf einen Stuhl, schnaufte durch und zog die Schuhe aus, um mit den Zehen zu wackeln. »Sein Freund hat die Rechnung bezahlt und sie sind zusammen raus. Was dann passierte … keine Ahnung.« Sie rückte das Tuch, das ihre Locken zurückhielt, zurecht. »Hat er was mit dem Mord an Andreas Wilkens zu tun?«

»Möglich.« Natalie beließ es dabei. Sollte Caro ruhig erst einmal glauben, dass der Mann unter Verdacht stand. »Wie hat er sich Frauen gegenüber verhalten, an diesem Dienstag und generell? Hast du das mitbekommen?«

Caro zog eine Schnute und schob die Füße zurück in die Schuhe. »Ich hab nicht darauf geachtet, habe ich nie, aber er ist schon ein schlimmer Finger. Was bei drei nicht auf den Bäumen ist ...«

»Ist dir da irgendeine Frau im Gedächtnis geblieben? Oder hatte eine von denen vielleicht auch mit Andreas Wilkens zu tun?«

»Glaub nicht. Andi stand eher auf Frauen mit Klasse. Und dieser Typ, na ja ...« Caro suchte nach Worten. »Der ist weniger wählerisch.«

»Maria und Katharina Di Lauro, die kennst du doch von deinem Shooting für Echtzeit Wedding. Sind die auch mal hier?«

Dass Elias die beiden Frauen nicht im Indigo gesehen und nichts von der Beziehung zu Wilkens gewusst hatte, musste nicht bedeuten, dass sie nicht doch ab und zu herkamen.

Caro schüttelte den Kopf: »Die kenn ich nur aus der Agentur.«

Natalie rieb sich über das Gesicht und atmete durch. »Danke erst mal. Schick mir bitte Elias rauf. Es dauert nicht lange.«

Caro war schon an der Tür, da fiel Natalie noch etwas ein. »Am Mittwoch war dieser Mann auf dem Foto ganz sicher nicht hier?«

Die Kellnerin wandte sich um und zuckte die Achseln. »Weiß nicht. Ich hatte frei. Elias hatte die erste Schicht. Frag ihn oder die Aushilfen, die bis Mitternacht gemacht haben.«

»Ah, okay. Was Besonderes unternommen am freien Tag?«

Caro zog die Brauen hoch. »Ich hab ausgeschlafen, einen Hausputz veranstaltet, war dann zum Laufen im Volkspark und am Abend in der Sauna.« Warum Natalie sie das fragte, war die Frage, die in ihrer Miene stand.

Natalie rechtfertigte sich nicht. Sie fragte grundsätzlich, was ihr einfiel – das war nun mal ihr Job. »Okay, schau doch mal, ob Elias ein paar Minuten für mich hat.«

Caro ging, und Elias war kurz darauf im Büro.

So zurückhaltend er sich in der Bar verhalten hatte, so sehr ging er nun in die Offensive, küsste Natalie und zog sie an sich. So schwer es auch war, ihm zu widerstehen, Natalie legte ihre Hände auf seine Brust und schob ihn sanft von sich.

»Ich bin dienstlich hier.«

»Ich hab's befürchtet.« Elias gab ihr einen weiteren, kurzen Kuss und hielt die von ihr gewünschte Distanz dann ein. »Aber ich konnte gerade nicht anders. Also, was ist los? Caro sagt, du fragst nach einem anderen Stammgast. Was hat er denn verbrochen?«

»Er ist ermordet worden, und es gibt Parallelen zum anderen Fall. Eine der Spuren, die mein Kollege und ich verfolgen, führt ins Indigo. Wir gehen davon aus, dass die Täterin eine Frau ist, und halten es für möglich, dass es sich um einen Stammgast handelt.«

Elias rieb sich über die Arme. »Echt unheimlicher Gedanke, dass ich Drinks für eine Mörderin mixe. Was brauchst du nun? Eine Liste aller Frauen, die wir für Stammgäste halten? Das sind nicht so viele.«

»Erst einmal hatte ich gehofft, dir oder Caro wären Frauen aufgefallen, die mit beiden Männern zu tun hatten.«

Die Daumen in den Bund seiner Servierschürze gesteckt, senkte Elias den Kopf und dachte nach. »Bei diesem neuen Typen, Basti hieß der, glaub ich, sind es so viele. Er hat ständig geflirtet, dauernd irgendeiner einen Drink spendiert. Manche von denen sind öfter hier, andere waren Touristinnen. Und diejenigen, die regelmäßig hier sind …« Er sah auf, zog die Stirn kraus. »Ich kann dir von ein paar zwar die Namen sagen, aber die hatten, soweit ich mitbekommen habe, nichts mit Andi zu tun. Vielleicht haben sie versucht, an ihn ranzukommen, aber er war anders als Basti.«

Natalie suchte auf dem Schreibtisch des Büros nach Zettel und Stift und notierte fünf Namen, zweimal nur Vornamen, die Elias ihr nannte. Auf eine Olivia, eine Olga oder einen anderen Hinweis, der eine Verbindung zur gesuchten Miss O schaffte, hatte sie gehofft, doch es waren einfach nur Namen. Natalie würde die Personen dahinter überprüfen und sich mit Markus und Johannes Rothmann zur weiteren Vorgehensweise besprechen.

19:45

Nach dem Indigo hatte Natalie eigentlich nach Hause gewollt, sie fühlte sich jedoch wieder einmal von Unruhe angestachelt, und fuhr ins

Kommissariat, um nachzusehen, ob Wilkens'
Mobilfunkanbieter die Daten herausgegeben hatte, nachdem Wozniak das Fax neu gesendet hatte.
Als sie und Markus am Nachmittag zu den Di
Lauros aufgebrochen waren, war der heiß ersehn-
te Umschlag noch nicht da gewesen, doch vor
dem Wochenende wollte Natalie sichergehen.

Auf ihrem Schreibtisch fand sie nichts. Sie
ging ins benachbarte Büro und entdeckte den
Stapel Papiere zuoberst in Wozniaks Ablage. Auf
dem Weg zurück an ihren Arbeitsplatz überflog
sie die gelisteten Nummern und erkannte einige,
die sich oft wiederholten. Eine war die von Maria
Di Lauro, die anderen würde sie gleich zuordnen.
Sie setzte sich, fuhr ihren Rechner hoch, loggte
sich ein und stellte die Anfragen.

Eine zweite häufig gelistete Rufnummer gehörte Stefan Seidel. Das war keine Überraschung.
An seinem Geburtstag waren unter anderem Anrufe von Christine Zilinski und Jenny Schumacher eingegangen. Auch kein Wunder. Eine weitere Nummer fiel ihr auf, die an diesem und den
vergangenen Tagen mehrmals angerufen worden
war oder von der Anrufe eingegangen waren.
Klopfenden Herzens gab Natalie die Nummer
ein. Der Name, den die Datenbank ausspuckte,
entlockte ihr einen grimmigen Laut.

»Katharina Di Lauro.«

Die Frau hatte behauptet, ihn kaum gekannt
und lediglich an Festtagen und zu Familienfeiern
gesehen zu haben. Was für eine dicke Lüge das

gewesen war, bewies die vor ihr liegende Liste. Natalie kramte die Notiz mit einer Info von Elias heraus und suchte einen Eintrag vom Donnerstag, dem achtundzwanzigsten Februar gegen neunzehn Uhr. Zu diesem Zeitpunkt war Elias aus dem Indigo gekommen, hatte Wilkens mit dem Telefon am Ohr gesehen und angenommen, dass er mit seiner Freundin sprach.

Nur ein einziges Telefonat hatte es an diesem Tag zwischen achtzehn und zwanzig Uhr gegeben, und die gelistete Nummer gehörte Katharina Di Lauro. Wilkens hatte sie angerufen, nachdem sie und er ein paar SMS gesendet hatten. Deren Inhalt würde Natalie, falls notwendig, noch herausfinden.

Auf dem Weg zum Auto telefonierte sie mit Markus, erzählte ihm die Neuigkeiten und bat ihn, sie bei Katharina Di Lauros Wohnung in Charlottenburg zu treffen. Er versprach, sich auf den Weg zu machen und war sogar schon dort, als sie eintraf. Die Fenster in der zweiten Etage, in der die Frau wohnte, waren dunkel und auf ihre Anrufe reagierte sie nicht. Ihr Handy war noch immer ausgeschaltet. Also fuhren die Kommissare zu Maria Di Lauro. Unterwegs klingelte Markus' Handy. Einmal drückte er den Anrufer weg, beim zweiten Mal meldete er sich mit: »Ich arbeite, Mutter!«

Es folgte eine Diskussion, während der er immer genervter klang, sich rechtfertigte, warum er so schnell losgemusst hatte und schließlich einen Tonfall anschlug, den Natalie von ihm nicht kannte. Mit Messerschärfe in der Stimme sagte er seiner Mutter, dass sie ihn einengte und sein Auszug von zu Hause überfällig war. Des Weiteren verlangte er, dass Verena nicht mehr mit *die Person* angesprochen würde, sondern mit ihrem Namen. Und nein, er würde nicht mit Verena zusammenziehen, sondern allein wohnen und könne damit leben, für diese Entscheidung enterbt zu werden.

»Jetzt entschuldige mich bitte, denn ich bin auf dem Weg zu einer Zeugin«, sagte er am Ende und schnaubte nach einer Pause, in der seine Mutter redete. »Natürlich, mit wem denn sonst? Und sie heißt nicht *der Fuchs*, sondern Natalie. Das auch schon immer.«

Damit beendete er das Gespräch und atmete hörbar durch.

»Bravo«, murmelte Natalie und bog in die Straße ein, in der Maria Di Lauro wohnte. In ihrem Appartement brannte Licht.

»Das hat gerade echt gut getan.« Mit dem Blick hinauf zur Wohnung griff Markus nach der Türklinke. »Und nun bin ich gespannt, was diese Frau uns heute alles an den Knopf knallt.«

21:15

Maria Di Lauro war nicht in der Stimmung für herablassende Äußerungen. Ohne sich über den späten Besuch zu wundern oder aufzuregen, drückte sie auf den Summer. Ihre Wohnungstür stand einen Spalt offen. Die Kommissare traten ein. Natalies Blick fiel auf die Italienerin, die an einer Wand im Korridor lehnte und Rotz und Wasser heulte. Während Markus im Hintergrund blieb, versuchte sie die Frau zu beruhigen und auch zu erfahren, was sie so aus Bahn geworfen hatte, erntete aber nur störrisches Schweigen. Am Ende lotste sie Maria Di Lauro ins Wohnzimmer.

»Wir müssen dringend mit Ihrer Schwester sprechen«, meldete sich Markus nicht mehr ganz so geduldig zu Wort, »doch wir erreichen sie nirgends, nicht in ihrer Wohnung, nicht am …«

»Ist mir scheißegal, wo sie ist«, spie Maria Di Lauro aus und warf Markus einen zornigen Blick zu. »Sie kommt mir besser nicht unter die Augen, sonst bring ich sie um.« Sie ballte die Hände zu Fäusten und zischte: »Ich schwör's, ich erwürg sie. Fragen Sie mich also nicht!«

Deftige Worte. Natalie schlussfolgerte, dass Maria Di Lauro bereits wusste, was sie selbst eben erfahren hatten. Sie war sich allerdings sicher, dass sie ihrer Schwester kein Haar krümmen würde. Wenn sie das wirklich gewollte hätte, hätte sie es längst getan.

»Ich nehme an, Sie wissen von …«, hob sie an, doch die Italienerin unterbrach sie, schniefend diesmal.

»Sie hat ihn geliebt.« Sie verbarg das Gesicht in den Händen und krümmte sich im Sitz. »Angeblich. Und er sie auch. Angeblich wollte er mich verlassen … für sie. Die beiden haben wohl nur nicht gewusst, wie sie es mir sagen sollten.«

»Wie lange haben sie das vor Ihnen verborgen?«

»Seit Januar. Wir haben Silvester zusammen gefeiert. Da muss den beiden Idioten eine Sicherung durchgebrannt sein.« Sie hob den Kopf, straffte die Schultern und wischte sich mit den Handrücken über die Wangen. »Ich hätte es eigentlich nie mehr erfahren sollen. Was hat sie mir doch für ein Schauspiel geliefert! Wie konnte sie so gefasst sein und mich trösten, wenn sie ihn so sehr geliebt hat?«

Das waren berechtigte Fragen, die zu einem späteren Zeitpunkt gestellt werden würden.

Markus nahm Natalie die nächste Frage ab: »Wie haben Sie davon erfahren?«

»Gestern Abend haben wir gestritten. Ich warf Katharina vor, dass sie sich überhaupt nicht mehr für die Dinge, die in der Agentur geschehen und getan werden müssen, interessiert, dass ihr alles egal ist. Sie hat versucht, sich zu verteidigen, aber plötzlich ist sie zusammengebrochen. Sie hat so sehr geweint und sinnloses Zeug geschrien … ich war froh, dass die Mitarbeiter schon Feierabend hatten, bekam aber ein schlechtes Gewissen und wollte sie trösten, da hat sie mich weggestoßen.« Maria Di Lauro schluckte und verzog den Mund. »Und dann hat sie mir alles erzählt. Sie wusste sogar von Christine und dieser Trainerin. Für sie hat er beide Affären beendet.«

So spektakulär die Neuigkeiten auch waren; Natalie gelang es nicht, Katharina Di Lauros Motiv anzuknüpfen. Außer Wilkens hatte kalte Füße bekommen und einen Rückzieher gemacht.

»Hat Ihre Schwester eine Tätowierung?«, erkundigte sich Markus. »Auf dem Schulterblatt?«

Die Italienerin kräuselte die Stirn. »Nicht, dass ich wüsste. Allerdings ist es eine Weile her, dass ich sie mit freiem Oberkörper gesehen habe. Sie trägt meist hochgeschlossene Sachen. Spießige Rollis und so Zeug.«

Markus fragte weiter. Natalie beließ es beim Zuhören, Beobachten und Interpretieren.

»Kennen Sie Sebastian Kowalczyk?«

Die Furchen in Di Lauros Stirn wurden tiefer. »Ein Kunde von Echtzeit Wedding. Wir haben die Webseite seiner Firma gemacht. Irgendwas mit IT-Technik. Wieso?«

»Der Mann wurde ermordet. Ihm wurde das Herz aus der Brust geschnitten. Wie Andreas Wilkens.«

Die Italienerin schüttelte den Kopf, und mehr Tränen liefen über ihre Wangen. »Sie glauben, Katharina hat das getan? Das kann ich mir nicht vorstellen … Sie ist kein Mensch, der so etwas tun könnte. Sie ist …« Ihre Stimme brach ab.

Natalie stand auf. Was für ein Mensch genau Katharina Di Lauro war, würden sie und Markus hoffentlich bald herausfinden. Sie wollte noch einmal bei ihr vorbeifahren und hoffte inständig, sie anzutreffen. Sollte die Frau am nächsten Tag noch verschwunden sein, würde sie eine Fahndung herausgeben müssen.

»Der Vollständigkeit halber«, fragte Markus. »Wo waren Sie in der Nacht vom Mittwoch auf den Donnerstag, ab zwanzig Uhr?«

»Ich war mit dem Fotografen bis etwa zweiundzwanzig Uhr in der Agentur. Danach sind wir auf einen Absacker gegangen.«

Markus zückte seinen Stift. »Die Namen bitte. Also den des Fotografen und den der Bar, in der sie auf den Absacker waren.«

Maria Di Lauro gab ihnen die gewünschten Infos. Die Bar war eine Kneipe in Wedding, die nur einen Block vom Echtzeit Wedding entfernt war. Den Fotografen würde Markus am nächsten Tag kontaktieren.

»Und Ihre Schwester?«, fragte Natalie.

»Das war der Ausgangspunkt unseres Streits. Sie hätte da sein sollen, doch sie war's nicht. Ich weiß nicht, wo sie war.«

Natalie fiel etwas anderes ein. »Was ist mit der Nacht vom ersten auf den zweiten März? Haben Sie tatsächlich mit ihrer Schwester telefoniert, und ist sie im Anschluss zu Ihnen gekommen?«

Maria di Lauro biss sich auf die Lippen und lockerte den Mund wieder. »Wir haben telefoniert, ja, und ich schien sie wirklich geweckt zu haben. Nach dem Telefonat bin ich aber ins Bett gegangen.« Sie schluckte und holte tief Luft. »Katharina war nicht bei mir«, murmelte sie.

SAMSTAG, 15. MÄRZ

11:00

Katharina Di Lauro blieb verschwunden. Im Anschluss an das Gespräch mit ihrer Schwester waren Natalie und Markus abermals bei der Wohnung vorbeigefahren, hatten sie jedoch nicht angetroffen. Nach einer Rücksprache mit Johannes Rothmann hatte man eine Streife zur Überwachung vor dem Haus platziert und eine weitere vor der Agentur der Schwestern. Beide Orte wurden noch immer überwacht, und Natalie saß wie auf glühenden Kohlen, aber ihr Handy wollte und wollte nicht klingeln.

Vor ihr auf dem Tisch ausgebreitet lag die Zeitung, die sie sich mit dem Bagel und dem Smoothie am Kiosk gekauft hatte. Ein spärliches Frühstück, das durch den dampfenden Kaffee nicht aufgewertet werden konnte. Hinzu kam die den Appetit völlig verderbende Lektüre.

Mann in SM-Studio zu Tode gefoltert, Berlins achte Mordkommission sucht Herzdiebin – so lauteten die Headline und der Untertitel, denen eine Zusam-

menfassung dessen folgte, was Johannes Roth-
mann der Presse zu Person und Tatort am ver-
gangenen Nachmittag mitgeteilt hatte. Im ersten
Absatz schilderte der Redakteur den möglichen
Tathergang, wie er von Natalie und Markus im
Bericht festgehalten worden war, und hier war
auch der Hook zum folgenden Absatz, in dem die
Fälle Kowalczyk und Wilkens verbunden wurden.
In den Berichten, die bislang zu Wilkens' Tötung
und dem Herzdiebstahl veröffentlicht worden
waren, hatte man gemäß den Vorgaben des
Kommissariats das Täterprofil einer verletzten
Frau gezeichnet. Jetzt entfernte man sich von
dem, was Rothmann in seiner Erklärung hatte
verlauten lassen, und vermutete, dass eine Serienmörderin hinter den Taten stand. Eine aus
der Balance gebrachte Frau, die beim ersten Mal
nicht zum Herzdiebstahl gekommen war, ihn
deshalb nachgeholt hatte und die nach Kowalczyk noch mehr Männer um ihr Herz bringen
wollte. Wie frustrierend selbst die ermittelnde
Kommissarin diese Möglichkeit fand, war ihr auf
dem Schnappschuss anzusehen.

Die Möglichkeit, dass die Entnahme des Herzens bei Wilkens von Beginn an geplant gewesen
war, hatte Natalie nie wirklich in Betracht gezogen und nirgends festgehalten. Mit Katharina Di
Lauro als Verdächtige war das sowieso auszuschließen. Die Frau hatte Andreas Wilkens gekannt und allem Anschein nach geliebt. Hatte sie
ihn umgebracht, dann aus Verzweiflung oder Ei-

fersucht und definitiv im Affekt. Hatte sie sein Herz gestohlen, dann aus Rache. Hatte sie auch Kowalczyk auf dem Gewissen? Hatte sie mit ihm ebenfalls eine Affäre gehabt?

Unwahrscheinlich!, hörte sie Inspektor Harvey sagen und sah zu ihm hinüber. Ganz bewusst hatte sie ihn am Kaffeeautomaten sitzen lassen und nicht mit an den Tisch genommen. Sie wollte in Ruhe nachdenken, ohne sein ständiges Dazwischenquatschen. Dies gestand er ihr aber nicht zu.

Natalie stützte den Kopf in die Hände und seufzte. »Und wieso ist das so unwahrscheinlich? Sie kannten sich. Sie hat seine Webseite erstellt.«

Sie ist eine Frau!, kam es vom Hasen, *selten genug werden Frauen zu Serienmörderinnen. Aber sie lieben nicht zwei Männer auf einmal. Das liegt nicht in ihrer Natur. Das können sie nicht.*

»Vielleicht hat sie nicht mal Wilkens geliebt. Vielleicht hatte sie einfach zwei Affären mit beiden Männern. Beide vergeben ... keiner wollte sie ... Grund genug, verletzt zu sein.«

Dann war es keine echte Liebe und somit nicht Motiv genug für solche Morde. Wiederum weil sie eine Frau ist.

Natalie schüttelte den Kopf. »Momentan trau ich ihr alles zu. Sie hat uns komplett verarscht. Ohne mit der Wimper zu zucken, hat sie ihrer Schwester dieses Alibi gegeben, und im Endeffekt hat sie damit von sich selbst abgelenkt. Es kam ihr vielleicht sogar gelegen. Sie hat behauptet, Wilkens nicht besonders gut gekannt zu ha-

ben, dabei wollte sie eine Beziehung zu ihm auf-
bauen. Sogar ihre Schwester hat sich gewundert,
wie sie die ganze Zeit über so sachlich bleiben
konnte, wenn sie ihn angeblich geliebt hat.« Natalie schüttelte den Kopf. »Da war nicht eine Unsi-
cherheit, in keiner Sekunde. Ich hab ihr jedes
Wort abgekauft.«

*Genau elf Tage hat sie das ausgehalten, dann ist sie
zusammengebrochen und hat ihrer Schwester alles erzählt.
Das ist nicht sonderlich lange.* Der Hase legte eine
bedeutsame Pause ein und sagte dann: *Und selbst
schuld, wenn du ihr jedes Wort geglaubt hast!*

Wie wahr, wie wahr! Natalie dachte an den
Anruf bei Johannes Rothmann, mit dem sie die
Streifen zur Observierung angefordert hatte. Ihr
Chef war ausgerastet und hatte so laut gebrüllt,
dass Natalies Handy hätte zerbröseln müssen.
Selbst Markus hatte jedes Wort verstanden und
betreten auf seine Schuhe geschaut.

Jede nur mögliche Frau hatten sie überprüft,
bloß Katharina Di Lauro nicht. Nun war sie dringend tatverdächtig und verschwunden. Tauchte
sie bis zum Abend nicht auf, würde Natalie die
Fahndung veranlassen. Der Spott der Presse war
ihr dann sicher. Hätte sie die Frau, wie es hätte
sein sollen, überprüft und bis dahin nichts festgestellt – was sogar wahrscheinlich war – wäre wenigstens die Pflicht getan gewesen. Hätte der verdammte Wozniak …

Schieb ihm nicht die Schuld in die Schuhe! Harvey
setzte einen grimmigen Blick auf.

»Na, was denn?! Hätte er das Fax richtig gesendet, wär die Auskunft des Telefonanbieters schon letzte Woche bei mir gewesen … und Kowalczyk vielleicht noch am Leben.«

Vorausgesetzt, Katharina Di Lauro ist die Frau, die wir suchen. Wovon ich nicht überzeugt bin. Und, nebenbei gesagt, es interessiert keine Sau, wer das mit dem Fax vergeigt hat. Am Ende fällt auch das auf dich zurück.

Natalie stand auf, um sich einen neuen Kaffee zu machen. Dabei war sie Auge in Auge mit Inspektor Harvey. Sie stellte ihre Tasse in den Automaten, drückte auf den Knopf für den Kaffee, presste die Lippen zusammen und schob die Hände in die Hosentaschen, damit diese den Hasen nicht würgten. Natürlich durchschaute er sie und verkniff sich den Hohn nicht.

Hast du ein Problem mit der Wahrheit?

»Nein, bloß mit klugscheißenden weißen Hasen!«

Natalie wandte den Blick ab und beobachtete, wie die letzten schwarzen Tropfen in die Tasse träufelten. Ungeduldig wippte sie mit dem Fuß, nahm den Kaffee vorzeitig aus dem Automaten und ging zurück zum Tisch. Das Lachen des Hasen ignorierte sie und versuchte sich Katharina Di Lauro in Lack und Latex vorzustellen. Wann immer sie einander begegnet waren, hatte die Frau schlichte schwarze Kleidung getragen und das dunkle Haar zum Zopf gebunden gehabt. Ihre vermeintlich zurückhaltende, gefasste, sogar ein wenig biedere Natur sprachen zuerst gegen ein

Interesse am SM-Milieu, wäre da nicht der alles andere als unwahre Spruch: Stille Wasser sind tief. Tief und dreckig.

Hätte Katharina Di Lauro tatsächlich Zurückhaltung gekannt, hätte sie ihrer Schwester nicht den Mann ausgespannt. Hätte sie sich in Fassung zu üben gewusst, hätte sie ihre Maske länger als elf Tage aufbehalten können. Die Frau war offenbar eine riesige Show, und nun stellte sich zudem heraus, dass sie feige war, denn sie versteckte sich – als sei es so sicher wie das Amen in der Kirche, dass man sie des Mordes überführen würde. Dabei hatte Natalie so gut wie nichts gegen sie in der Hand. Sie hatte eine verdammte Liste, auf der eine Telefonnummer stand, was lediglich eine Lüge bewies. Katharina Di Lauros Fingerabdruck, den hatte sie noch nicht und konnte nicht sagen, dass er mit dem auf dem Foto identisch war. Sie hatte außerdem keinen Blick unter ihr Shirt geworfen und ein Steuerrad-Tattoo auf ihrem Schulterblatt entdeckt. Sie hatte noch keinen Beweis, dass sie sich mit Kowalczyk im Vie Noire getroffen hatte. Ebenso wenig hatte sie einen Durchsuchungsbeschluss, mit dem sie die Wohnung auf den Kopf stellen und Wilkens' Handy, sein Küchenmesser, grobes Gartenwerkzeug und ein Herz sicherstellen konnte. Natalie brummelte.

Als ihr Handy klingelte und Markus' Nummer angezeigt wurde, rauschte Adrenalin durch ihr Blut, doch er wollte ihr lediglich mitteilen, dass er mit dem Fotografen gesprochen hatte. Seine Aussage deckte sich mit der von Maria Di Lauro. Bis spät waren sie in der Agentur und danach in besagter Bar gewesen waren, was sogar der Barkeeper bestätigt hatte.

20:00

Den ganzen Tag lang hatte Inspektor Harvey geredet. Dahingegen war Natalies Telefon, den Anruf von Markus ausgenommen, still geblieben. Sie nahm es jetzt, um Rothmann anzurufen und die Fahndung nach Katharina Di Lauro herauszugeben, da leuchtete ihr Display und kündigte einen anderen Anrufer an: Elias.

So genervt vom Tag, hätte Natalie ihn beinahe weggedrückt. Sie überwand sich und nahm das Gespräch entgegen, bereit, ihm eine Absage zu erteilen, falls er sie bat, ins Indigo zu kommen, wo er heute sicher wieder Dienst hatte. Spätdienst, wie es aussah.

»Hey«, meldete er sich und Natalie hörte, dass er unterwegs war und seine Stimme dämpfte. »Ich hab nicht viel Zeit, bin im Indigo und hab mich kurz verdrückt …«

»Ich hab eine ganze Menge um die Ohren …«, begann Natalie, kam aber nicht weit.

»Schon klar. Ich auch. Ich dachte nur, es interessiert dich, dass ich Katharina Di Lauro an der Bar sitzen habe. Ich hab sie zuerst nicht erkannt, sturzbetrunken, wie sie ist. Das war sie schon, als sie herkam. Gerade hat sie mir erzählt, dass sie den Freund ihrer Schwester geliebt hat und dass der ermordet wurde. Ihre Schwester hat davon erfahren und ist wohl ziemlich ausgerastet …« Er machte eine Pause und hängte ein »Weiß nicht, aber vielleicht kommst du mal her …« an.

Natalie wollte es nicht glauben. Wozu Streifen irgendwo postieren, höhnte sie im Stillen, wenn es doch das Indigo gab, das offenbar der Dreh- und Angelpunkt von Berlin war.

»Bin gleich da. Halt sie auf, wenn's nötig ist!«, bat sie Elias, beendete das Gespräch und sprinte- te durch die Wohnung, um alles Nötige zusam- menzusuchen. Dienstmarke, Dienstwaffe, Auto- schlüssel, Haustürschlüssel, Inspektor Harvey. Auf dem Weg zum Auto rief sie Markus an und machte ihm einen Strich durch den Kinoabend. Das *Besondere Kino*, in das Markus seine Verena entführt hatte, lag auf dem Weg, also fuhr Natalie vorbei und lud den Kollegen ein.

Er duftete nach Parfüm und hatte sich in Schale geschmissen. Sein Jackett und die Fliege, eine dunkelblaue mit roten Punkten, hatte Natalie nie zuvor an ihm gesehen. Brandneu mussten die sein oder reserviert für Events wie Weihnachten, Mutters Geburtstag und das Besondere Kino.

»Welchen Film wolltet ihr schauen?«, fragte Natalie und fuhr los.

Er rückte seine Brille auf der Nase hoch. »Blue Jasmine …«

Der Eile und dem Ernst der Situation zum Trotz grinste Natalie. »Klingt wie ein Porno.«

»Das ist Woody Allen!«

»Oh, ach so ...«

Den Kommentar, dass sie eher einen Porno schauen würde, verkniff sie sich und trat aufs Gas, als die Straße frei wurde. Fünfzehn Minuten später parkten sie in der Nähe des Friedrichshainer Kiez und liefen die letzten Meter zu Fuß.

Im Indigo begrüßte Elias sie mit hochgezogenen Schultern. »Ich hab alles versucht«, er hob die Hände. »Bei dem Drink aufs Haus hatte ich zwar ein schlechtes Gewissen, weil sie sowieso schon betrunken genug war, aber sie wollte ihn nicht. Sie ist vor fünf Minuten gegangen.«

»Hat sie gesagt, wohin?«

»Sie meinte, sie wolle nur noch schlafen.«

Natalie und Markus machten auf dem Absatz kehrt und spurteten zum Wagen. Markus, der vor dem Kino bei Verena gegessen hatte, hielt sich den Bauch und schnaubte, dass er sich einen anderen Job suchen würde. Auf der Fahrt quer durch Berlin von Friedrichshain nach Charlottenburg telefonierte er auf Natalies Bitte hin mit Johannes Rothmann, um ihn über den Stand der Dinge in Kenntnis zu setzen. Während des Gesprächs löste er seine Fliege, verstaute sie in der Jackettasche und ließ immer wieder kurze Bestätigungen, kapiert zu haben, hören.

»Ich klinge nicht resigniert«, rechtfertigte er sich, als Rothmanns Stimme mal wieder lauter wurde. Wenig später legte er auf und wandte sich Natalie zu. »Seit wann kling ich resigniert?«

»Tust du nicht«, beschwichtigte sie ihn. »Verzeih ihm die Fehlinterpretation. Du klingst vollgefressen und couchsüchtig.«

Markus schüttelte den Kopf und sah für den Rest der Fahrt stumm aus dem Fenster.

»Perfektes Timing«, murmelte er, als sie ihr Ziel erreichten und Natalie einparkte. »Schau mal, wer da kommt!«

Natalie spähte die von Straßenlaternen erhellte Straße entlang und entdeckte eine schlanke Gestalt im schwarzen, hochgeschlossenen Wintermantel mit dunklem Schlapphut. Sie war bemüht, gerade zu laufen, doch sie stolperte über ihre eigenen Füße. Natalie und Markus stiegen aus und warteten vorm Haus. Katharina Di Lauro entdeckte sie, stoppte schwerfällig und blinzelte zu ihnen hin.

»Da sind Sie ja«, keuchte sie und ging weiter.

»Gern hätten wir uns schon eher mit Ihnen unterhalten …«, hob Markus an.

»Kann ich mir vorstellen …« Bei ihnen angelangt, fummelte Katharina Di Lauro ihren Haustürschlüssel aus der Handtasche und nahm die erste der Stufen, die zum Eingang führten. »War mir klar, dass sich mein Schwesterherz bei Ihnen ausheult. So sehr im Stolz verletzt, pfeift sie sogar auf das verdammte Alibi.«

Wieder und wieder versuchte sie sich am Schlüsselloch. Als Natalie genug hatte, nahm sie ihr den Schlüssel ab. »Begleiten Sie uns bitte aufs Revier!«

»Ich will schlafen …« Katharina Di Lauro lehnte die Stirn gegen die Tür. »Ich bin unendlich müde. Ich hab seit …« Die Augen fielen ihr fast zu. » … keine Ahnung, wie lange nicht geschlafen.«

Natalie fasste sie am Arm. Katharina Di Lauro ließ zu, dass sie sie die Treppe wieder hinab und zum Auto führte. Abermals stolperte sie, und Nathalie verstärkte ihren Griff, um sie vorm Fallen zu bewahren. Umständlich nahm sie auf der Rückbank des Wagens Platz, und kaum waren die Kommissare einstiegen, da lag sie bereits und war eingeschlafen.

Als sie sie nur eine halbe Stunde später auf dem Revier in der Keithstraße weckten, wusste sie nichts mehr und reagiert zuerst verwirrt. Sie war einverstanden, dass ihre Fingerabdrücke genommen wurden, fragte allerdings, wozu das gut sei. Natalie beließ es bei einer vagen Erklärung und führte sie zum Vernehmungsraum. Dort half Markus ihr aus dem Mantel, nahm ihr den Hut ab und forderte sie auf, Platz zu nehmen. Katharina Di Lauro setzte sich auf einen der wenig komfortablen Stühle und strich eine Strähne, die sich aus ihrem nicht mehr ordentlichen Zopf gelöst hatte, hinter das Ohr. Kurz zog sie die Schultern hoch, strich mit den Händen über die im schwarzen Rolli steckenden Arme und blickte sich um.

Markus setzte sich ihr gegenüber. Natalie blieb wie so oft stehen, weil sie ohnehin gleich im Raum herumwandern würde. Sie lehnte gegen eine der kargen Wände und überließ Markus den Anfang.

»Also, Frau Di Lauro«, begann er. »Wir möchten ein paar Fragen von Ihnen beantwortet haben. Einige davon zu Andreas Wilkens.«

»Ich weiß nicht, was Maria Ihnen erzählt hat«, entgegnete sie und setzte sich aufrechter hin. »Aber ich habe sie nicht wirklich betrogen … und Andreas auch nicht. Nicht mit mir zumindest.«

»Wie meinen Sie das?«

»Wir haben nie miteinander geschlafen.« Kurz bedachte sie diese Äußerung und ihr Gesicht verzog sich, als wolle sie weinen. »Das wollten wir beide nicht, bevor Maria es nicht weiß. Andreas und ich hatten vor, es ihr demnächst zu erzählen.«

Natalie konnte sich kaum vorstellen, dass Wilkens sich bei Katharina Di Lauro sexuell zurückgehalten hatten, wo er sonst nichts hatte anbrennen lassen. Falls das stimmte, war es allerdings so gut wie ausgeschlossen, dass sie Miss O war.

»Wie lange hatten Sie und er diese … ähm, platonische Beziehung?«, fragte Markus weiter.

Katharina Di Lauro senkte den Blick auf die Spitzen ihrer Stiefel. »Seit Anfang Januar. Nach der Silvesterparty. An diesem einen Donnerstag hatte ich mir ab Mittag frei genommen und war shoppen. Andreas lief mir über den Weg und lud mich auf einen Kaffee ein, im Indigo, das ist … war seine Stammkneipe. Dort hat es endgültig zwischen uns gefunkt.«

Natalie spulte gedanklich zurück. Angeblich hatten Elias und Caro Katharina Di Lauro nie in der Kneipe gesehen. Vielleicht war an diesem Nachmittag eine Aushilfe da gewesen.

»Sicher wissen Sie das Datum«, hakte sie nach und wunderte sich nicht, dass die Italienerin nicht lange nachdenken musste. Frauen erinnern sich an solche Dinge.

»Am zweiten Januar«, kam es wie aus der Pistole geschossen.

»Es hat zwischen Ihnen gefunkt, sagten Sie. Das bedeutet, Sie haben sich ineinander verliebt?«

Katharina Di Lauro nickte. Sie schwankte im Sitzen, legte sich eine Hand vor den Mund und atmete durch.

»Und dem körperlichen Verlangen haben Sie ganze zwei Monate lang widerstanden?«

Abermals ein Nicken.

»Sie sagten, dass Andreas Wilkens Ihre Schwester nicht mit Ihnen betrogen hat. Wussten Sie von seinen Affären?«

»Er hat mir davon erzählt, ja. Und ich wusste auch, wann er diese Affären beendet hat.« Erneut atmete sie durch, sah dann auf und erkundigte sich nach einer Toilette.

Natalie begleitete sie und legte an Tempo zu, als sie merkte, dass das Bedürfnis dringend wurde. Katharina Di Lauro schaffte es bis vor den Toilettenraum und erbrach sich dann – freundlicherweise auf Natalies Chucks. Die weinroten. Ihr drittes Paar war das gewesen. In Potsdam gekauft. Natalie fluchte, schnappte die Frau beim Arm und führte sie zur Toilette. Während sie ihren Magen gänzlich entleerte, versuchte Natalie, ihre Chucks zu säubern und sich nicht auch zu übergeben. Dann wartete sie und ging nachsehen, als sie längere Zeit nur schweren Atem hörte. Sie fand Katharina Di Lauro über der Kloschüssel hängend.

»Ich bin so erledigt«, ächzte sie in die Toilette, als sie Natalies Hand auf ihrer Schulter spürte. »Können wir diese Unterhaltung nicht morgen fortsetzen, bitte?«

»In diesem Fall müssten wir Sie unter Arrest nehmen und heute Nacht hierbehalten.«

»Wieso denn?«

»Weil wir sicherstellen müssen, dass Sie nicht weglaufen.«

»Ich bin nicht weggelaufen … nicht vor Ihnen. Ich dachte nicht, dass Sie mich so dringend sprechen müssen. Bloß wegen des Alibis?«

Mühsam rappelte sie sich auf, schleppte sich aus der Kabine und zum Waschbecken, um ihr Gesicht unter Wasser zu halten. Sie ließ sich Zeit, strapazierte Natalies Geduld, und als das letzte Bisschen davon aufgebraucht war, drehte die Kommissarin das Wasser ab, zog ein paar Papiertücher aus dem Spender und reichte sie der Frau.

»Was ändert das schon …«, nuschelte Katharina Di Lauro, während sie sich das Gesicht abtrocknete. »Dass Maria kein Alibi für die Nacht, in der Andreas …« Statt den Satz zu beenden, zog sie die Schulter wie in einem Krampf hoch und ließ sie wieder fallen. Sie fasste sich und warf die Papiertücher in den Müll. »Sie hat ihn bestimmt nicht umgebracht.«

»Das ist eine andere Sache.« Natalie verließ den Toilettenraum und wartete, dass Katharina Di Lauro folgte. »Was wir uns momentan fragen, ist, wo *Sie* in jener Nacht waren.«

Der Trunkenheit zum Trotz reagierte Katharina Di Lauro bestürzt. Immerhin machte sie das munterer. »Welchen Grund hätte ich gehabt …? Ich habe ihn geliebt, auf ein Leben mit ihm gewartet.«

Natalie antwortete nicht, bis sie im Vernehmungsraum waren und die Frau wieder saß.

»So ein Warten kann frustrierend sein. Zudem wussten Sie, dass es Frauen gab, bei denen sich Andreas Wilkens nicht in sexueller Zurückhaltung übte. Nun war noch sein Geburtstag, der ohne Sie stattfand. Sie waren nicht dabei. Hat Sie das nicht verletzt? Er hätte sich doch etwas überlegen und heimlich mit Ihnen feiern können. War ihm das die innige, große Liebe nicht wert.«

Unter normalen Umständen hätte Katharina Di Lauro die Provokation durchschaut, doch nun war sie betrunken. Empfindlicher. Ehrlicher. Tränen traten in ihre Augen. Natalie setzte noch einen drauf.

»Möglicherweise hatte er sich die Sache mit Ihnen sogar anders überlegt, so nachdenklich, wie er an diesem Abend war.«

Anders als erwartet, rastete die Italienerin nicht aus, sondern weinte leise. Auch ihre Stimme blieb ruhig.

»Das ist absurd!« Sie lehnte sich im Stuhl zurück und schloss die Augen. Eine Träne tropfte in den schwarzen Stoff ihrer Bluse.

Natalie blieb hart: »Wo waren Sie tatsächlich in der Nacht vom ersten auf den zweiten März?«

Katharina Di Lauro sah auf, zuerst in Markus' Augen, dann in Natalies.

»Zu Hause. Wie schon gesagt, ich hab geschlafen, als Maria anrief.« Nicht ein Wimpernzucken deutete auf eine Lüge hin, kein leeres Starren, kein Wegwischen von imaginärem Staub auf dem Tisch. »Sie hat mir vom Streit erzählt, ich hab sie getröstet, bis sie ruhiger war – und mich echt miserabel gefühlt. Ich hab ihr angeboten, vorbeizukommen, in der Hoffnung, es nicht zu müssen, und Maria wollte das zum Glück auch nicht. Sie wollte schlafen. Wir beendeten das Gespräch, und ich lag den Rest der Nacht wach im Bett.«

»Warum haben Sie Ihrer Schwester dieses Alibi gegeben? Und wann wurde das besprochen?«

»Am Montag, nachdem Maria von Andreas' Nachbarin erfahren hatte, was geschehen war. Ich hab ihr das Alibi gegeben, weil ich nicht eine Sekunde Zweifel an ihrer Unschuld hatte.« Sie pausierte und beantwortete eine Frage, die Natalie als Nächstes gestellt hätte. »Keinen Zweifel hatte ich, weil ich meine Schwester kenne. Nicht, weil ich selbst das getan habe.«

Markus kam auf ein anderes Thema zurück. »Sie wussten also von Andreas Wilkens' Affären mit anderen Frauen. Warum hat er Ihnen davon erzählt?«

Die Italienerin wandte sich ihm zu. »Einfach so. Er war unzufrieden mit seinem Leben.«

»Diese beiden hat er erwähnt? Christine Zilinski und Jenny Schumacher?«

Etwas in Katharina Di Lauros Miene veränderte sich. Jetzt wirkte sie verunsichert, verschränkte die Finger im Schoß. Einige Sekunden verstrichen. Natalie setzte sich und stützte die Arme auf die Beine, doch sie stand gleich wieder auf, um ihre Nase von ihren Füßen zu entfernen. Ihre Chucks stanken fürchterlich.

Die Italienerin fand ihre Stimme wieder. »Sie fragen das, als hätte es noch andere Frauen als diese beiden gegeben.«

Natalie überlegte, ob ihre Schwester nichts von dem Foto erzählt hatte, das sie bei der Wohnungsauflösung gefunden hatten? Oder ob ihre Irritation auf der Tatsache basierte, dass Markus auf genau eine andere bestimmte Frau anspielte.

Natalie überließ Markus die weitere Fragestellung und ging aus dem Raum. In ihrem Büro rief sie Maria Di Lauro an, um in Erfahrung zu bringen, mit wem sie über das Foto von Miss O gesprochen hatte – dies in der Hoffnung, dass sie ihre Schwester eingeweiht und die Empörung mit ihr geteilt hatte. Am anderen Ende der Leitung ertönte aber bloß das so typische abfällige

Schnauben. Maria Di Lauro stellte klar, mit keinem Menschen über dieses Foto gesprochen zu haben. Zwei Affären waren prekär genug, von einer dritten, noch dazu einer dieser Art, musste niemand erfahren.

Auf dem Rückweg zum Befragungsraum rang Natalie um Fassung. Dieser Fall machte sie so sauer, und sie kam einfach nicht voran. Wann immer sie glaubte, einer heißen Spur zu folgen, wurde eine Ladung kaltes Wasser in Form von Entkräftigungen über ihr ausgeschüttet. Sie wünschte, Wozniak hätte diesen Fall aufs Auge gedrückt bekommen und sich die Zähne daran ausgebissen.

Den Namen *Miss O* wollte sie Katharina Di Lauro nicht servieren und hoffte, dass Markus es nicht schon getan hatte, also holte sie ihn vor den Raum. Er erzählte ihr, dass es während ihrer Abwesenheit lediglich um die Aufenthaltsorte während des Einbruchs im Bestattungsinstitut und des Mordes im Vie Noire gegangen war. Wie die meisten anderen Befragten hatte die Italienerin zur Zeit der ersten Tat angeblich geschlafen. Zum zweiten Datum hatte sie sich noch nicht geäußert.

Wieder im Raum nahmen sie ihre bisherigen Plätze ein, Markus auf einem der Stühle, Natalie an der Wand. Er fuhr mit der Befragung fort und wollte von Katharina Di Lauro wissen, was sie davon abgehalten habe, die Bilder für die Berlin-liebt-Kampagne gemeinsam mit ihrer Schwester und dem Fotografen zu sichten.

Inzwischen wirkte die Frau beinahe nüchtern, und ihr verzogener Mund drückte aus, dass ihr die Frage nicht gefiel.

»Ich hab dieselben Anteile an der Agentur wie Maria, bloß vergisst sie das ganz gern. Allgemein ist es nichts Neues, dass sie sich und ihre Ziele zur Priorität macht. Ich bin daran gewöhnt und sehe es ihr die meiste Zeit nach.« Ihre Worte klangen nicht wie die einer eifersüchtigen Schwester, die immer hat einstecken müssen, sondern gewissermaßen gleichgültig. »An diesem Tag war mir so elend zumute. Ich vermisste Andreas so sehr, und da war niemand, dem ich mich anvertrauen konnte. Die mir am nächsten stehende Person, meine Schwester, führte sich auf wie ein Diktator, las mir die Termine vor und erinnerte mich an Vorbereitungen – als sei sie der einzige Mensch mit einem Hirn. Ich bin einfach gegangen.« Sie zuckte mit den Schultern.

Natalie konnte sich die Szene gut vorstellen – obwohl sie es sich ungern eingestand, fand sie Katharina Di Lauros Verhalten nachvollziehbar.

Die Italienerin fuhr fort: »Maria trauerte nicht. In der Agentur machte sie weiter, als sei nichts geschehen. Ich wollte weinen, aber ich durfte nicht und musste mit ihrem Tempo mithalten, das mit der Absicht, die Trauer zu verdrängen, noch höher war als sonst. Ich musste mithalten, weil ich mich und Andreas nicht verraten wollte – auch nicht nach seinem Tod. Ihretwegen. An diesem Tag hab ich mich allerdings gefragt, wieso ich auf sie Rücksicht nehme, in jeder Beziehung, und warum ich meinen Kummer nicht herausschreie, um endlich trauern zu können.«

Aus Natalies Jacke drang ein leises Höhnen: *Ich hab's dir doch gleich gesagt …*

Sie schob die Hände in ihre Taschen, schloss die rechte Hand um Inspektor Harvey und drückte zu. Ich-hab's-dir-doch-gleich-gesagt-Sätze konnte sie nicht ausstehen. So was von überflüssig waren die!

»Sie haben die Agentur also verlassen«, resümierte sie, ohne sich anmerken zu lassen, dass ihr eben noch dringender Verdacht auf wackeligen Beinen stand. »Wohin sind Sie gegangen?«

»Ich bin mit dem Zug an die Ostsee gefahren.«

Verdammt!, dachte Natalie, als Nächstes lieferte ihr die Frau sicher ein stichfestes Alibi für die Nacht von Mittwoch auf Donnerstag.

»Haben Sie dort jemanden besucht? Und wann sind Sie wiedergekommen?«

»Ich wollte raus aus Berlin und allein sein. Das war ich dort oben. Am späten Donnerstagnachmittag bin ich zurückgefahren und direkt in die Agentur gegangen, um mit Maria zu sprechen. Ich hab ihr alles erzählt, hatte dabei einen halben Nervenzusammenbruch und sie ist, nicht überraschend, ausgerastet.«

»Die Zugtickets haben Sie am Bahnhof gekauft?«, klinkte sich Markus ein und hängte auf die Bestätigung andere naheliegende Fragen an: »Haben Sie die Fahrkarten noch oder einen Beleg über den Kauf? Und gibt es andere Belege, die Ihren Aufenthalt bestätigen … von einem Hotel, einem Restaurant …?«

Katharina Di Lauro bejahte auch dies. Natalie unterdrückte ein Schnauben, stupste sich von der Wand ab und ging durch den Raum. Indes erzählte Markus von Sebastian Kowalczyks Tod. Katharina Di Lauro reagierte bestürzt und auch verwirrt. Sie kannte den Mann, natürlich, sie hatte jedoch nur während der Planung und des Launch seiner Webseite persönlich mit ihm zu tun gehabt. Dass es zwischen ihm und Andreas Wilkens eine Verbindung gab, hielt sie für unwahrscheinlich.

Aber die Verbindung gab es. Die Verbindungspunkte waren lediglich unbekannt – Katharina Di Lauro schied sehr wahrscheinlich aus. Der Vollständigkeit halber forderte Natalie die Auswertung der Fingerabdrücke an. Sie waren nicht identisch mit denen auf dem Foto der Miss O. Darüber hinaus war Katharina Di Lauro nicht tätowiert und damit einverstanden, dass man sich in ihrem Beisein in ihrer Wohnung umsah. Markus bat um eine Streife zur Absicherung und fuhr gemeinsam mit ihr hin. Natalie blieb auf dem Revier und begann den Bericht. Dass Rothmann toben würde, war ihr gerade herzlich egal.

Kurz vor Mitternacht war Markus mit Katharina Di Lauro zurück. Sie beantwortete ein paar letzte Fragen, dann durfte sie gehen. Sie stand schon im Ausgang, die Tür in der Hand, wandte sich um und fragte: »Was hatten Sie eigentlich gehofft, in meiner Wohnung zu finden?« Schatten lagen unter ihren Augen und ihr Blick war traurig. »Nicht etwa sein Herz?«

»Wir wollten einfach sichergehen, dass …« Natalie kam nicht weit.

»Sein Herz ist hier.« Katharina Di Lauro legte eine Hand über ihre Brust. »Wer auch immer Andreas umgebracht hat, sie besitzt jetzt das Organ, das sie aus seinem Körper genommen hat … aber sie weiß doch, dass sie sein Herz nicht hat und nie haben wird.«

Die Tür schloss sich hinter ihr. Natalie beobachtete, wie sie die Straße entlangging und ihr Telefon aus der Handtasche holte – vermutlich, um ein Taxi zu rufen. Sie fröstelte, als sie Markus‘ Hand im Nacken spürte.

»Entspann dich, Partner«, murmelte er. »Wir kriegen das hin.«

SONNTAG, 16. MÄRZ

9:30

Der Schlaf hatte lange auf sich warten lassen. Nach einer andauernden Grübelei im Bett war Natalie mit dem Kopfkissen und ohne Harvey ins Wohnzimmer auf die Couch umgezogen, um dort einzuschlafen. Irgendwie, mit der Aussicht auf den sternenklaren Märzhimmel vor den Fenstern. Sie hatte versucht, alle Gedanken an die Mordfälle auszublenden und auch nicht daran denken wollen, dass sie mit dem Beginn der neuen Woche neu anfangen musste. Irgendwo. Sie hatte einen schönen Gedanken gesucht, war auf der Suche danach eingeschlafen und hatte von Elias geträumt. Von seinem Hausboot im Frühling. Auf dem Bootssteg hatten sie und er in den Liegestühlen gefaulenzt und Papierschiffe gefaltet. Die ganze Spree war nachher voller Schiffe gewesen, und Leute hatten sich am Ufer versammelt, um das Schauspiel zu fotografieren.

Jetzt wurde Natalie langsam munter, blinzelte durch die Wimpern und stellte fest, dass die Sonne schien. Wie in ihrem Traum. Sie streckte sich, zog die Decke noch einmal bis unter ihre Nase, drehte sich auf die Seite und dachte an Elias. Er roch so gut. Und er fühlte sich so gut an. Und sie vermisste ihn. Es tat ihr leid, dass sie ihn gestern ohne ein Wort hatte stehen lassen. Natürlich hatten sie und Markus es eilig gehabt, zu Katharina Di Lauro zu kommen, aber ein freundliches Wort hätte er schon verdient gehabt. Nicht nur, weil er sich für ihren Fall bemüht hatte.

Ein schlechtes Gewissen schien er absolut nicht zu haben. Er war traurig gewesen, als sie am Mittwochabend nach Hause gegangen war, und am Freitag hatte er sich ehrlich gefreut, sie zu sehen. Ob dienstlich oder nicht, das war ihm anscheinend egal.

Natalie versuchte sich zu erinnern, was genau sie von seinem Telefonat eigentlich gehört hatte. Keine Liebesschwüre oder so was in der Art. Und, Hand aufs Herz, Elias war ein Typ, der wahrscheinlich nicht nur Anrufe von Frauen bekam, sondern auch jede Menge Angebote. Vielleicht hatte er in der Vergangenheit das eine oder andere angenommen, aber was vor ihrer Zeit gewesen war, sollte eigentlich keine Rolle spielen.

Natalie streckte sich nochmals, weil die Bettdecke das Elias-Gefühl nicht hergab und öffnete die Augen. Ihr Blick fiel auf das Bild von Bruce Willis, der alias John McClane auf sie herabsah. Verachtungsvoll, weil sie ihren Fall nicht gelöst bekam, und warnend, weil Cops nicht für feste

Beziehungen gemacht waren. Dabei hatte er sich in seiner Filmehe ganz gut geschlagen. Zwar hatte ihn seine Frau immerzu verlassen, war doch aber meistens zurückgekehrt – und, hey, sogar Kinder hatten sie. Also: Die Hoffnung war noch nicht verloren, und vielleicht war Elias der Mann mit dem nötigen Durchhaltevermögen.

Gerade hatte Natalie die Bettdecke zurückgeschlagen, da klingelte ihr Mobiltelefon. Elias' Nummer wurde angezeigt, und sie ahnte, dass er anrief, um sie zu sehen. Noch bevor sie das Gespräch annahm, war sie auf dem Weg ins Badezimmer. Elias sagte »Frühstück, bei dir, in zwanzig Minuten« und ließ ihr nicht einmal Zeit für eine Erwiderung, sondern legte einfach auf.

Natalie duschte im Eiltempo, band ihre Haare zu einem Knoten, statt sie zu flechten, weil das schneller ging, tauschte das um ihren Körper geschlungene Badetuch gegen Klamotten und deckte den Frühstückstisch, da klingelte Elias schon.

»Noch ein dienstliches Date hätte mich umgebracht«, murmelte er an ihr Ohr und gab ihr einen Kuss auf die Wange. »Ich bin mit ganz schlechter Laune eingeschlafen, viel zu früh munter geworden ... Frühstück mit dir war die einzige Option.«

Natalie wollte es genau wissen. »Die einzige Option wofür?«

»Den Sonntag zu retten.« Er streichelte über ihren Rücken und suchte ihren Blick. »Nachher muss ich ins Indigo, und ich weiß jetzt schon, wann immer sich eine Frau an die Bar setzt, auf deinen Platz, werde ich innerlich grummeln und ihr sagen wollen, dass dieser Hocker belegt ist.«

Bevor sie auf dieses Statement reagieren konnte, wies er auf die Dinge, die er mitgebracht hatte. »Hier sind frische Brötchen und ein Bündel Karotten, falls er auch frühstücken will …«

Natalie unterbrach ihn mit einem Lachen. »Falls *er* frühstücken will?« Natürlich hatte sie eine Ahnung, worauf Elias anspielte, doch sie stellte sich dumm, um den Grad ihrer Verrücktheit zu minimieren. »Kommt noch jemand zum Frühstück?«

Auch Elias versuchte ernst zu bleiben. »Der Inspektor? Wäre dumm, würden wir ihn nicht zum Frühstück einladen.«

»Oh, ja, natürlich!« Das war süß von Elias, aber sie würde den Hasen nicht mit an den Tisch setzen. Das gäbe nur Ärger. »Das ist echt lieb von dir! Allerdings schläft er an Sonntagen immer besonders lang.«

Sie stellte die erste von zwei Tassen in den Kaffeeautomaten, schüttete die Brötchen und Croissants in einen Korb, packte auf den Tisch, was sie im Kühlschrank hatte, und schenkte O-Saft ein.

Während des Frühstücks ertappte sie sich mehrmals dabei, dass sie ihn beobachtete und seine Körpersprache las. Wann immer sie sich dessen bewusst wurde, fluchte sie im Stillen und erinnerte sich daran, dass sie beschlossen hatte, seine Vergangenheit in der Vergangenheit zu belassen. Als ungerechtfertigt empfand sie das unterschwellige Misstrauen, mit dem sie ihm begegnete, wie einem Verdächtigen beim Verhör. Je mehr sie sich allerdings dazu verdonnerte, ihren Geist im Hier und Jetzt zu lassen, desto schwieriger wurde es, ihn dort zu halten.

Elias entging das nicht.

»Hörst du mir überhaupt zu?«, fragte er und schob sich den letzten Bissen seines Croissants in den Mund.

»Klar!« Natalie sah ihn an, setzte ein Lächeln auf.

Sie hatte ihm zugehört. Mit halbem Ohr. Er hatte von seinem Kater erzählt, dass er ihm auf dem Hausboot zugelaufen war und Pizza fraß, wie Garfield.

»Schinkenpizza mochte er am liebsten«, sagte sie, um ihn von ihrer Aufmerksamkeit zu überzeugen. »Ohne Pilze aber.«

Inzwischen war Elias der Beobachter. »Kartoffelchips auch und Lasagne ...«

»Genau. Lasagne!«

»Ist irgendwas nicht in Ordnung?«

Natalie versuchte ein verwundertes Kopfschütteln. »Was soll nicht in Ordnung sein?« Eine typisch weibliche Gegenfrage war das, und sie strafte sie erst recht Lügen.

»Am Donnerstag im Indigo warst du so kurzangebunden ...«

»Ich war im Dienst, Elias!«

»Gestern hast du nicht mal Hallo gesagt. Bist verschwunden, kaum dass du da warst.«

»Da war ich ebenfalls im Dienst und hatte es noch dazu eilig!«

Elias ließ nicht locker. »Du bist merkwürdig drauf. Seit Mittwoch. Seit du bei mir warst. Seit diesem Telefonat.« Ziemlich tief tauchte er jetzt in ihren Blick. »Ist es möglich, dass du mitgehört hast?«

Er kannte ihn also, den Grund für ihre Zurückhaltung. Und er wollte das nun geklärt haben.

»Ich, äh, hab nicht viel gehört.« Natalie wollte ihrem Impuls folgen und Elias den Rücken zuwenden, indem sie die Tassen neu füllte, blieb aber sitzen. »Was ich gehört hab, hat mich aber annehmen lassen, dass du mit einer Frau telefonierst, die dich treffen möchte. Das hat mich verunsichert.«

»Tut mir leid, dass du das mitbekommen hast.« Er wirkte nicht verärgert oder reuevoll, wie jemand mit schlechtem Gewissen. »Du musst dir keine Sorgen machen. Da ist nichts …« Er dachte kurz nach und korrigierte sich. »Also nichts mehr. War auch nie wirklich was. Das musste sie nur erst verstehen.«

Natalie konnte anders als ironisch reagieren. »Du hast es sicher nicht leicht, immerzu eine andere Versuchung, die einen Drink bestellt …«

Elias runzelte die Stirn. »Was denkst du von mir? Dass ich jede abschleppe, die mir Signale schickt? Weißt du, es ist schon ein bisschen

Scheiße, dass manche glauben, sie könnten mich bestellen wie einen Cocktail, und wenn du das denkst, frag ich mich, was wir hier zusammen machen?«

Seine Worte erschreckten Natalie ein bisschen. »Das war nur so daher gesagt, sorry! Ich war bloß …«

»Die Frau am Telefon war Caro und kein Gast aus dem Indigo, okay?« Bis hierher hatte Elias Natalie angeschaut. Jetzt senkte er den Blick und suchte irgendwas auf dem Tisch, nahm schließlich den Orangensaft und schenkte sich nach. Dann zwang er seinen Blick wieder hoch und bot Natalie davon an, doch die lehnte ab – sie wollte keinen dämlichen Saft, denn ihr Geist war damit beschäftigt, die Eifersucht zu bändigen, die plötzlich in ihre Brust schoss.

Elias fuhr fort: »Ich weiß nicht, was sie sich gedacht hat … Caro und ich waren gut befreundet, seit sie im Indigo angefangen hat.« Er zuckte mit den Schultern. »Ich mein, sie ist eine interessante Frau, und ich wär kein Kerl, hätt ich nicht hin und wieder darüber nachgedacht, mit ihr zu schlafen, aber sie war immer ziemlich reserviert. Ich hab's nie versucht, und dann auf einmal …« Erneut ein Schulterzucken. »Fällt sie mir um den Hals und na ja …« Er musterte Natalie, wohl um ihre Stimmung auszuloten. »Das war das einzige Mal, aber seitdem ist sie anders. Sie scheint mehr zu wollen. An diesem Abend rief sie aus einer Telefonzelle an und war kaum abzuschütteln …«

»Wieso aus einer Telefonzelle?«

»Sie mag doch keine Handys.« Er hob die Hände, wackelte mit den Fingern. »Die böse Strahlung.«

Natalie erinnerte sich. Bei ihrem ersten Besuch im Indigo hatte Caro sie zum Telefonieren nach draußen gebeten. Sie dachte außerdem darüber nach, dass Elias seine Kollegin beinahe täglich sah. Der Gedanke, dass er sich früher ab und zu auf Ms Anonyma bzw. eine Kneipenbesucherin eingelassen hatte, war angenehmer gewesen. Caro war nicht nur interessant, sondern schien das Herz auch am rechten Fleck zu tragen, und dass sie redete, wie ihr der Schnabel gewachsen war, machte sie echt sympathisch.

Elias' Stimme holte ihren Geist in die Gegenwart: »Was gelaufen ist, das war, bevor wir …« Er zögerte, suchte nach Worten.

Natalie wartete.

»Bevor es ernst zwischen uns wurde.«

»Wann wurde es denn ernst zwischen uns?«

Mit zunehmender Ungeduld fragte sie sich, was das zwischen ihnen überhaupt war. Bis eben hatte sie es optimistisch als Fast-Beziehung beschrieben. Noch ein bisschen Grübeln hier, ein bisschen Abschätzen da, ein bisschen Zögern und Zweifeln, um sich endlich und nach langer Zeit einzugestehen, dass man sich in einer Beziehung befand.

Elias gab keine direkte Antwort. »Vor etwa anderthalb Wochen ist das mit Caro gewesen«, erklärte er stattdessen. »Am Mittwoch, als du im Indigo warst. Nach unserem Dienst, oben im Büro. Emotionsloser und unromantischer hätte es nicht sein können ...«

Natalie brauchte keine Details. Sie winkte ab. »Das muss ich nicht wissen.«

An den Mittwoch erinnerte sie sich ziemlich genau. Elias und sie hatten geflirtet und es hatte zwischen ihnen geknistert. Sie verstand nicht, wie er im Anschluss eine andere hatte flachlegen können. Dazu war sie am Ende schlichtweg zu sehr Frau.

Vielleicht spürte Elias Natalies innerlichen Rückzug, denn er wurde nun doch konkret: »Zwischen uns wurde es ernst, als ich dich geküsst hab ... auf dem Hausboot. Das war nach Mittwoch!«

Natalie funkelte ihn an. »Ich weiß, wann das war!«

Er schlängelte seine Hand zwischen Tassen, Käse und Obst durch, um ihre Hand zu nehmen. »Das würde mir jetzt ganz sicher nicht mehr passieren.«

Gänsehaut!

Sie glaubte ihm. Mit dem, was er zuletzt gesagt hatte, ließ er sie wieder klar sehen, und sie verstand, wie bedeutungslos es war, dass dieser Sex einen Namen hatte, dass es Caro war, denn Natalie war auch zu sehr Frau, um sich in den Schatten zu rücken oder einen Elefanten aus einer Mücke zu machen.

Mit dem Daumen streichelte er über ihren Handrücken. »Weil ich dich so gern hab, Kommissarin.«

Natalie hob seine Hand an ihre Wange, schmiegte sich an seine warme Haut und schloss die Augen.

17:00

Natalie schloss die Tür hinter Elias, der zum Spätdienst ins Indigo fuhr, und ging vor sich hin summend ins Wohnzimmer. Rücklings plumpste sie auf die Couch und streckte die Arme über den Kopf.

Sie würde Pizza bestellen, eine Komödie statt den Tatort schauen und die letzten Stunden der Bereitschaft relax verbringen. Nichts und niemand würde sie aus der Ruhe bringen, denn die Berliner würden sich benehmen! Einigermaßen zumindest! Von ihr aus sollten sie Autos klauen, Bankautomaten sprengen, Steuern hinterziehen – nur morden würden sie heute nicht mehr! Und ihren aktuellen Fall, den würde sie lösen – selbstverständlich! Sie würde Miss O finden! Morgen, in Ruhe und von der Bereitschaft befreit, würde sie von vorn anfangen und alle Fakten aus einer anderen Perspektive betrachten.

Natalie sendete Elias ein stilles Danke hinterher. Seine Worte, seine Berührungen und sein Lachen waren besser als jeder Energy-Drink.

Als ihr Telefon klingelte, sprang sie auf, in der Annahme, dass es Elias war, der ihr unbedingt noch etwas sagen wollte, doch er rief nicht an. In Anbetracht der unbekannten Nummer spürte sie einen Widerwillen in sich, der auf der Ahnung beruhte, dass dieser Anruf Arbeit bedeutete.

Zuerst verstand sie kaum etwas, denn Weinen und Schluchzen verschluckte die Worte. Der Anrufer war eine Frau, allerdings konnte Natalie die Stimme nicht zuordnen. Ihre Nackenhärchen stellten sich auf, weil die Frau zu kreischen begann, und zum wiederholten Mal fragte sie nach dem Namen und dem Aufenthaltsort, damit sie hinkommen könne. Nach etwa zwei Minuten verstand sie endlich, dass sie mit Sabine Kowalczyk sprach. Sie versicherte sich, dass die Frau zu Hause war, bat sie, sich zu beruhigen und versprach, in nicht mehr als einer halben Stunde da zu sein.

Auf dem Weg zum Auto rief Natalie Markus an. Es tutete, tutete, tutete … bis sich die automatische Ansage meldete. Während der Fahrt versuchte Natalie es erneut mit demselben Ergebnis und rief am Ende auf dem Festnetz an, wo sich eine grimmige Frau Svoboda meldete. Ihr Sohn sei nicht daheim, schnauzte sie ins Telefon und verlangte gefälligst zu erfahren, wer was von ihm wollte. Offenbar hatte sie Natalies Namen nicht verstanden und sie über die Jahre zu oft als *den Fuchs* bezeichnet. Als sich Natalie abermals vorstellte, schimpfte Markus' Mutter weiter und wünschte, dass man ihren Sohn wenigstens am Sonntag mal in Frieden ließ. Damit beendete sie das Gespräch. Natalie fluchte und hupte, weil ein

Auto knapp vor ihr auf die Außenspur wechselte, dann wählte sie Markus' Mobiltelefon erneut an und hinterließ eine Nachricht.

Es dämmerte, als sie von der Warschauer Straße auf die Frankfurter Allee abbog. Das gute Wetter hatte sich mit dem Tag verabschiedet und der Nieselregen sorgte dafür, dass die Scheinwerfer der entgegenkommenden Wagen blendeten. Eben wollte Natalie in die Colbestraße fahren, da entdeckte sie eine Gestalt. Sie trug weder Jacke noch Schuhe, eilte barfuß und mit nicht mehr als Tunika und Leggings bekleidet den Gehweg entlang. Natalie fuhr neben sie und drosselte ihr Tempo. Sie ließ das Fenster herunter und lehnte sich ein Stück herüber.

»Frau Kowalczyk …?«

Sabine Kowalczyk wandte kurz den Kopf und lief im gleichen Tempo weiter.

»Frau Kowalczyk, kommen Sie! Steigen Sie ein und lassen Sie uns reden …«

Die Frau stellte sich taub und war im nächsten Moment auf den Stufen, die zur U-Bahn-Station Samariterstraße führten. Natalie stoppte, stieß die Tür auf, stieg aus und ließ den Wagen einfach stehen. Abermals galt es, einen Spurt einzulegen, denn Sabine Kowalczyk war nicht mehr zu sehen. Die Kommissarin wetzte zum Eingang der U-Bahn, sprang die Stufen hinunter und verschaffte sich auch schon mal durch Rempeln Platz. Am Ende der Stufen angelangt, entdeckte sie Sabine Kowalczyk am Rand des Bahnsteigs. Natalie checkte die Anzeige, hörte das Pfeifen und Donnern der nahenden Bahn, sah die Scheinwerfer im Schwarz des Tunnels aufleuchten. Als ihr klar wurde, was Sabine Kowalczyks vorhatte, sprintete sie weiter. Sie schlängelte sich zwischen Menschen durch, stieß ein Pärchen aus dem Weg, streckte die Arme aus und packte Sabine Kowalczyk beim Kragen. Die Leute rund herum begriffen, was geschah, und begannen zu schreien. Sabine Kowalczyk wollte sich befreien und auf die Gleise springen, da bekam Natalie sie besser zu fassen, schloss einen Arm um ihren Hals, den anderen um den Bauch, zerrte sie zurück und hielt sie fest, als die Bahn in die Station donnerte. Sie schloss die Augen, weil das Adrenalin so laut in ihren Adern hämmerte und sie einen Moment brauchte. Sie spürte das Zittern der Frau, ihren immer wieder stockenden Atem, ja, sogar ihren Herzschlag und umschloss sie noch fester.

19:00

Natalie folgte dem Krankenwagen, der Sabine Kowalczyk ins Vivantes Klinikum brachte. Gegen ihre Einweisung hatte sie nichts eingewendet. Überhaupt hatte sie seit dem Anruf keinen Ton gesagt. Zusammengekauert hockte sie bald auf dem Krankenbett, die Beine angezogen, den Kopf auf die Knie gelegt, die Arme umschlangen die Schienbeine. Den Tee, den ihr eine Schwester hingestellt hatte, rührte sie nicht an und bewegte sich auch sonst kaum.

Für Natalie war inzwischen klar, dass die Frau jemanden gebraucht hatte, der sie davon abhielt, sich umzubringen – nicht während sie nur mit dem Gedanken spielte, sondern mitten in der Handlung. Jemand, der sie in letzter Sekunde stoppte.

Die Tür wurde geöffnet und Markus steckte den Kopf ins Zimmer. Er hatte Natalies Nachricht erhalten und zurückgerufen. Nach einem Blick auf Sabine Kowalczyk, die ihn anfunkelte, beschloss er, im Korridor zu warten. Natalie wollte kurz zu ihm gehen und ihn mit den Details versorgen, da fing Sabine Kowalczyk an zu sprechen.

Natalie hielt inne, wandte sich um. »Was haben Sie gesagt?«

»Ich hab ihn umgebracht«, hörte sie ein zweites Mal.

Natalie zog einen Stuhl vor das Bett und setzte sich.

»Wen haben Sie umgebracht?«

»Meinen Mann, den herzlosen Bastard.«

Natalie wartete auf mehr Worte, die aber nicht kamen.

»Das haben Sie mir am Telefon sagen wollen?«, fragte sie.

Die Frau presste die Lippen zusammen und nickte. Sie begann, vor und zurück zu wippen, starrte dabei an die gegenüberliegende Wand.

Natalie wollte das nicht glauben. »Dann beschreiben Sie bitte, wie Sie vorgegangen sind.«

Sabine Kowalczyks Stimme war tonlos. Sie ratterte die Worte herunter. »Wir waren in diesem Appartement verabredet. Die Kinder hatten wir abgegeben. Es sollte ein außergewöhnliches Date werden. Es sollte das Sexleben unserer Ehe aufpeppen.«

»Wessen Idee war das?«

»Meine.«

»Und Ihr Mann war einverstanden?«

»Klar.« Ganz kurz verlor ihre Stimme das Tonlose und wurde höhnisch. Leben tauchte in ihren Blick, Verachtung. »Er ist für jeden Sex zu haben.«

Ohne einen weiteren Anstoß erzählte Sabine Kowalczyk vom Abend im Vie Noire. Ihren Schilderungen zufolge hatte sie ihren Mann nach dessen Eintreffen ans Kreuz gefesselt. Sie hatte ihm Tape über Mund und Nase geklebt, wodurch er bewusstlos geworden und erstickt war. Danach hatte sie ihm die Haut über der Brust geöffnet, wozu sie ein Teppichmesser benutzt hatte. Die Rippen hatte sie mit einer Astzange herausgeknipst. Mithilfe einer Schere hatte sie das Herz von den Arterien getrennt und aus der Brust nehmen können. Bei allem hatte sie keine Spuren hinterlassen, weil sie einen Latex-Catsuit mit Haube und Handschuhe getragen hatte.

Das klang, als hatte sich alles so zugetragen, wie Andrea Berendt es vermutet hatte. Natalie zweifelte und überlegte, ob die Frau sich die Informationen, die sie zum Tod ihres Mannes er-

halten hatte, zu einer eigenen Geschichte zu-
rechtgelegt hatte. Aus Wut über den Betrug. Vielleicht wollte sie diejenige sein, die ihn getötet hatte. Vielleicht glaubte sie, die einzige zu sein, die
einen Anlass und somit das Recht hatte, ihn zu
töten.

»Wo sind die Astzange, das Messer und die
Schere jetzt? Wo sind die Kleidungsstücke?«,
fragte sie.

»Die Kleidung habe ich verbrannt, den Rest in
die Spree geworfen.« Endlich zeigte sie eine Re-
gung. Unbehagen war es, das sie die Hände über
dem Schoß falten ließ. Sie drehte den Kopf ein
wenig, langsam, und sah Natalie an. »Ich wollte,
dass es aussah wie der Mord einer Geliebten. Ich
wollte nicht wegen ihm in den Knast gehen.«
Tränen schossen ihr in die Augen. »Die Kinder
…«, schluchzte sie und hob eine Hand vors Gesicht.

»Wo haben Sie die Sachen denn in die Spree
geworfen?«

»In Spandau. Von irgendeiner Brücke. Ich
kenn mich nicht gut aus dort.«

»Und woher hatten Sie die Dinge?«

»Aus einem Erotikstore. Das Werkzeug aus
dem Baumarkt.«

»Aus welchem?«

Sabine Kowalczyk runzelte die Stirn. »Spielt
das eine Rolle? Brauchen Sie eine Quittung?«

»Meinetwegen«, sagte Natalie. Sie war enttäuscht, weil die Frau ausgerechnet auf diese Fra-

ge nicht eingegangen war, den Namen des Baumarktes nicht gesagt hatte – mit oder ohne Zögern. Wenn es keine Quittung gab, keinen Bank-
beleg, war der Name des Baumarktes auch schon
egal.

»Sie haben Ihren Mann umgebracht … ihm
das Herz aus der Brust geschnitten, weil …« Das
letzte Wort zog Natalie in die Länge und ließ es
eine Frage sein, die Sabine Kowalczyk sofort zu
beantworten wusste.

»Weil es dort nichts zu suchen hatte!«, rief sie.
»Ein Mann wie er, der braucht kein Herz. Ich hab
ihn umgebracht, weil ich seine ständigen Affären
leid war. Die Lügen und Ausreden immerzu, die
Diskussionen und Vorwürfe. Ich hab's gehasst,
wie er mich am Ende gesehen und welche Rolle
er mir zugedacht hatte.«

»Wie wäre es denn mit einer Trennung gewesen?«

»Eine Trennung?« Sie lachte freudlos. »Damit
er endlich frei weiter durch die Gegend vögeln
kann? Damit er sich noch weniger um die Kinder
kümmert? Um seine Familie, für die er sich irgendwann einmal entschieden hat? Wieso sollte
er diese Entscheidung einfach so stornieren können? Kinder und Familie und all das, das hat sich
als stressig und unkomfortabel herausgestellt.« Sie
schüttelte den Kopf. »Nein. Er brauchte kein
Herz mehr.«

Natalie ließ den Satz sacken. Schwer sank er in
den Raum. Sie stand auf, weil sie das Sitzen nicht

länger aushielt und ging zum Fenster, froh, dass es eines gab. Sie hasste Befragungsorte, die kein Fenster hatten.

»Was ist mit Andreas Wilkens?«

»Was soll mit dem sein? Mit dessen Tod habe ich natürlich nichts zu tun.«

»Natürlich nicht?«

»Ich hab darüber in der Zeitung gelesen und hielt es für eine coole Art, Arschlöcher, wie meinen Mann, um die Ecke zu bringen … der Wilkens war offenbar auch eins.«

Natalie atmete durch und fixierte ihren Blick auf einen Teich im Garten des Krankenhauses. Ihre Gedanken wollte sie sammeln und sortieren, doch das gelang ihr nicht. Sie spielten eigenwillig durcheinander, spielten sich gegeneinander aus.

In kurzen Worten informierte sie Sabine Kowalczyk, dass sie erneut befragt werde würde, und verließ das Zimmer. Auch Markus ließ sie erst einmal stehen. Er eilte ihr nach, blieb an ihrer Seite, fragte aber nicht. Erst als sie den Parkplatz erreicht hatten und sie Luft in die Nase ziehen konnte, erzählte sie ihm, was sie gerade zu hören bekommen hatte.

MONTAG, 17. MÄRZ

8:30

Johannes Rothmann schien nicht zu wissen, ob er die Entwicklung beruhigend oder frustrierend finden sollte. Während Natalie die Geschehnisse des vergangenen Tages schilderte, brütete er vor sich hin.

»Wenn ich der Presse erzähle, dass wir entgegen der ersten Annahme zwei verschiedene Fälle haben«, grummelte er am Schluss, »wie lange dauert es wohl, bis die nächste Betrogene Trittbrett fährt und ihrem Typen das Herz rausschneidet? Eine hat's vorgemacht, andere machen's nach. Der Original-Täterin ist es vielleicht sogar ein Ansporn, ein Freifahrtschein sozusagen.«

Natalie fand die Bezeichnung *Original-Täterin* originell. Davon abgesehen war sie der Meinung, dass Rothmann übertrieb. So betrachtet bestand bei jedem Mordfall, der ein bestimmtes Zeichen aufwies, die Gefahr der Nachahmung. Die Hemmschwelle blieb allerdings gleich groß und musste auch auf dem Trittbrett erst einmal überwunden werden. Ihrer Erfahrung nach waren es nicht die Konsequenzen, die die meisten weiblichen Täter fürchteten, vielmehr hatten sie Angst vor der Tat an sich.

Rothmann übertrieb außerdem mit seiner Drängelei. Es war genau zwei Wochen her, dass Markus und sie den Fall übernommen hatten. Gerne hätte sie ihn innerhalb von ein paar Tagen gelöst, doch das geschah in der Regel nicht. Oft brauchte es Monate, manchmal Jahre, und nicht wenige Fälle wurden ungelöst ad acta gelegt. Weder monate- noch jahrelang wollte Natalie an diesem Fall herumkauen und schon gar nicht aufgeben.

»Die Gefahr der Nachahmung ist viel geringer«, gab sie zu Bedenken. »Bei einem Serienfall müssten wir wieder und wieder mit einem Mord rechnen. Kommt es dazu, hätten wir ständig neue Spuren auszuwerten …«

»Irgendeine Spur ist sicher mal brauchbar!«

Natalie verkniff sich ein Ächzen. Sie wollte nicht immerzu eine neue Leiche ohne Herz sichten. Und sie wollte nicht die Kommissarin sein, der man derart auf der Nase herumtanzte.

»Was heißt das?«, konterte sie. »Wir nehmen immer neue Opfer hin, um den Täter leichter finden zu können?«

Rothmann winkte ab. »Das nun auch nicht.«

»Sagten Sie aber gerade!«

»Sparen Sie sich Ihre Interpretationen, Sperling! Liefern Sie mir Fakten und diskutieren Sie nicht um ungelegte Eier, sondern finden Sie diese Verrückte!«

Natürlich!, grollte Natalie im Stillen. Die *Original-Täterin.*

Rothmann erinnerte sich, dass Natalie ihn gebeten hatte, mit dem Informieren der Presse zu warten, weil es keine Beweise gab, dass Herr und Frau Kowalczyk zusammen unterwegs gewesen waren. »Gibt es Indizien, dass sie es nicht waren«, fragte er.

»Ebenso wenig«, entgegnete Natalie. » Die bekommen wir aber heute vielleicht noch.«

Einmal mehr waren Beamte mit der Befragung von Nachbarn beschäftigt. Die Befragung anderer, Mutter oder Schwiegermutter, Freunde oder Bekannter, konnte man sich beinahe sparen, weil Sabine Kowalczyk angegeben hatte, die Kinder für den Zeitraum unbeaufsichtigt gelassen zu haben. Beide Mädchen hätten bereits geschlafen und die Fünfjährige sei alt genug, sich um die Kleinere zu kümmern.

So gern hätte sich Natalie auf das Sammeln von Verdachtsmomenten konzentriert. Sie konnte es nicht und klaubte stattdessen Gegenbeweise zusammen.

11:00

Das Memoboard mit allen bisherigen Verdächtigen erstellte Natalie, weil sie nicht wusste, wo sie sonst beginnen sollte, und weil sie hoffte, auf ein Detail aufmerksam zu werden, das sie übersehen hatte.

Maria Di Lauro hatte beide Opfer gekannt. Angeblich war sie sowohl in der Nacht, als Andreas Wilkens zu Tode kam, als auch während des Herzdiebstahls allein zu Hause gewesen. Diese beiden Taten wollten Natalies Verstand, ihre Vernunft und Intuition einfach nicht voneinander trennen. In der Nacht des Mordes an Sebastian Kowalczyk war Maria Di Lauro allerdings mit dem Fotografen unterwegs gewesen. Ihre Fingerabdrücke waren zwar nicht identisch mit denen auf dem Foto von Miss O, jedoch war nicht sicher, dass diese Miss O die Täterin war. Vielleicht war sie bloß eine weitere, für immer unbekannte Affäre. Da die Fälle Wilkens und Kowalczyk auch getrennt betrachtet werden mussten, war Maria Di Lauro insbesondere wegen ihres Rachemotivs wieder im Spiel.

Katharina Di Lauro hatte ebenfalls beide Opfer gekannt. Ein Indiz dafür, dass sie über das Geschäftliche hinaus mit Sebastian Kowalczyk zu tun gehabt hatte, gab es allerdings nirgends. Keine Mails, keine Telefonate, keine SMS. Zum Tatzeitpunkt war sie nachweislich an der See zur Erholung gewesen, wohingegen sie keine Alibis für die Wilkens-Delikte hatte. Aber auch nicht wirklich einen Beweggrund. Das in Erwägung gezogene Motiv der Verletztheit, weil Wilkens sich umentschieden hatte, war an den Haaren herbeigezogen.

Sabine Kowalczyk hatte den Mord an ihrem Mann gestanden. Das erste Opfer hatte sie gekannt, stritt jedoch ab, etwas mit dessen Tod zu tun zu haben. Für die Nacht des Einbruchs im Bestattungsinstitut hatte sie ein Alibi, an dem nicht zu rütteln war: Familienfeier bei den Schwiegereltern.

Jenny Schumacher hatte lediglich Wilkens gekannt. Während er ums Leben gekommen war, hatte sie wahrscheinlich in einem Club getanzt und einen Typen abgeschleppt. Während seines Herzdiebstahls hatte sie auf die Tochter ihrer Freundin aufgepasst.

Natalie zog Schumachers Fotografie an den unteren Rand des Memoboards und betrachtete das vierte, noch in der Reihe hängende Bild von Christine Zilinski. Sie hatte kein Alibi für die erste Tat und ein starkes Motiv. Während des Herzdiebstahls hatte sie wegen ihres Selbstmordversuchs im Krankenhaus gelegen. Da diese und die erste Tat zusammenhingen und die Ärztin zu tot gewesen war, um Kowalczyk umzubringen, landete ihr Bild neben dem von Jenny Schumacher. Außerhalb des Betrachtungswinkels. Neben den fünf Namen, die Elias genannt hatte. Jede Recherche zu diesen Personen hatte in eine Sackgasse geführt.

Blieben nur die Schwestern und Sabine Kowalczyk.

… und die große Unbekannte.

Natalie seufzte.

Markus kam ins Büro.

Sie sah nicht auf. Wie ein Schluck Wasser hing sie in ihrem Bürostuhl und starrte auf das Memoboard. Hätte sie Dartpfeile zur Hand gehabt, hätte sie die geworfen. Nur auf die beiden Italienerinnen. Ein Pfeil für jede verdammte Lüge.

»Was hat Rothmann der Presse denn nun gesagt?«, murmelte sie und schwang herum, um Markus anzusehen.

Der ging zu seinem Platz, zerrte den Stuhl zurück und ließ sich reinfallen: »Dass wir eine geständige Person in Gewahrsam genommen haben und dass sich die Aussage der Person als falsch erwiesen hat.« Mit Daumen und Zeigefinger fuhr er unter seine Brille, kniff die Augen zu und rieb sich das Nasenbein. »Sabine Kowalczyk wird sicher noch eine Weile auf der psychiatrischen Station bleiben müssen.«

Natalie hielt inne. »Hat sie widerrufen?«

»Nein. Aber ihre Nachbarin hat sie nach zwanzig Uhr in der Wohnung gehört. Sie hat mit einem ihrer Kinder geschimpft. Außerdem hat sie zwischen zwanzig und zweiundzwanzig Uhr mehrmals telefoniert, zuerst mit einem Fernsehsender für die Beantwortung einer Gewinnfrage. Bis nach Mitternacht hat sie mehrmals in der Firma ihres Mannes und auf seinem Mobiltelefon angerufen.«

Natalie war nicht überrascht. Sauer war sie dennoch, und so spickte sie auch die dritte Fotografie am Memoboard gedanklich mit Dartpfeilen. Als Markus die Telefonlisten der beiden Opfer auf den Bildschirm lud, um sie auf Übereinstimmungen zu überprüfen, stand Natalie auf, nahm die Fotos von Jenny Schumacher, Christine Zilinski, Sabine Kowalczyk und all die Zettel mit Namen ab, zerriss sie und pfefferte sie in den Papierkorb.

18:45

In Gedanken noch im Kommissariat fummelte Natalie den Schlüssel aus ihrer Tasche. Sie wollte die Haustür öffnen, erinnerte sich aber an den Briefkasten. Seit der Revolution der E-Mail landete darin selten etwas anderes als Werbematerial, weshalb sie die einstige Routine hin und wieder vernachlässigte.

Verwundert betrachtete sie den Umschlag, den sie heute aus dem Kasten nahm. Zuerst vermutete sie, dass Elias sich einen Scherz überlegt hatte, um ihren Alltag mit einer Liebesbotschaft aufzumuntern, sie verwarf diesen Gedanken allerdings, weil er eine andere Verpackung ausgesucht hätte.

In ihrer Wohnung unterzog sie die merkwürdige Post einer intensiveren Analyse. Der Umschlag war aus stabilem, glattem Karton und etwas größer als A4. Seine dunkelrote Grundfarbe wurde von mal größeren, mal kleineren weißen, hellgrauen und rosafarbenen Herzen kontrastiert. Ein transparenter Klebestreifen sorgte für einen doppelt sicheren Verschluss der Lasche. Im Umschlag ertastete Natalie einen länglichen, harten

Gegenstand und vermutete, dass er zusätzlich mit Schutzfolie umwickelt worden war.

Natalie zog eine Küchenschublade auf, suchte nach der Box mit den Latexhandschuhen und fummelte zwei heraus. Nachdem sie sie übergezogen hatte, öffnete sie die obere Kante des Umschlags vorsichtig mit einer Schere. Zuerst zog sie ein mit Text bedrucktes Blatt Papier heraus, dann den in Luftpolsterfolie eingewickelten Gegenstand. Natalies Atem stockte, als sie sah, worum es sich handelte: In der Folie befand sich ein Keramikmesser, etwa zwanzig Zentimeter lang, mit schwarzem Griff und weißer Klinge. In Natalies Erinnerung passte es perfekt zu den sieben Messern, die in Andreas Wilkens' Messerblock gesteckt hatten. Es war das eine, das gefehlt hatte. Die Tatwaffe.

Natalie griff zum Telefon und wählte die Nummer der Kriminaltechnik. Den Hörer zwischen Kinn und Schulter geklemmt, schilderte sie dem Kollegen ihr Anliegen und bat darum, dass jemand vorbeikam – nicht nur für die Abholung, sondern auch, um den Briefkasten zu überprüfen. Während sie sprach, ließ sie das Messer in der Folie in eine Ziplock-Tüte fallen. Zusammen mit dem Brief, den sie als Nächstes lesen würde, musste das Ding so schnell wie möglich forensisch untersucht werden. Es sah sauber aus, und daher war davon auszugehen, dass es mit Akribie von Fingerabdrücken befreit worden war, doch vielleicht befanden sich andere, beim Einpacken verursachte Spuren daran oder an der Folie. Darüber hinaus konnte der gedruckte Text Aufschluss über den Drucker geben, insbesondere, wenn es sich um einen Laserdrucker handelte. Diese Geräte druckten nämlich sogenannte Tracking Dots auf jede Seite – ein nicht ohne Weiteres sichtbares Muster aus gelben Punkten, das codierte Druckerinformationen enthielt.

Zuerst wollte Natalie jedoch die offensichtlichen Informationen haben. Auf den ersten Blick war der Text ohne jede Form zu Papier gebracht worden. Er war wie im Standard eingestellt linksbündig und ohne Absätze oder Umbrüche. Insofern auf Letztere nicht bewusst verzichtet worden war, konnte man davon ausgehen, dass der Absender jemand war, der nicht gerade oft Schreiben oder Mails verfasste.

Natalie las.

Hallo Frau Sperling! Ich habe aus der Presse erfahren, dass Sie in einem für mich interessanten Kriminalfall ermitteln …

Schon unterbrach sie sich für eine erste gedankliche Notiz: Wieso war es wichtig, zu erwähnen, woher man von ihr als Ermittler wusste? Wohl nur, wenn man nach einer Rechtfertigung für die persönliche Anrede suchte. Hätte der Verfasser ihren Namen tatsächlich in einem Bericht oder Artikel gehört oder gelesen, würde er sich darum keine Gedanken machen. Das Intro dieses Schreibens sollte sie vermutlich glauben lassen, dass sie nicht bereits persönlich miteinander zu tun gehabt hatten. Wie interessant sie als Kommissarin für diese Person war, bewies auch der Fakt, dass ihre Wohnadresse bekannt war. Dies konnte nur bedeuten, dass man ihr irgendwann gefolgt war.

… und im Radio hörte ich eben gerade, dass Sie sich im für mich interessanten Kriminalfall in die Irre haben führen lassen.

Natalie stutzte. Diesmal nicht wegen der Erwähnung der Medien – die Pressekonferenz hatte am Vormittag stattgefunden und war von einigen Reportern inzwischen ins Radio oder Fernsehen gebracht worden. Was sie überraschte, war der Vorwurf, Sabine Kowalczyks Geständnis Glauben geschenkt zu haben.

Dreist ist es, dass sich jemand mit fremden Federn schmücken will. Schlimm, dass Sie, Frau Sperling, dieser Person geglaubt haben. Das ist meine Sache, merken Sie sich das! Ganz ohne Zweifel haben Hundert andere einen Grund, aber die würden das nie tun. Ich tue es. Also will ich es auch gewesen sein! Ihre Liste der Verdächtigen würde mich mal interessieren. Wahrscheinlich würde ich zusammenbrechen vor Lachen! Dann viel Spaß noch. Hochachtungsvoll, Ihre Herzdiebin

PS: Den beigefügten Gegenstand suchen Sie vielleicht. Sie können das Ding behalten. Ich brauche es nicht mehr.

Das Postskriptum war das Tüpfelchen auf dem i. Natalie schauderte, denn dass das Messer nicht länger benötigt wurde, verstand sie nicht als Versprechen, dass es keine weiteren Opfer geben würde, sondern als Differenzierung. Andreas

Wilkens war damit im Affekt getötet worden. Anders als Sebastian Kowalczyk, dessen Tod bewusst durch ganz andere Instrumente herbeigeführt worden war. Weitere Morde konnten geschehen, auch ohne Wilkens' Messer. Mit dem Beweisstück sollte offenbar außerdem klargemacht werden, dass der Verfasser des Briefes tatsächlich die von der Presse so bezeichnete Herzdiebin war.

Das Kontaktieren der ermittelnden Kommissarin und das Zusenden eines Beweisstücks konnten als unterschwelliger Hilferuf interpretiert werden, als Bitte, gefunden und gestoppt zu werden. Allerdings enthielt der Brief, das Postskriptum ausgenommen, auch auf den dritten Blick nicht einen versteckten Hinweis. Die Herzdiebin wollte nicht gefunden werden, doch sie wollte ebenso wenig, dass jemand anders für ihre Taten verantwortlich gemacht wurde. Nicht weil sie ein schlechtes Gewissen hatte. Im Gegenteil: Sie war stolz darauf, Wilkens und Kowalczyk das Leben genommen zu haben, und empört, weil beinahe eine andere ihre Lorbeeren geerntet hatte. Lorbeeren für das Töten untreuer und in ihren Augen herzloser Männer.

Dass die Herzdiebin auch mit Kowalczyk eine Affäre gehabt hatte, schloss Natalie inzwischen fast aus. Dahingegen nahm sie an, dass sie von seiner Ehe und Untreue gewusst und ihn in eine Falle gelockt hatte, vielleicht auf dem Seitensprungportal, wo Wozniak nichts gefunden haben wollte. Auf diesen Plattformen wimmelte es doch geradezu von Kandidaten. Das wollte sie sich unbedingt genauer anschauen.

Ob eine der Di-Lauro-Schwestern auf einem, vielleicht demselben Seitensprungportal aktiv war, konnte durch eine Untersuchung ihrer PCs und Laptops herausgefunden werden. Ob eine von ihnen den Brief verfasst hatte, würde die Kriminaltechnik durch das Druckmuster feststellen. Beide Frauen sollten aufgrund ihres Jobs allerdings gewisse Routinen im Verfassen von Schreiben haben und so etwas wie Absätze und Umbrüche aus Gewohnheit machen. Um von sich abzulenken, hätten sie vielleicht weniger auf die Form geachtet, sondern eher Rechtschreibfehler im Text untergebracht. Egal, von welcher Seite Natalie es betrachtete, und egal, welches Alibi sie als mögliche Lüge ausblendete – die Di-Lauro-Schwestern verblassten mehr und mehr.

Sie schreckte aus ihren Gedanken, als es klingelte. Ein Kollege aus der Kriminaltechnik holte die zu untersuchenden Beweisstücke ab. In Natalies Beisein nahm er außerdem die Abdrücke am Briefkasten und versprach ihr die Ergebnisse bis zum nächsten Morgen.

23:30

Bäuchlings plumpste Natalie ins Bett. Ihr Kopf dröhnte.

Jeden ihrer fünf Hausnachbarn hatte sie inzwischen gefragt, ob sie jemand anderen als den

Postboten am Briefkasten gesehen hatten. Die meisten waren tagsüber nicht zu Hause gewesen und konnten keine Infos beisteuern. Eine ältere Dame, die im Parterre wohnte und erst am späten Abend von einem Geburtstag zurückgekehrt war, hatte allerdings zu berichten gehabt, dass sie gegen vierzehn Uhr, während eines Telefonats mit einer Bekannten, im Vorbeigehen aus dem Fenster geschaut und jemand Fremden an den Briefkästen bemerkt hatte. Zuerst hatte sie die Person, die ihr den Rücken zuwandte, für einen Jungen gehalten, denn die Kleidung war eher salopp männlich gewesen. Unter einer Jeansjacke hatte sie einen dunklen Pullover getragen, dessen Kapuze über den Kopf gezogen war. Als fröre sie, hatte sie die Ärmel über die Hände gezogen. Die Nachbarin hatte die Person später als Frau erkannt, aber nicht weiter darüber nachgedacht, und sie erinnerte sich nicht an die Silhouette – mehr hatte sie ohnehin nicht gesehen. Eine Aussage zur Haarlänge oder -farbe, zu Augenfarbe oder Gesichtsform konnte sie folglich nicht machen und beschrieb lediglich eine Frau von durchschnittlicher Größe mit schlanker Figur.

Natalie zog die Bettdecke bis unter die Nase, schloss die Augen und versuchte, einen schönen Gedanken zu haschen, einen, der all die hässlichen Gedanken verdrängen und sie einschlafen lassen würde, aber es gelang ihr nicht, loszulassen. Irgendwann rollte sie sich auf die Seite, knipste die Lampe neben ihrem Bett an und warf

Inspektor Harvey, der dagegen lehnte, einen bösen Blick zu.

»Was ist heute eigentlich mit dir los? Warum so schweigsam?«

Der Hase grinste und blieb still.

»Zu der Sache mit dem Brief hast du dich überhaupt noch nicht geäußert. Ob die Kriminaltechnik wohl was findet?«

Warte halt ab … Das klang gelangweilt. Beinahe desinteressiert. *Jetzt ist Nacht* …

»Nacht hin oder her …«

Ich mag jetzt nicht darüber nachdenken. Ich hab Feierabend. Schon seit ein paar Stunden.

»Ich kann aber nicht schlafen.«

Weil du immer noch grübelst. Lass das! Das hält dich wach. Denk lieber an deinen Barkeeper!

Natalie schob eine Hand unter das Kissen, sodass sie bequemer lag. »An Elias? Das ist ja mal eine ganz neue Empfehlung.«

Harveys Grinsen wurde breiter. Eine Erwiderung ersparte er sich.

»Seit wann hegst du Sympathie für Elias?«

Weiß nicht … Vielleicht seit er mir Karotten mitgebracht hat.

»Ganz toll.« Natalie kuschelte sich tiefer ins Kissen und spürte, wie ihre Lider schwer wurden. »Hätte ich gewusst, dass du mit Karotten zu bestechen bist, hätte ich mir viel Ärger erspart.«

Ich bin nicht zu bestechen! Inspektor Harvey klang ein bisschen empört, aber noch friedfertig. *Am Anfang war ich misstrauischer als du, na und? Jetzt, nachdem ich mich von seiner Vertrauenswürdigkeit und seinen Absichten überzeugt habe, mag ich den Kerl irgendwie.*

»Wieso?«, nuschelte Natalie und kniff ein Auge zu, um das andere leichter aufhalten zu können. Es half nichts. Es schloss sich ebenfalls, und sie war zu müde, um es weiter zu versuchen.

Weil du mehr lachst, wenn er bei dir ist, hörte sie den Inspektor sagen. *Und wenn du mehr lachst, bist du viel netter zu mir.*

Der Hase erzählte weiter, doch seine Stimme wurde mit jedem Wort leiser und versickerte bald im Unterbewusstsein. Natalie schlief ein.

DIENSTAG, 18. MÄRZ

Weder auf dem Umschlag noch auf dem Brief, der mit irgendeinem Tintenstrahldrucker ausgedruckt worden war, befanden sich verwertbare Fingerabdrücke oder andere Spuren, wie Fasern oder Hautschuppen. Das Messer war akribisch gereinigt worden. Nicht einmal ein Staubkorn klebte daran. Der Briefkasten hingegen, der war ein Volltreffer.

Neben unbekannten Fingerabdrücken, die wahrscheinlich vom Briefträger stammten, und einigen von Natalie hatte die Kriminaltechnik die Abdrücke von Daumen, Zeige- und Mittelfinger abgenommen. Die von der Nachbarin gesehene Frau hatte daran gedacht, den Pullover über die Hand zu ziehen, in der sie den Umschlag hielt, nicht aber daran, beim Anheben der Briefkastenklappe mit derselben Vorsicht vorzugehen. Die Liste der bisherigen Verdächtigen konnte endgültig im Papierkorb landen, denn deren Fingerabdrücke waren nicht identisch mit denen auf dem

Briefkasten. Natalie triumphierte trotzdem und hatte zum ersten Mal, seit sie den Fall übernommen hatte, das Gefühl, wirklich vorangekommen zu sein. Grund dafür war die Übereinstimmung der Abdrücke auf dem Briefkasten mit denen auf dem Foto von Miss O.

»Gut«, brummte Johannes Rothmann in die Runde. »Konzentrieren wir die Suche auf Miss O.«

Er wollte etwas anfügen, da klingelte sein Handy. Nach einem Blick auf die Nummer des Anrufers ging er ran. Seine knappen Ahas und Hms machten Natalie nervös, insbesondere, weil er sie dabei immer wieder ansah. Sie stand auf und spazierte im Besprechungszimmer auf und ab, wartete. Normalerweise hätte Rothmann das Gespräch längst beendet, den Anrufer mit einem Rückruf vertröstet. Dass er das nicht tat, konnte nur bedeuten, dass es Neuigkeiten im eben besprochenen Fall gab. Und Rothmanns Miene ließ darauf schließen, dass es sich hierbei nicht um positive Meldungen handelte.

Endlich beendete er das Gespräch. Natalie wandte sich zu ihm um, wappnete sich.

»Das waren die Kollegen der ersten Mordkommission ...«, begann er und kratzte sich hinter dem Ohr.

Natalie hielt die Luft an. Die erste Mordkommission hatte ab heute Bereitschaft.

»Wir haben ein Tötungsdelikt in einem weiteren SM-Studio. Hohenschönhausen diesmal. Die

Kollegen haben an uns übergeben, weil es Parallelen gibt.«

Natalie atmete aus. Sie ging zu ihrem Platz, setzte sich und stützte den Kopf in die Hände, während Rothmann die Aufgaben der Einzelnen herunter ratterte. Sie hatte eine Ahnung, um welche Parallelen es sich handelte. Wozniaks Stöhnen ließ sie aufschauen.

»Dann kehr ich mal meinen Schreibtisch frei«, brummte er und stand auf.

Rothmann verließ den Raum zuerst. Die anderen Kollegen folgten ihm. Natalie spürte Markus' Hand auf ihrer Schulter.

»Komm schon, bringen wir's hinter uns«, sagte er.

13:00

Boris Sonnenberg war zweiundvierzig gewesen und verheiratet ohne Kinder. Er hatte in Grunewald gelebt und eine Eventagentur in Berlin Mitte geleitet. Im Black Dreams hatte er regelmäßig gebucht.

Diese Information bekamen Natalie und Markus vom Besitzer des Studios, den sie nach der Sichtung des Tatortes befragten. Im ersten Stock des Containers, in dessen Parterre sich die sogenannten Spielzimmer befanden, saßen sie sich in einem mit Tisch, Stühlen und Metallschrank karg eingerichteten Raum gegenüber. Jan Merten war nicht viel älter als Natalie und ein Normalo, wie er im Buche stand. Hager mit Bierbauch, schütteres dunkles Haar, schlichte schwarze Kleidung, unruhige blaue Augen. Ziemlich sauer war er, weil die Presse natürlich vor Ort war und sein Appartement nun jede Menge negative Publicity erwartete – und das, obwohl es doch endlich gut lief.

»Wer bucht denn jetzt noch bei mir?«, schimpfte er. »Warum leben die solche Perversionen nicht in ihren eigenen vier Wänden aus?«

Natalie wollte lieber nicht erfahren, welche anderen Perversionen im Black Dreams ausgelebt werden durften. Dass der Mann einen Mord und das Herausschneiden des Herzens als eine Perversion bezeichnete, fand sie zudem merkwürdig – tat das in diesem Fall auch nichts zur Sache.

Markus verhinderte das Abschweifen vom Thema. »Um das mal zusammenzufassen«, sagte er und rückte seine Brille auf der Nase hoch. »Boris Sonnenberg hat etwa einmal im Monat bei Ihnen gebucht. Seit ungefähr zwei Jahren. Immer donnerstags und zumeist mehrere Tage im Voraus. Mit Ausnahme der Buchung gestern. Die erfolgte kurzfristig am Vorabend. Vor der ersten Buchung hat er sich mit einer Ausweiskopie per Mail, über die er auch gebucht hat, bei Ihnen identifiziert. Ob seine Begleitung ein und dieselbe Person oder immer eine andere war, wissen Sie nicht. Sie haben weder Boris Sonnenberg noch seine Begleitung je gesehen, weil die Schlüsselübergabe nie persönlich erfolgt ist. Das ist sonst die Regel?«

Jan Merten stand auf, um zum Fenster zu gehen und das Chaos draußen durch die Lamellen zu betrachten. In der tristen Industriegebietsstraße wimmelte es vor Presseleuten. Sie filmten und fotografierten das Tun der Spurensicherung, das Gebäude, das traurige Umfeld, und sie lauerten auf den Moment, in dem der Leichnam herausgebracht wurde. Bevor das geschah, musste Staatsanwalt Paul Liebig ihn sichten, und sein Wagen fuhr in diesem Moment vor. Ihm wollte Natalie heute unbedingt aus dem Weg gehen.

»Ja, normalerweise übergebe ich den Schlüssel persönlich«, sagte Jan Merten. »Ich warte hier, erklär den Leuten, wie alles funktioniert und so weiter. Bei diesem Kunden hab ich den Schlüssel immer unter die Fußmatte gelegt.«

Markus stand auf und stellte sich neben ihn ans Fenster. »Wieso das?«

»Bei den ersten beiden Buchungen war ich nicht in der Stadt und hatte es angeboten. Später war es dann einfach so. Vertrauenssache. Und was sollte ich dem Mann noch erklären, wenn er schon zweimal da war?«

Das leuchtete ein, so schade es war.

»Ihre Putzfrau kam heute Morgen um neun? Beginnt sie grundsätzlich um diese Zeit?«

Jan Merten zuckte die Achseln. »Kommt drauf an, bis wann gebucht ist. Dieser Kunde hat meist von zwanzig Uhr bis Mitternacht gebucht. Dieses Mal auch, also konnte die Putzfrau um neun rein.«

Natalie mischte sich in die Befragung ein: »Rein interessehalber. Wie haben Sie die Einhaltung der Buchungszeit nachvollzogen?«

Der schlecht gelaunte Tonfall des Mannes gewann mehr Härte. »Gar nicht. Auch Vertrauenssache. Die Rückgabe erfolgt nie persönlich, denn entweder gehen die Leute mitten in der Nacht oder am Morgen, wenn ich schon auf der Arbeit bin. Sie lassen den Schlüssel halt im Appartement und ziehen die Tür hinter sich zu.«

»Also könnte man bis Mitternacht buchen und einfach bis sechs Uhr bleiben?«

»Könnte man. Ist mir eigentlich egal, ob die noch da pennen oder gehen. Mit vier bezahlten Stunden am Tag bin ich zufrieden.« Den Blick auf die Straße fixiert, murmelte er: »Ich hoffe, ihr wollt mir nicht erklären, wie mein Business funktioniert. Hättet ihr euren Job anständig gemacht und die Irre nach dem ersten Mal weggesperrt, dann hätte ich jetzt nicht den ganzen Ärger am Hals!« Er wandte sich um, verschränkte die Arme vor der Brust. »Ich hab euch alles erzählt, was ich weiß. Lasst meinetwegen eure Scheißvisitenkarten da, und wenn mir noch was einfällt, ruf ich an.«

Markus bedankte sich und gab dem Mann seine Karte. Natalie ging aus dem Zimmer und zur Treppe, die nach unten führte. Neben einem Raum mit Bett gab es einen zweiten, in dem sich die meisten SM-Möbel befanden. Auch das Kreuz, an dem der Tote nackt mit geöffneter Brust hing. Sein Herz lag auf dem Boden. Der

Schriftzug *Keine Liebe* war nach einer Säuberung in seine rechte Brust geritzt worden. Zu Tode gekommen war er, wie Sebastian Kowalczyk, durch Ersticken. Das gleiche Tape war vor seinen Mund und die Nase geklebt worden.

17:30

Wie bei neunzig Grad durchgewaschen und auf Höchstgeschwindigkeit geschleudert kehrten Natalie und Markus ins Kommissariat zurück. Sie waren bei Boris Sonnenbergs Frau gewesen und hatten den Notarzt rufen müssen, der ihr eine Beruhigungsspritze gab und sie ins Krankenhaus mitnahm. Im Anschluss waren sie zur Firma des Opfers gefahren, um mit dem zweiten Geschäftsführer, einem gebürtigen Briten, zu sprechen. Wie sich herausstellte, handelte es sich um den besten Freund des Opfers. Robert Crane war zwar geschockt, konnte aber doch einiges erzählen. So wusste er von den sadomasochistischen Gelüsten seines Freundes und dass er sie nicht mit seiner Frau geteilt, sondern einmal im Monat mit anderen Frauen im Black Dreams ausgelebt hatte. Eine feste Herrin, wie sie viele devote Männer suchten, hatte er nicht gewollt, weil er verheiratet war und keine zweite Frau regelmäßig Anteil an seinem Leben nehmen lassen wollte. Die immer neuen Frauen fand er auf einer Seitensprungplattform. Eine andere allerdings als die, auf der Sebastian Kowalczyk angemeldet gewesen war. Bei 2nd Face tummelten sich BDSMler auf der Suche nach einem passenden Gegenpart. Hier ging es nicht um jedweden Sex für die Abwechslung, sondern ausschließlich um die dunklen Gelüste, um Erniedrigung und Demut, um Lust durch Schmerzen. Kurzum: um all das, was für viele Menschen echte Perversionen waren.

Robert Crane hatte erzählt, dass sich Boris Sonnenberg nirgends sonst auf andere Frauen eingelassen hatte. Er hatte nicht einmal geflirtet und war wenig ohne seine Frau ausgegangen. Ein paar Mal im Monat hatte er nach Feierabend einen Wein mit ihm in einer Bar in Mitte getrunken, dabei allerdings nie ein Auge auf irgendeine Frau geworfen. Im Gegensatz zu ihm selbst, das gab Crane zu. Wie die meisten Männer hatte er schon geschaut, geflirtet und sich Appetit geholt. Nicht so sein Freund und Partner. Der war wie blind gewesen für andere Frauen als seine eigene, und ihre bewusst kinderlose Ehe war eine seit fünfzehn Jahren beispiellos gute. Sah man von den einmal im Monat stattfindenden Eskapaden ab. Von denen hatte Sonnenbergs Frau angeblich keine Ahnung gehabt, und Crane gab zu, dass er es für unnötig gehalten hätte, sie davon erfahren zu lassen. Er hatte es, so wenig wie sein Freund, nicht einmal als einen Betrug betrachtet.

Als Markus das im Büro erzählte, gab der ältere Justus Fröhlich ein abschätziges Grunzen von sich. Wozniak schwieg und starrte auf das Notebook des Opfers. Zu seiner Begeisterung war er wieder einmal mit der Auswertung des EDV des

Opfers beauftragt worden. Natalie wollte sein Erstens, Zweitens, Drittens nicht abwarten und reichte ihm einen Zettel.

»Das ist die Adresse des Seitensprungportals«, sagte sie. »Kannst du bitte die Login-Daten von Sonnenberg anfordern und dich auf seinem Profil umsehen?« Eine ganz freundliche Bitte.

»Morgen vielleicht. Heut ist Feierabend …«, empörte sich Wozniak, doch Natalie überhörte ihn und ging in ihr Büro.

Sie zog die Jacke aus, hängte sie über die Stuhllehne, setzte sich und legte die Füße auf den Schreibtisch. Ihr Rechner, den sie zuvor eingeschaltet hatte, surrte im Ladeprozess vor sich hin.

Sie war unruhig und aufgebracht. Aufgebracht, weil Miss O während der Planung eines neuen Mordes die Dreistigkeit besessen hatte, zu ihrem Haus zu kommen. Unruhig, weil ihr alles zu langsam ging. Vielleicht verabredete sich die Frau schon jetzt mit einem neuen Mann, der seine Frau betrog – weil sie wieder und wieder versuchte, Wilkens' Ablehnung zu verarbeiten … oder warum auch immer.

Eine Stimme drang an ihr Ohr: *Erinnerst du dich an das, was Katharina Di Lauro zuletzt gesagt hat?*

Inspektor Harvey steckte noch in ihrer Jackentasche. Natalie griff hinter sich, holte ihn raus und setzte ihn auf ihren Schoß.

Sie verschränkte die Arme hinter dem Kopf, grübelte kurz und verneinte dann. »Gerade nicht. Was hatte sie gesagt?«

Die Frau, die Wilkens umgebracht hat, weiß, dass sie sein Herz nie besitzen wird. Dass Wilkens Herz bei ihr ist. In ihrer Brust sozusagen.

Natalie warf ihre mentale Analysiermaschine an.

»Miss O war die dritte, allen außer Stefan Seidel unbekannte Affäre. Die dritte Frau, die abgeschossen wurde, als er sich in, wie wir jetzt annehmen, Katharina Di Lauro verliebt hat. Anders als alle anderen hat sie das nicht auf sich sitzen lassen. Wie bereits angenommen, hat sie ihn zu Hause besucht, an seinem Geburtstag, um ihn zur Rede zu stellen. Sie hat ihn im Affekt getötet ...«

Alles in ihr kribbelte.

»Ich trampel auf der Stelle, verdammt!«

Sie nahm die Füße vom Tisch und setzte sich auf. Inspektor Harvey fiel zu Boden und maulte. Sie ignorierte den Hasen und rief die Webseite von 2nd Face auf. Auf der Startseite wurde sie aufgefordert, sich anzumelden oder die Registrierung vorzunehmen. Kurzentschlossen klickte sie auf den zweiten Button. Sie würde nicht warten, bis Wozniak irgendwann in den nächsten Tagen mit Ergebnissen um die Ecke kam. Keinen einzigen Mann ohne Herz wollte sie mehr am Kreuz hängen sehen und keiner Frau sowohl vom Tod als auch vom Betrug erzählen müssen. Sie konnte jetzt ihren Bericht schreiben oder das Markus überlassen und stattdessen die 2nd-Face-Profile von Berlinerinnen unter die Lupe nehmen. Nicht als Frau natürlich, sondern als potenzielles Opfer.

Nach kurzer Überlegung wählte sie einen Nutzernamen und loggte sich als Mann ein. Im nächsten Schritt musste sie Daten zur Person und Optik angeben. Sie machte sich zu einem dunkelhaarigen, athletischen, ein Meter fünfundachtzig großen, verheirateten Mann aus Kreuzberg und beschrieb sich im Text als erfolgsorientierten, verantwortungsbewussten Businesstyp, der die Zügel beim Sex abgab und seine Grenzen immer aufs Neue ausweiten wollte.

Im Alter bereut man vor allem die Sünden, die man nicht begangen hat – das Zitat von William Somerset Maugham erschien ihr gerade gut genug, um Miss Os Aufmerksamkeit zu wecken und sie anzulocken. Fehlten noch ein paar Bilder, die sie aus einer Datenbank bezog und einfügte, dann galt es, auf die Freischaltung des Profils zu warten.

Natalies Handy klingelte. Elias rief an.

»Hey, machst du Überstunden?«, fragte er.

»Ja. Es gibt einen dritten Mann ohne Herz.«

»Tut mir leid!« Nach einer Pause fuhr Elias versucht komisch fort: »Hey, aber dann bist du bestimmt bald wieder im Indigo. Komm bis achtzehn Uhr. Ich hab die nächsten Tage Frühdienst.«

Der Vollständigkeit halber würde sie in der Bar nachfragen. Priorität hatte nun jedoch das Online-Portal.

»Das sollte ich schaffen. Aber möglich, dass mein Kollege dabei ist.« Es kribbelte in ihrem Bauch. »Und ich würd dich viel lieber allein sehen, ohne dir Fragen stellen zu müssen.«

Elias Stimme gewann an Tiefe. »Sondern?«

»Still sein. Dich küssen. Dich umarmen …«

»Tut gut, das von dir zu hören. Dann vergiss nicht, in den Briefkasten zu schauen, wenn du nach Hause kommst!«

Das würde sie von nun an ohnehin nie wieder tun. Elias' Erwähnung ihres Briefkastens weckte sowohl die Vorfreude als auch ein Unbehagen. »Was finde ich denn dort?«

»Lass dich überraschen!«

Natalies Bitte um einen Hinweis wehrte Elias auf die gewohnt humorvolle Weise ab. Er verabschiedete sich, weil er laufen gehen wollte. Sie legte das Telefon beiseite und starrte ein paar Sekunden auf den Bildschirm.

Wie lange willst du da sitzen und dich durch die Profile wühlen?, meckerte Inspektor Harvey. *Das bringt doch nichts. Warte Wozniaks Analysen ab, geh heim und schau in den Briefkasten!*

Natalie öffnete die Suchfunktion auf der Webseite und rief sich Miss Os Figur in Erinnerung. Dann fütterte sie die Felder mit den Infos und begrenzte die Suche auf alle in Berlin gelisteten schlanken, mittelgroßen Frauen zwischen fünfundzwanzig und vierzig. Die Ergebnisse wurden auf zehn Seiten angezeigt.

21:15

Wie am Vorabend dröhnte Natalies Schädel. Vom Tag völlig erledigt, schloss sie ihr Auto ab, ging zur Haustür und versuchte, was sie schon auf der Fahrt durch das Mitbrüllen zu lauter Musik versucht hatte: die Löschung völlig unnötiger Informationen. So einige Male hatte sie in den vergangenen Stunden in den Abgrund menschlicher Sehnsüchte geschaut und so manches Anschreiben, das ihr Fake-Berliner erhalten hatte, mit Kopfschütteln, nicht selten auch mit Ekel gelesen und sich für ein paar Sekunden geschämt, der Spezies Frau anzugehören. Auf eine Miss O war sie jedenfalls nicht gestoßen. Nicht einmal die direkte Namenssuche, die sie später entdeckt hatte, hatte etwas ergeben.

An der Haustür holte sie den Schlüssel aus ihrer Tasche und schloss den Briefkasten auf. Die Notiz, die herausfiel, war ganz typisch für Elias. Auf ein Stück herkömmlichen Karton, das er mit Sorgfalt in die Form eines Löffels gerissen hatte, hatte er per Hand ein paar Zeilen geschrieben. Es war das erste Mal, dass Natalie seine Schrift las. Sie war gerade, weder nach oben noch nach unten zu ausschweifend und eindeutig männlich. Ein Lächeln schlich sich auf ihre Lippen und sorgte dafür, dass das, worum sie sich eben vergeblich bemüht hatte, einfach so geschah: Sie vergaß die gelesenen Grässlichkeiten.

Mit wenigen Worten kam Elias auf den Punkt.

Hab Geburtstag am Freitag, schrieb er mit einem Smiley. *Partys mag ich nicht, aber ich steh auf das Essen in einer Kneipe in der Nähe des Potsdamer Platzes. Und ich steh auf dich. Noch mehr sogar. Ich würde mich freuen, wenn du deine herzlosen Männer am Freitagabend relativ pünktlich ignorieren und mich dort treffen würdest. Kuss, Elias*

    P.S.: Komm nicht mit dem Auto, sonst musst du wieder nüchtern bleiben! Lass dich mit dem Taxi bringen und auf dem Rückweg üben wir das mit der U-Bahn.

MITTWOCH, 19. MÄRZ

Die Administration von 2nd Face hatte schnell auf Daniel Wozniaks Anfrage reagiert und Boris Sonnenbergs Zugangsdaten nach der morgendlichen Besprechung herausgegeben. Während Markus zur Befragung eines weiteren Freundes des Opfers rausfuhr, sichteten Natalie und Wozniak den Mailverkehr im Postfach. Mit dem Bild eines gefesselten Männerkörpers war Boris Sonnenberg als *NachtLakai* angemeldet gewesen. Der Text seines Profils ließ keine Fragen nach seinen Wünschen offen. Natalie überhörte Wozniaks angewiderten Kommentar und forderte ihn auf, in den Posteingang zu wechseln. Von den dort gelisteten Einträgen waren lediglich die weiter unten stehenden bestimmten Mitgliedern zuzuordnen. Für den Anfang am interessantesten waren allerdings die neueren Mails, die von Samstag bis Montag versendet und empfangen worden waren; die Konversation mit einem inzwischen gelöschten Benutzer. Am Samstagabend um

305

neunzehn Uhr sechsunddreißig hatte Sonnenberg zuerst geschrieben.

Wozniak las vor. Natalie saß auf der Tischkante und hörte zu.

Hallo MissO,

Danke für deinen Besuch auf meinem Profil. Einen interessanten Namen hast du gewählt. Er lässt allerdings auf eine devote Natur schließen. Das ist nicht, was ich suche. In deinem Profil schreibst du, dass du nach Belieben ergeben oder dominant bist. Ich bin auf der Suche nach einer starken Frau, die mich ohne Zögern, nur ein einziges Mal und für nicht mehr als vier Stunden beherrschen kann, allerdings suche ich keine Herrin und werde kein Diener sein. Wenn sich das mit deinen Wünschen trifft und du dich hier nicht, wie viele andere, aus Neugierde herumtreibst, freue ich mich über deine Antwort.

Für ihre Antwort hatte sich Miss O einige Zeit gelassen. Zwei Stunden später, um einundzwanzig Uhr vierzig, hatte sie geantwortet:

NachtLakai,

meine dunkle Begierde habe ich in der Rolle der Ergebenen kennengelernt. Damals bekam ich meinen Namen, entdeckte allerdings bald, dass ich dem dominanten Part eine andere, größere Befriedigung abgewinne. Es missfällt mir, dass du mir Neugierde und Unprofessionalität unterstellst. Und es reizt mich, dich vom Gegenteil zu überzeugen und dich zu überraschen. Ich bin mir sicher, dass du meine Fähigkeiten selbst in deiner Vorstellung des maximal Möglichen unterschätzt. Winseln und weinen würdest du, wenn du dich auf mich einlässt. Lese ich deine Mail, nehme ich an, dass du genau das nicht willst, dass deine Herausforderung darin besteht, die größten Qualen ohne Winseln und Weinen zu ertragen. Du willst benutzt werden und ergeben sein, aber nicht unterlegen. Habe ich recht?

[NachtLakai, Samstag 22:05]
Du triffst den Nagel auf den Kopf, MissO, und du überraschst mich schon jetzt. Nicht absichtlich habe ich dich gereizt. Du hingegen hattest die Absicht. Glückwunsch. Ich fühle mich so gereizt, dass ich mich am liebsten sofort in deine Hände begeben möchte.

[MissO, Samstag 22:16]
Sofort ist zu spontan. Ich bin sicher, dass alle guten Appartements an einem Samstagabend in Berlin ausgebucht sind. Ein stilvoller Rahmen ist mir wichtig, sonst vergeht mir die Lust. Verrätst du mir, warum du auf ein einmaliges Treffen bestehst und es auf vier Stunden beschränkt sein soll? Es ist nicht so, dass mir diese Zeitspanne nicht genügen würde, vielmehr interessiert mich der Hintergrund, der neben anderem Einfluss auf meine Handlungen hat. Versuchst du das zum ersten Mal und denkst du, es wird bei diesem einen Mal bleiben? Hat deine Frau dir vier Stunden frei gegeben oder ist sie selbst so lange unterwegs? Beim Bauch-Beine-Po-Kurs vielleicht oder mit einer Freundin im Kino? Wähnt sie dich brav zu Hause auf der Couch vorm Fernseher?

[NachtLakai, Samstag 23:25]
Was sollen diese Fragen, MissO? Sollen sie provozie-

ren statt nur reizen? Ich will dir antworten und hoffe, dei-
ne Neugier – die hat dich doch ohne Zweifel sprechen las-
sen – zu stillen. Meine Frau gibt mir weder frei, noch ist
sie unterwegs. Sie wird zu Hause sein, sich von einem an-
strengenden Arbeitstag erholen und glauben, ich sei beim
Sport. Einen Bauch-Beine-Po-Kurs braucht sie nicht. Ich
habe die attraktivste, herzlichste und begehrenswerteste
Frau von ganz Berlin – und ich gedenke, sie zu behalten.
Aus diesem Grund möchte ich dich nur ein einziges Mal
sehen, nur für vier Stunden, und danach gehe ich zu der
Frau, zu der ich gehöre. Ich möchte das Bedürfnis stillen,
das ich empfinde – nicht zum ersten Mal. Du bist nicht
die Erste und wirst nicht die Letzte sein. Vielleicht bist
du die Beste. Das wird sich zeigen.

[MissO, Samstag 23:47]
Ich wollte nicht provozieren, NachtLakai, sondern
bloß wissen. Wie schon gesagt, ich stimme meine Hand-
lungen auf den Background ab. Du lässt dich also wieder
und wieder von einer anderen Frau dominieren. Weil du
dich nicht an sie gewöhnen möchtest. Sie soll keine Persön-
lichkeit bekommen. Schmälert dies dein schlechtes Gewis-
sen bzw. das Gefühl, deine Frau zu betrügen?

[NachtLakai, Sonntag 19:56]
Wunderbaren Sonntag, MissO! Bist du sicher, dass
du nicht doch provozieren möchtest? Möchtest du mich wü-
tend machen, damit du einen Grund hast, mich am Hals-
band anzuleinen, mich in einen Käfig zu sperren und mein
Gesicht an die Stäbe zu ziehen? Soll ich mich wehren und
knurren, bevor ich dir mit meiner Zunge Gefälligkeit er-
weise?

[MissO, Sonntag 20:07]

Deutest du deine Vorlieben an, NachtLakai? Dann muss ich dich enttäuschen, denn ich mag keine Käfige. Sie sind langweilig, unspektakulär und sie schränken mich ein. Auch den Bock, Thron oder Pranger benutze ich selten. Errätst du, wo du bei mir landen wirst?

[NachtLakai, Sonntag 20:31]

Wie soll ich dich lecken und ficken, wenn ich an das Kreuz gekettet bin?

[MissO, Sonntag 20:33]

Deutliche Worte von dir heute. Das ist es, was du willst? Mich lecken und ficken?

[NachtLakai, Sonntag 20:36]

Läuft es darauf nicht hinaus? Quälst du die dir ergebenen Männer nicht, bis sie das eine oder andere tun? Quälst du sie nicht ein bisschen mehr, wenn sie das eine oder andere nicht gut genug tun? Erlaube mir die Frage, was du mit dem letzten Auserwählten getan hast? Hat er gewimmert und geweint, dich angefleht?

[MissO, Sonntag 20:52]

Mein letzter Auserwählter hatte darum gebeten, besonders fest ans Kreuz gebunden zu werden. Er mochte das Gefühl der Taubheit in Händen und Füßen. Ich bin seinem Wunsch nachgekommen, habe ihm befohlen, sich zu entkleiden und ans Kreuz zu stellen. Zuerst fixierte ich seine Arme in den Metallschellen, zog sie so fest zu, dass er sich den ersten Laut verkneifen musste. Nachdem ich auf gleiche Weise mit seinen Beinen vorgegangen bin und er wehrlos war, nahm ich eine Gerte und verteilte ein paar Hiebe auf seinen Oberschenkeln, wobei ich seinem besten Stück stets ein bisschen näher kam. Er keuchte, weil der Schmerz so kurz aufeinander folgte und oftmals dieselbe Stelle traf, aber er bat mich nicht aufzuhören. Natürlich wollte er mehr. Also bekam er mehr. Den breitesten und schwersten Hodenstrecker, den das Appartement zu bieten hatte, schloss ich um seine Eier, schraubte ihn fest und befestigte zwei zusätzliche Gewichte daran. Er stöhnte vor Schmerz und er schrie, als ich die Gerte erneut einsetzte. Inzwischen war er höchst erregt und ich hätte mich vor ihn stellen und mich bücken, meinen Hintern an ihm reiben und ihn auffordern können, doch er wäre in weniger als einer Minute gekommen. Ich wollte seine Qual ausdehnen, denn ich genoss meine Aktionen ebenso sehr wie er. In Anbetracht der Klinge in meiner Hand hielt er den Atem an – über das Cutting hatten wir zuvor natürlich gesprochen und er wollte es kennenlernen, also begann ich, in seine Haut zu ritzen. Jetzt schrie er laut. Das störte mich. Ich riss ein Stück Tape von einer Rolle, klebte es vor seinen Mund und schnitt ihn weiter. Ich ließ ihn zusehen, ließ ihn wimmern. Mich anflehen aufzuhören konnte er inzwischen nicht mehr, und ohnehin hatten wir die Spitze beinahe erreicht. Um ihn dorthin zu treiben, klebte ich ihm Tape auch vor die Nase, raubte ihm den Sauerstoff … Den Rest überlasse ich deiner Fantasie. Wie sieht es jetzt zwischen deinen Beinen aus, NachtLakai?

[NachtLakai, Sonntag 21:22]
Du würdest den Anblick zwischen meine Beine genießen. Ich würde dich gern treffen. Tu all das mit mir.

Nächsten Donnerstag? Zwanzig Uhr? Kennst du das Black Dreams?

[MissO, Sonntag 21:34]
Ich warte nicht bis Donnerstag. Morgen. Zwanzig Uhr. Wenn nicht im Black Dreams, dann woanders. Montags dürften wir auch kurzfristig eine gute Auswahl haben.

[NachtLakai, Sonntag 21:58]
Ich habe eine Mail geschrieben. Warten wir ab.

[NachtLakai, Sonntag 22:46]
Antwort kam schon. Das Appartement ist noch frei morgen Abend. Soll ich buchen?

[MissO, Sonntag 22:47]
Du sollst.

[NachtLakai, Sonntag 22:58]
Gebucht. Ich bin voller Vorfreude und Erwartung.

[NachtLakai, Montag 17:02]
Bleibt es dabei? Sehen wir uns in drei Stunden?

[MissO, Montag 18:16]
Klar. Erwarte mich dort. Ich möchte, dass du entkleidet bist. So nutzen wir die zur Verfügung stehenden vier Stunden optimal.

Während Wozniak Schimpf und Schande über Miss O und ihr leichtgläubiges Opfer brachte, konnte Natalie gar nichts sagen. Sie setzte sich auf Justus Fröhlichs Platz gegenüber Wozniaks Schreibtisch und stützte den Kopf in die Hände.

Diese Verabredung mitzulesen, im Nachhinein – zu spät – war gruselig. Boris Sonnenberg war der erste der drei Getöteten, der nun eine Stimme hatte, und seine Äußerungen hatten ihn nicht unsympathisch dastehen lassen, obwohl er verheiratet war. Seinen Bedürfnissen war er, wie sein Freund gesagt hatte, tatsächlich schon eine ganze Weile nachgekommen, wobei er nicht nur zwischen Sex und Liebe einen klaren Strich gezogen hatte, sondern auch zwischen Sex und BDSM-Sex. Zudem hatte er klargemacht, dass seine Aktionen der Liebe, die er für seine Frau empfand, nichts anhaben konnten. Miss O hatte das vielleicht anders gesehen, also hatte sie ihn ebenfalls als einen Mann ohne Liebe markiert.

Natalie rieb sich übers Gesicht, dachte nach. Dann erzählte sie Wozniak von ihrer Anmeldung auf dem Portal. Sie vermutete, dass Miss O hier nicht länger wildern würde, hielt es aber für sinnvoll, auf anderen einschlägigen Seiten nach ihr Ausschau zu halten. Natürlich kam ihr Wozniak zuerst mit seiner knappen Zeit.

»Hast du eine Ahnung, wie viele es da gibt?«, sagte er. »Würd ich mich auf jeder Seite anmelden und nach dieser Frau suchen, wär ich mindestens eine Woche lang mit nichts anderem beschäftigt.«

Natalie ließ nicht locker. »Du könntest zuerst einmal die bekanntesten nehmen und nur eine halbe Woche lang nichts anderes machen.« Sie stand auf. »Wenn du das allerdings nicht für nötig hältst, mach ich es eben selbst ...«

»Schon gut«, brummelte Wozniak. »Morgen quatscht du eh mit Rothmann darüber, und der verdonnert mich dann dazu. Sieht ja keiner mehr, was ich hier sonst alles zu tun habe ...«

Natalie ersparte sich den Rest seiner Beschwerde. Mit dem Gedanken, dass es für Wozniak Zeit für einen eigenen Fall wurde, ging sie aus seinem Büro und ein paar Türen weiter in ihres. Markus war noch nicht zurück.

Inspektor Harvey wartete auf dem Schreibtisch und war sauer, weil er sie nicht zu Wozniak hatte begleiten dürfen. Folglich bockte er, als Natalie fragte, was sie noch tun könnte.

Sie versuchte, ihn zu beschwichtigen. »Du hast auch fast nichts verpasst. Lesen langweilt dich doch ohnehin.«

Der Hase schwieg.

»Wozniak hätte sich über dich lustig gemacht ...«

Über Markus macht er sich auch dauernd lustig, zieht über seine auf die Farbe der Jacketts abgestimmten Fliegen her oder über sein ständiges Niesen. Trotzdem ist Markus überall dabei!

Natalie verkniff sich ein Grinsen und zuckte die Achseln.

»Sag Bescheid, wenn du fertig bist, die beleidigte Leberwurst zu spielen und ich wieder auf dich zählen kann.«

Sie nahm die Akte, schlug sie auf und suchte das Foto von Miss O heraus, das ihre Tätowierung zeigte.

Endlich sprach Inspektor Harvey. *Mach das öffentlich!*, sagte er.

15:00

Natalie hatte mit Johannes Rothmann gesprochen. Weil er aktuell ebenfalls ungern mit dem Staatsanwalt kommunizierte, musste Natalie selbst zum Hörer greifen, um Paul Liebig auf ihr Vorhaben vorzubereiten. Seine Sekretärin informierte sie, dass er erst am nächsten Tag wieder in der Kanzlei sein würde. Also setzte sie das Schreiben mit Bitte um Genehmigung der Veröffentlichung der Fotografie und Mithilfe der Bevölkerung ohne Vorabinfo auf und ließ es per Kurier an den Staatanwalt überbringen.

DONNERSTAG, 20. MÄRZ

10:45

Tanja Sonnenberg war wieder zu Hause und bereit, die Fragen der Polizei zu beantworten. Nach der Anmeldung via Fernsprechanlage summte der Toröffner, und die beiden Kommissare traten in einen Garten, der im späten Frühjahr und Sommer wahrscheinlich paradiesisch schön war. Wenige Obstbäume standen auf dem weiten Rasen zwischen Blumenrabatten und Pavillons. Auf der Rückseite der Villa waren eine Terrasse und ein Pool zu erkennen.

Die Stimme, die sich über Lautsprecher am Tor gemeldet hatte, war eine ältere gewesen, die, wie Natalie vermutete, einer Haushälterin gehörte. Die Tür zur Villa öffnete Tanja Sonnenberg selbst. Sie bat sie hinein, strich ein wenig unsicher über ihr schwarzes Wollkleid und forderte sie auf, ihr in ein Aufenthaltszimmer zu folgen, das nicht weit vom Eingang entfernt lag. Dank des kaltschwarzen Mobiliars, fehlender Pflanzen und schmuckloser Wände war es wie geschaffen für

315

Besuch, den man recht schnell wieder loswerden wollte. Versicherungsvertreter, Vermögensberater, die Zeugen Jehovas, Mordkommissare.

Sie setzten sich in auf alt getrimmte Sessel, die um einen niedrigen Tisch standen. Tanja Sonnenberg verschränkte die Finger über ihrem Schoß und sah von Markus zu Natalie. *Bringen wir das schnell hinter uns* – stand in ihrem Blick.

Natalie fühlte sich nicht viel anders, insbesondere, da von der Frau eigentlich keine den Ermittlungen dienende Information zu erwarten war. Der Besuch war nicht mehr als eine Aufgabe, die der Vollständigkeit halber abgehakt gehörte. Also übersprang sie alle Punkte, die sie unter anderen Umständen angesprochen hätte, und kam auf das noch Wesentliche zu sprechen:

»Wussten Sie von der Neigung Ihres Mannes?«

Tanja Sonnenberg hob das Kinn und nickte. »Ja.«

Das war eine Überraschung.

»Und wie ging es Ihnen mit … dieser Tatsache?«

»Mit welcher? Dass er Lust aus Schmerz bezog? Oder dass ich diese Lust nicht stillen konnte?«

Markus räusperte sich. Er mochte keine Gegenfragen. »Sowohl als auch«, sagte er.

»Beides wusste ich lange Zeit. Ich hab's toleriert. Ohne Toleranz, sowohl meine als auch seine, hätten wir sicher nicht die Ehe geführt, die wir hatten. Fünfzehn Jahre lang. Eine gute Ehe«, fügte sie mit Nachdruck an. »Besser als die vieler anderer, die auf Biegen und Brechen versuchen, dem allgemeinen Verständnis von Treue gerecht zu werden. Boris und ich haben uns nicht belogen.«

Natalie sah zu Markus. Er machte sich Notizen. Wahrscheinlich zu den mehr als zwei Fragen, die mit Tanja Sonnenbergs Äußerungen entstanden waren. Natalie begann mit der naheliegenden.

»Sie wussten von seinen Seitensprüngen?«

»Und er wusste von meinen. Er stand nicht drauf, einer von zwei Männern beim Sex zu sein, und ich stand nicht drauf, die Peitsche zu schwingen. Ich ging meinen Gelüsten nach und er seinen. Wir ließen uns. Wieso auch nicht? Treue ist nicht körperlich. Das ist eine Sache des Herzens, des Geistes.«

Die Tür wurde geöffnet. Die Haushälterin kam herein, legte eine Schachtel Zigaretten sowie ein Feuerzeug auf den Tisch und ging wieder. Tanja Sonnenberg nahm eine Zigarette und zündete sie an. Den ersten Zug inhalierte sie tief.

»Würden Sie Ihren Mann zwingen, Muscheln zu essen, wenn die ihm nicht schmecken?«, fragte sie Natalie durch die Rauchwolke hindurch. »Und würde er Ihnen die Muscheln verbieten, bloß weil er sie nicht mag?«

Zuerst fand Natalie es merkwürdig, Muscheln mit Sex zu vergleichen. In der zweiten Runde war der Gedanke allerdings nicht mehr so abwegig.

»Sie wussten, wo Ihr Mann am Montag war?«

Tanja Sonnenberg änderte ihre Sitzposition, indem sie die Beine überschlug und nahm einen zweiten Zug, blies den Rauch langsam aus. »Wann immer er sagte, dass er zum Sport geht, traf er sich mit einer Frau.«

»Sport war also ein Synonym für seine Treffen?«, erkundigte sich Markus. »Trieb er eigentlich keinen Sport?«

Tanja Sonnenberg wandte sich ihm zu. »Er spielte Tennis und Squash. Wenn er das vorhatte, verabschiedete er sich zum Tennis oder zum Squash. Nicht zum Sport.« Sie senkte den Blick auf den Aschenbecher und ließ ihn dort, auch nachdem sie die Asche abgestippt hatte. »Er hatte das noch nie an einem Montag gesagt. Immer an Donnerstagen. Das erste Mal, seit ich davon erfahren hatte, wollte ich ihn bitten, nicht zu gehen.« Eine Träne rollte über ihre Wange. »Ich wünschte, ich hätte es getan.«

Hätte es ihn aufgehalten?, fiel es Natalie zuerst ein. Weil die Frage so wenig von Belang war wie die überaus interessante Definition, die das Paar von Treue gehabt hatte, stellte sie eine bessere: »Haben Sie eine der Frauen, die Ihr Mann getroffen hat, je gesehen oder vielleicht einen Namen erfahren?«

Die Frau schüttelte den Kopf, mehr und mehr von Trauer übermannt. »Es hat mich nicht interessiert. Das waren bloß Körper. Es spielte keine Rolle, wie sie aussahen oder hießen. Sie waren so schnell vergessen, wie sie auftauchten.«

Sie drückte die nur zur Hälfte gerauchte Zigarette aus, fummelte ein Taschentuch hervor und wischte sich über die Wangen. Dann stand sie auf.

»Wenn jetzt alle Ihre Fragen beantwortet wären …«

Natalie blieb sitzen, weil ihre Gedanken noch geordnet werden wollten. Markus erhob sich, verstaute seinen Stift und den Notizblock in der Innentasche seines Jacketts und knöpfte es zu.

»Zu der Person, die Ihr Mann am Montagabend getroffen hat, können Sie uns also nichts sagen?«, fragte er – wiederum der Vollständigkeit halber.

Tanja Sonnenbergs Blick bekam einen eisigen Glanz. »Wüsste ich nur ein Ding über diese Person, hätte ich sie aufgespürt und ihr das angetan, was sie Boris angetan hat. Ohne die Gnade der Bewusstlosigkeit.«

Sie ging voraus zur Tür. Markus war ein paar Schritte hinter ihr und belehrte sie über die Konsequenzen der angedeuteten Straftat. Natalie, die ebenfalls folgte, konnte nachvollziehen, dass das der Frau gerade wahnsinnig egal war. An der Haustür verabschiedete sie sich mit dem Versprechen, alles zu tun, um die Täterin zu finden.

»Mit der Strafe ist es wie mit der Treue«, entgegnete Tanja Sonnenberg. »Die Gesellschaft und wir …« Sie hielt inne und korrigierte sich. »Die Gesellschaft und ich haben unterschiedliche Ansichten.«

16:15

Paul Liebigs Genehmigung der Fotoveröffent-
lichung ließ auf sich warten. Ein weiteres Mal hatte Natalie versucht, ihn telefonisch zu erreichen
und war erneut von seiner Sekretärin abgefertigt
worden. Während Markus den Bericht schrieb,
suchte Natalie auf ein paar Seitensprungportalen,
die Wozniak angelegt hatte, nach Frauen, die
Miss O sein konnten. Die direkte Suche nach diesem Benutzernamen war auch bei den Agenturen,
in denen Wozniak parallel stöberte, erfolglos gewesen.

Das Warten und Stöbern machte sie wahnsinnig, und die eingehenden Mails wurden von Mal
zu Mal abartiger. Mit der Verkündung, die
Schnauze voll zu haben, fuhr Natalie den Rechner herunter. Markus sah auf, als sie sich die Jacke überzog.

»Du brauchst frische Luft«, murmelte er.

»Genau!« Natalie nahm den Autoschlüssel und
den Ausdruck von Boris Sonnenbergs Foto. Sie
stopfte Inspektor Harvey in die Tasche. »Ich fahr
jetzt ins Indigo, die beiden Barkeeper befragen.«

»Okay.« Markus konzentrierte sich wieder auf
die Tastatur, suchte die nächsten benötigten
Buchstaben und begann, mit den Zeigefingern zu
tippen. »Trink einen für mich mit!«

»Ich trinke nichts.«

»Solltest du aber!«

Natalie warf die Tür zu und sah Markus' Miene im Geist zusammenzucken. Ein bisschen leid

tat er ihr, schließlich wartete er wie sie. Er verstand es lediglich besser, sich in Geduld zu üben. Auf dem Weg zum Parkplatz und noch unterwegs auf den Straßen legte sie sich Worte zurecht, die sie Paul Liebig servieren würde, für den Fall, dass Miss O heute Nacht erneut zuschlug. In ihre Gedanken verstrickt, vergaß sie, ihren Polizeiparkausweis aufs Armaturenbrett zu legen, doch sie war schon halb beim Indigo angelangt und hatte keine Lust, den Weg zurückzulatschen.

Elias warf nur einen Blick auf sie und ahnte, in welcher Stimmung sie war.

»Ganz übler Tag, hm?« Er warf sich das Geschirrtuch über die Schulter. »Whiskey statt Wasser? Hast doch bestimmt Feierabend.«

»Bin mit dem Auto da und dienstlich.« Sie setzte sich und sah sich um. An lediglich zwei Tischen saßen Gäste. Die Theke hatten Elias und sie für sich. Gute Voraussetzungen für das Thema.

Elias stützte sich an den Seiten des Spülbeckens ab und versuchte es mit einem Lächeln. »Du bist auch nur ein Mensch, Natalie!«

Sie mochte, wie er ihren Namen sagte. Meistens nannte er sie Kommissarin, das nicht lieblos, aber ihr Name aus seinem Mund klang anders. Wärmer, weicher, schöner, und er weckte ihren Wunsch, einfach nur da zu sein, bei ihm zu sein, ihm zuzuhören – ob er nun ihren Namen oder irgendetwas anderes sagte. Irgendetwas, das nichts mit Mord und Totschlag zu tun hatte.

Sie zog das Foto aus ihrer Jackentasche und klatschte es auf den Tresen. »Kennst du den?«

Elias betrachtete das Bild. »Nie gesehen. Ist das der dritte Tote?«

»Ja, der stammt eigentlich aus Grunewald.«

»Was hätte der hier in Friedrichshain verloren? Grunewalder kommen echt selten her.« Nach einem letzten Blick auf den Ausdruck hob er den Kopf. »Ich kann's natürlich nicht beschwören, aber ich glaub nicht, dass der je hier war. Nicht in letzter Zeit und während ich Dienst hatte.«

Die Tür öffnete sich und Caro, die, wie es schien, zum Spätdienst antrat, kam herein. Ihr Blick wanderte von Elias zu Natalie. Sie grüßte sie mit einem Nicken, ihn nicht.

»Ist wieder einer abgemurkst worden?«, fragte sie auf ihrem Weg hinter die Theke. »Oder bist du auf ein privates Bier hier?«

»Leider Ersteres.«

Natalie wartete, bis Caro die Jacke ausgezogen und den Schal abgewickelt hatte, dann zeigte sie ihr das Bild. «War dieser Mann mal hier?«

Caro betrachtete es, schüttelte den Kopf und wandte sich an Elias. »Kenn ich nicht. Du?«

Elias verneinte stumm und kümmerte sich um die Gläser, die gespült waren und getrocknet werden mussten. Caro brachte ihre Jacke weg, kam zurück und band sich die Schürze um. Knapp erkundigte sie sich, wie der Tag gewesen war und auf Elias' gleichermaßen kurzen Kommentar zog sie eine Braue hoch und ging zu Gästen, die inzwischen einen dritten Tisch belegt hatten.

Natalie trank einen Schluck vom Potsdamer, das Elias ihr hinstellte, und fragte sich, was sie gerade mehr beschäftigte: Die Frage, ob auch Boris Sonnenberg im Indigo gewesen war oder die Frage, warum sich Elias und Caro so merkwürdig verhielten. Vom einst freundschaftlichen Umgang war heute nichts zu sehen, kein Knuffen, keine Scherze. All das wegen einmal versehentlich Sex? Abermals sah Natalie über die Schulter, diesmal jedoch, um Caro zu mustern. Hatte die Frau sich nach einmal Sex tatsächlich so verschossen, dass sie nun nicht locker lassen konnte? Und das, obwohl sie, wie Elias gesagt hatte, die ganze Zeit zuvor nicht interessiert gewesen war? Hatte sie Scheuklappen vor den Augen gehabt?

Natalie wandte sich zurück. Elias beobachtete sie und tat dabei etwas, das er eben, im kurzen Austausch mit Caro, nicht getan hatte. Er grinste.

»Alles okay?«

Natalie nickte und setzte das Glas an die Lippen.

»Wieso glaub ich dir das nicht, Kommissarin?«

Benutzte er ihre Berufsbezeichnung statt ihres Namens, wenn er unsicher war? Es genügte, wenn das einer von ihnen beiden war.

Caro kehrte zurück und Natalie ertappte sich dabei, wie sie ihre lässige Haltung ein wenig streckte, wie sie die Schultern straffte. Im Stillen mahnte sich, dass sie das nicht nötig hatte, verkniff sich aber ein Zurückfallen ins Lässige. Erneut ließ sie den Blick zu Caro wandern, die mit der Zubereitung der bestellten Getränke begann und Elias aufforderte, zwei Bier zu zapfen. Sie weigerte sich, die Frau als Konkurrentin zu sehen. Nie zuvor hatte sie so gedacht und wollte nun nicht damit anfangen. Auch nicht für einen Typ wie Elias. Nicht wegen eines Mannes, der sich ja längst entschieden hatte. Für sie.

Natalies Blick glitt zu Elias, der schweigend Bier zapfte. Weil ihr Argwohn so vehement nach einem Grund, ihm zu misstrauen suchte, rief sie sich seine Worte in Erinnerung, seinen Blick, als er ihr gesagt hatte, wie er fühlte. Sie spürte, wie sie sich innerlich verkrampfte. Vor Verärgerung.

Kannst du irgendwann auch mal aufhören, Kommissarin zu sein?, fragte sie sich und schloss die Hand fester um ihr Glas. Elias Stimme holte sie ins Jetzt. Ihre Sicht schärfte sich. Er war inzwischen wieder allein hinter dem Tresen.

»Schaffst du es morgen?«, fragte er.

Natalie nickte und schickte ihre Anspannung zum Teufel. »Wenn alles ruhig bleibt, bin ich pünktlich da.«

Es musste alles ruhig bleiben! Sie wollte diesen Abend mit Elias. Sie wollte diejenige sein, mit der er seinen Geburtstag verbrachte. Sie würde irre werden, wenn bis dahin wieder etwas geschah – und sie würde Paul Liebig vors Schienbein treten.

Elias nannte ihr die Uhrzeit und gab ihr die Adresse der Kneipe, in der sie sich treffen wollten. Natalie dachte an seine Ankündigung, im Anschluss das U-Bahn-Fahren mit ihr zu üben.

»Muss das unbedingt sein?«, fragte sie.

»Das ist fester Teil der Party!« Er zwinkerte.

»Wie darf ich mir das vorstellen, so ein U-Bahn-Training mit dir?«

Elias lehnte sein Becken gegen den Tresen, stützte die Hände auf und brachte sein Gesicht nahe vor ihres.

»Ganz einfach. Ich seh dich an.« Er tauchte in ihren Blick. »Die ganze Fahrt über. Wetten, dass die U-Bahn total nebensächlich wird?«

Natalie stellte ihren Ellenbogen auf den Tresen und legte das Kinn in ihre ineinander verhakten Hände. »Vielleicht, aber was ist mit der nächsten U-Bahn-Fahrt ohne dich?«

Elias antwortete mit leiserer Stimme. »Der Effekt ist dauerhaft ... behaupte ich jetzt mal.«

Natalie blinzelte. Sie wurde sich bewusst, wo sie war, und wollte etwas auf Distanz gehen, doch Elias ahnte ihre Absicht und hielt sie zurück, indem er ihre Handgelenke mit seinen Händen umschloss. Dann gab er ihr einen Kuss. Auf den Mund. Einen kurzen und ganz leichten, aber intensiven, wunderbaren Kuss, der die Schmetterlinge in ihrem Bauch flattern ließ.

Ein Scheppern brachte Ernüchterung. Elias wich nur wenig zurück, doch Natalie setzte sich aufrecht und legte die Hände in den Schoß. Ihr Blick traf den von Caro, die das Tablett eben auf den Tresen hatte fallen lassen.

»Gehört das zur Ermittlung?«, fragte sie im schroffen Tonfall und bückte sich, um den Kühlschrank zu öffnen und eine Flasche Weißwein herauszuholen. In zackigen Bewegungen nahm sie ein Glas und goss den Wein ein.

Elias antwortete, bevor Natalie die passenden Worte fand.

»Nein«, sagte er einfach.

Caro verschwand zu den Tischen.

»Das hättest du nicht tun sollen«, flüsterte Natalie.

»Dich küssen?« Er verschränkte die Arme vor der Brust. »Ich wollte aber. Spielen wir verstecken oder sind wir zusammen?«

Zu verunsichert von Caros Reaktion blieb Natalie ihm die Antwort schuldig. Sie bezahlte ihr Potsdamer, steckte das Foto von Boris Sonnenberg ein und stand auf.

»Bis morgen«, sagte Elias.

»Bis morgen«, antwortete sie und drückte die Tür auf.

Sie wollte draußen sein, bevor Caro zur Bar zurückkehrte. Sie wollte Elias in einer Umgebung erleben, in der sie nicht der Bulle und er nicht der von der Kollegin angehimmelte Barkeeper war. In Anbetracht dessen erschien ihr die Aussicht auf den kommenden Abend wie ein kleines Weihnachten.

FREITAG, 21. MÄRZ

20:30

Die Sache mit dem Warten war überstrapaziert. Natalie hatte das Gefühl, seit Tagen nichts anderes zu tun. Den ganzen Tag lang hatte sie gewartet: Auf Paul Liebigs Genehmigung. Auf die Adressen neuer Seitensprungagenturen. Auf den Feierabend.

Die Genehmigung des Staatsanwalts war gegen siebzehn Uhr eingetrudelt und Natalies letzte Amtshandlung für den Tag hatte in einem Text inklusive des Bildes von Miss O an die Pressestelle bestanden. Wenn die Bitte um Mithilfe aus der Bevölkerung ab dem kommenden Vormittag in allen Medien war, würden die nächsten Tage sehr chaotisch werden.

Nicht ganz pünktlich, aber eher als an anderen Tagen, um kurz nach achtzehn Uhr, war Natalie aus dem Kommissariat gestürmt und hatte sich durch den Feierabendverkehr nach Hause gehupt. Hastiger als geplant hatte sie geduscht, und für ein langes Grübeln vorm Kleiderschrank war keine Zeit geblieben. Eine schwarze Bluse und die dunkelste Jeans waren das Outfit der Wahl, dazu die schwarzen Chucks und ein Mantel statt dem nach Arbeit riechenden Lederjackett. Ihre Haare hatte sie ausnahmsweise offen tragen wollen, doch mäßig geföhnt konnten sie bloß zum Donut zurückgebunden werden.

Überpünktlich, nämlich fünf Minuten vor acht, hatte sie die Tür zu einer Kneipe namens *Jost* geöffnet, in der freudigen Erwartung von Elias' Umarmung. Aber er war noch nicht da. Die Hälfte der Tische waren besetzt, zwei bis drei Personen überall. Natalie hatte einen Tisch am Fenster gewählt und der Bedienung, die sich nach ihrem Getränkewunsch erkundigte und die Kerze anzündete, gesagt, dass sie warten würde.

Wieder einmal!

Zweimal war das Mädel inzwischen gekommen, um sicherzugehen, dass sie wirklich nichts trinken wollte, und um dem ein Ende zu machen, hatte Natalie ein Wasser bestellt. Daraufhin war ihr die Speisekarte angeboten worden, die sie mit einem schärferen Nein abgelehnt hatte. Unsensibel war nicht nur die Bedienung, sondern auch das Paar am Nachbartisch, das ständig herübersah und tuschelte … über die Arme, die Sitzengelassene, die Vergessene.

Von Minute zu Minute wuchs Natalies Verärgerung und das Kribbeln im Nacken wurde unerträglich. So oft sie auch nachsah, das Display ihres Handys blieb leer. Keine Nachricht, kein Anruf, keine Entschuldigung. Nicht einmal eine Ausrede. In Gedanken entstanden Szenen rund um Elias und was ihn an seinem Geburtstag aufgehalten haben könnte. Die Überraschungsparty und das stundenlange Telefonat mit seiner Mutter waren die nettesten Versionen, wohingegen andere Möglichkeiten die einzig glaubhaften Gründe lieferten, warum er sie versetzte.

Natalie platzte beinahe vom Stuhl. Sie wollte nicht mehr nachdenken. Nicht mehr warten. Nicht einmal auf die Bedienung mit der Rechnung für das Wasser. Also ging sie zum Tresen, bezahlte dort und verließ die nach ihrer Erfahrung nur schreckliche Kneipe, ohne nach links und rechts zu schauen. Eine Viertelstunde lang hatte sie es sich verboten, Elias anzurufen, aber sobald sie auf der Straße stand, wählte sie ihn an. Sie wollte nicht wissen, wo er war, er sollte bloß erfahren, dass sie nach Hause fahren würde.

Das Handy am Ohr, den Kopf im Nacken, den Blick auf den halbrunden Mond über den Häusern, stand sie da und fühlte sich schrecklich. Feiner Regen sprenkelte in ihr Gesicht und tanzte wie Mücken im Licht der Straßenlaternen. Vier über irgendetwas lachende Typen gingen in die Kneipe.

Das Klingelzeichen ertönte. Einmal, zweimal, fünfmal. Dann sprang die Mailbox an. Natalie fluchte und steckte das Handy zurück in die Manteltasche. Sie klappte den Kragen hoch, schob die Hände in die Taschen – eine zum Telefon, die andere zu Inspektor Harvey – und ging in Richtung Potsdamer Platz, wo sie ein Taxi bekommen würde. Das U-Bahn-Training war eine weitere Sache, die ausfallen würde.

Auf dem Weg überlegte Natalie, Andrea Berendt anzurufen und sich spontan mit ihr zu treffen. Sie wollte nicht nach Hause und weiter über Elias' Wegbleiben nachdenken. Einen Plausch mit der Freundin hielt sie zuerst für eine wirkungsvolle Ablenkung, bekam dann aber noch schlechtere Laune und beschloss, den Tag einfach abzuhaken. Ein Glas Wein, die Couch und sie – wann hatte es das überhaupt zuletzt gegeben?

Die Hand, die sich die Manteltasche mit Inspektor Harvey teilte, kribbelte. Sie glaubte, den Hohn des Hasen zu spüren, da hörte sie ihn sprechen.

Das ist nicht Elias' Art!

Natalie zögerte, konnte den Argwohn aber nicht abschütteln. »Er hätte sich melden können …«, murmelte sie.

Elias würde sich melden, wenn er könnte!

»Warum sollte er nicht können? Weil er gerade zu sehr mit Vögeln beschäftigt ist?«

Sie wurde sich bewusst, dass sie an einer roten Ampel wartete. Nicht allein noch dazu. Aus dem Augenwinkel sah sie, dass ihr der Typ, der neben ihr wartete, einen Blick zuwarf. Wahrscheinlich dachte er, sie führe ein Selbstgespräch. Ihre Hand schloss sich um Inspektor Harvey, ihr Daumen strich über eines seiner Ohren.

Das ist nicht Elias' Art!, beharrte er.

Natalie malträtierte ihre Unterlippe mit den Zähnen.

Je näher sie dem Potsdamer Platz kam, desto heller wurde der Himmel, desto lauter und quirliger war die Kulisse. Im Zentrum des Trubels hielt sie nach einem Taxi Ausschau, da fiel ihr Blick auf eine Leinwand. Auf geschätzten drei mal sechs Metern, von Strahlern in Szene gesetzt, flirteten die beiden Punk-Kids unterhalb des Fernsehturms. Das Foto hatte Natalie sehr viel kleiner auf Maria Di Lauros Laptop gesehen.

Es war Frühlingsanfang, erinnerte sie sich, und Echtzeit Wedding hatte seine Kampagne *Berlin liebt* gestartet. In großen Lettern stand das Motto am unteren Bildrand. In ganz Berlin hingen die Plakate also ab dem heutigen Datum. In U- und S-Bahn-Stationen, an Schnellstraßen und bei touristischen Attraktionen. Auf großen Plätzen wie dem Potsdamer offenbar in geballter Form.

In einiger Entfernung entdeckte Natalie die Fotos des älteren Paars auf dem Spreedampfer vor der Museumsinsel und der Businesstypen vor dem Reichstag. Nach einer Drehung um hundertachtzig Grad erstarrte sie, weil ihr Elias im Großformat von einer Häuserfassade entgegenlächelte. Es war nicht das Lächeln, mit dem er sie ansah, und auch sein Blick war ein anderer. Kühler, professioneller. Nichtsdestotrotz war es ihr Elias … und Caro. Er und sie unter den Flügeln der Victoria.

Das Bild der beiden, das ihr Maria Di Lauro gezeigt hatte, war gegen ein anderes ausgetauscht worden. Auf dem, das die Schwestern für die Kampagne gewählt hatten, stand Caro nicht mit dem Rücken zu Elias. Sie schmiegte sich bäuchlings an ihn und sah ihn an, während er in die Kamera schaute. Seine Hände steckten in ihren Potaschen, ihre waren hinter seinem Hals verhakt. Sie hatte den Kopf so gedreht, dass ihr Gesicht im Profil aufgenommen worden war.

Natalie erinnerte sich an Elias' Worte. Kalt und windig war es gewesen und Caro hatte gefroren, weil sie die Jacke hatte ausziehen müssen. Beim Anblick des ärmellosen, dünnen Shirts konnte Natalie das gut nachvollziehen, wandte sich aber ohne großes Bedauern für Caro ab. Dabei huschte ihr Blick über ein Detail der Fotografie, und sie schickte einen stillen Vorwurf an Echtzeit Wedding, dafür, dass sie beim Retuschieren geschlampt und den Leberfleck auf Caros Schulter nicht wegradiert hatten.

Das ist kein Leberfleck!, hörte sie Inspektor Harvey sagen. *Sieh genau hin!*

Sie hielt inne, schärfte ihren Blick und erkannte, dass das, was unter dem rechten Ärmel hervorlugte, Teil einer Tätowierung war. Es war der Griff eines Bootssteuerrades.

Natalie wurde speiübel! Vor ihren Augen flimmerten Sterne, als habe ihr jemand eins über den Schädel gegeben. Ein erschrockener Laut floh aus ihrem Mund, dann rannte sie los, rempelte eine Frau an, die ihr hinterherschimpfte, sprang über einen an der Leine geführten Terrier und riss die Beifahrertür eines an einer Ampel haltenden Taxis auf. Vor Schreck außer Atem zeigte sie dem Fahrer ihre Dienstmarke und auch dem auf der Rückbank sitzenden Fahrgast, bevor sie ihn bat, das Taxi zu verlassen. Zu überrumpelt, um sich zu beschweren, nahm der Mann seinen Rucksack und stieg aus. Natalie stieg ein, zog die Tür zu und nannte dem Fahrer Elias' Adresse in Friedrichshain.

»Treten Sie das Gaspedal durch!«, fordert ihn auf, nahm dann ihr Handy und wählte Elias' Telefon ein zweites Mal an. Wie befürchtet, tutete es am anderen Ende der Leitung fünfmal, bevor die Mailbox ansprang.

21:15

Elias öffnete nicht. Natalie sah hinauf zu seinen Fenstern, die alle dunkel waren. Das Zuschlagen einer Autotür ließ sie herumfahren. Markus, den sie aus dem Taxi angerufen hatte, gesellte sich an ihre Seite. Er konnte sich denken, wie es zur Verabredung zwischen ihr und der Barkeeper aus dem Indigo gekommen war, und fragte nicht.

»Nicht zu Hause, hm?«

Natalie fluchte leise.

Markus schloss den Parka, den er über seinem Jackett trug. »Meinst du, sie ist mit ihm in einem SM-Studio?«

Absolut absurd wäre das, dachte Natalie und verneinte. Weder stand Elias auf SM noch hatte er sich mit Caro verabredet. Ihr Denkapparat ratterte. Sie dachte an den Kuss, den Elias ihr am vorigen Abend gegeben hatte, und an Caros Reaktion darauf. In diesem Moment war ihr bewusst geworden, dass der Mann, mit dem sie geschlafen hatte und von dem sie sich mehr – was auch immer – erhoffte, vergeben war. Natalie konnte sich nicht vorstellen, dass Caro Elias liebte. Das hielt sie für unwahrscheinlich, so kurze Zeit nach Andreas Wilkens' Tod – den sie geliebt hatte. Und umgebracht. Vielleicht waren es der Schock und die Verzweiflung, die sie dorthin gedrängt hatten, wohin sie zuvor nie gewollt hatte: in Elias' Arme. Aber einmal dort gelandet, hatte sich möglicherweise ein Schalter in ihrem wirren Hirn umgelegt.

Opfer zwei und drei, Kowalczyk und Sonnenberg, hatte sie gezielt auswählt, den einen im Indigo, den anderen auf 2nd Face. Mit dem einen hatte sie sich mündlich verabredet, wie vermutlich schon mit Wilkens, mit dem anderen über das Portal. Nie per Handy, denn sie besaß ja keines. Kein eigenes. Das von Wilkens hatte sie mitgehen lassen, weil sich ihre Fotos darauf befanden.

Wahrscheinlich hätte sie weitergemacht und neue Männer für ihre Entherzung ausgesucht. Vielleicht hätte sie festgestellt, dass niemand, auch nicht Elias, sie vergessen lassen konnte. Auf eine Enttäuschung durch ihn war sie jedenfalls

nicht vorbereitet gewesen, und so war davon auszugehen, dass sie spontan gehandelt hatte.

Allein die Vorstellung, dass sie Elias wie zuvor
Wilkens in seiner Wohnung überrumpelt hatte,
brachte Natalies Herz zum rasen. Sie sah auf die
Uhr und dachte nach: Wenn er bis achtzehn Uhr
im Indigo gearbeitet hatte und sie um zwanzig
Uhr hatte treffen wollen, blieb ein Zeitfenster
von etwa einer Stunde, in der Caro ihn hier hatte
antreffen können.

Grausige Bilder entstanden in Natalies Kopf,
und schon wollte sie sich durch Sturmklingeln auf
allen Etagen Zutritt zum Haus verschaffen, da
wurde ein Fenster im Parterre geöffnet. Ein
Mann in den Sechzigern lehnte sich heraus, erkundigte sich, zu wem sie wollten und erzählte
ihnen, dass Elias gegen achtzehn Uhr aus dem
Haus gegangen war. Das konnte er so genau sagen, weil Elias ihm geholfen hatte, sein Fahrrad
die Eingangsstufen hinauf in den Hausflur zu he-
ben. Ein schönes Wochenende hatte er ihm ge-
wünscht und sei verschwunden.

Natalie verwarf ihre Idee mit Caros Überraschungsbesuch. Stattdessen fragte sie sich, warum
Elias früher Feierabend gemacht hatte und wohin
er anderthalb Stunden, bevor er sich zu ihrem
Treffen hätte aufmachen müssen, gegangen war.
Hatte Caro ihn unter einem Vorwand zu sich gelockt?

»Wir müssen zu ihrer Wohnung!« Natalie ging
voraus. »Fährst du oder soll ich?«

Statt einer Antwort händigte Markus Natalie den Autoschlüssel aus und nahm auf der Beifahrerseite Platz. Sie setzte sich hinter das Lenkrad, startete den Motor und versorgte das Navigationssystem mit Caros Adresse, die sie während der Taxifahrt vom Kommissariat erhalten hatte. Auch mit Johannes Rothmann hatte sie telefoniert und ihn gebeten, einen richterlichen Durchsuchungsbeschluss für die Wohnung zu erwirken.

Noch vor der ersten Ansage der Navigation preschte sie los. Markus schloss die Hand um den Griff über dem Fenster und schob seine Brille auf der Nase hoch. Er schwieg, als Natalie sein Auto ruckartig auf die äußere Spur zog, das Gaspedal durchtrat und um Kurven preschte. Kaum zehn Minuten später parkte sie in einer schmalen Straße am Rand von Neukölln, vor dem Haus in dem Carolin Jannczyk lebte.

Ihr Klingeln blieb abermals ungehört, und da die Wohnung im Hinterhaus lag, gab es kein Fenster, das auf Licht überprüft werden konnte. Markus klingelte bei einem anderen Mieter und bat um Einlass. Der Summer ertönte. Er ging voraus, zog seine Dienstwaffe. Natalie hätte es ihm gern nachgetan, doch sie hatte ihre Waffe nicht dabei. Nie zuvor war sie mit leeren Händen in einer solchen Situation gewesen. Sie verdrängte die aufkeimende Nervosität, und fummelte ihr Telefon aus der Manteltasche, um Rothmann nochmals anzurufen und den Stand der Dinge durchzugeben.

»Der Beschluss ist noch nicht da«, informierte er sie, bevor sie sich melden konnte. »Wo sind Sie, Sperling?«

»Gleich an Janncyks Wohnungstür. Auf das Klingeln hat sie nicht geöffnet. Ich denke nicht, dass wir sie hier antreffen.«

»Ist Svoboda inzwischen bei Ihnen?«

»Ist er.«

»Gut. Dann gehen Sie ohne den verdammten Beschluss rein! Der dringende Verdacht besteht schließlich. Ich schick Ihnen die Streifen, die in der Nähe sind, und mach mich selbst auf den Weg.«

Auf Natalies Okay beendete er das Gespräch.

»Was hat er gesagt?«

»Das wir uns Zutritt verschaffen und nicht auf den Schlüsseldienst warten sollen. Ein paar Streifen sind unterwegs.« Wie auf Kommando ertönte von irgendeiner nahen Straße eine Sirene.

Mit gezückter Waffe bezog Markus Stellung vor der Wohnung und bedeutete Natalie zu klingeln. Sie tat es, ließ den obligatorischen »Polizei, machen Sie auf!«-Spruch hören und lauschte. Hinter der Tür blieb es still. Nach einer Wiederholung der Prozedur tauschten die Kommissare ein Nicken und wechselten die Positionen. Natalie trat zur Seite, Markus zielte auf das Schloss und drückte ab.

Jeder, der ihn nicht in Aktion kannte, wäre von seinem kräftigen Tritt überrascht gewesen. Die Tür schwang auf, donnerte gegen eine Wand.

Er korrigierte den Sitz seiner Brille, hob die Waffe erneut und ging voran in einen schmalen Korridor.

Die erste Tür auf der linken Seite führte in ein kleines Bad, in dem sich niemand befand. Gleiches traf auf die zur Rechten liegende Küche zu. Am Ende des Korridors gab es zwei offen stehende Türen, von denen die linke ins Schlafzimmer und die rechte ins Wohnzimmer führte. Mit der Ahnung, dass auch diese beiden Räume leer waren, wurde Natalie lockerer. Markus sicherte das Wohnzimmer ab, ging nach nebenan und ließ die Waffe sinken.

Natalie trat hinter ihn und sah, was er entdeckt hatte: Im mittleren Fach eines Regals, das eher zur Aufbewahrung von Büchern und Nippes diente, stand ein Einmachglas. Auf seinem Boden, in einer goldfarbenen Flüssigkeit, lag ein Herz. Natalie zückte ihr Telefon und rief Johannes Rothmann an, um ihm mitzuteilen, dass sich das mit dem Durchsuchungsbeschluss erledigt hatte und er sich besser um einen Haftbefehl für Carolin Janncyk kümmerte. Er kündigte an, gleich persönlich vor Ort zu sein.

Fünf Minuten später, während die Streifen für eine Absperrung sorgten, war er in der Tat bei ihnen.

Markus hatte die Spurensicherung informiert und sprach mit Rothmann. Natalie hatte sich ins Wohnzimmer zurückgezogen, um halbwegs Ruhe zu haben und nachzudenken, wobei sie eine

Laufspur im Teppich verursachte. Wenn Caro Elias nicht zu Hause überrascht und ebenso wenig hierher gelockt hatte, wo war sie dann mit ihm? Sämtliche SM-Studios der Stadt abzutelefonieren und nach kurzfristigen Buchungen zu fragen, fand sie unsinnig, weil sie immer weniger glaubte, dass er sie freiwillig getroffen hatte. Ein Überraschungsbesuch ihrerseits hätte zwar gut in das Muster gepasst, doch er war nicht zu Hause gewesen. Gegen achtzehn Uhr war er …

Ein Geistesblitz durchzuckte ihre Gedanken, und dann ahnte sie, wohin Elias gegangen war. Er hatte die Nacht vorbereiten wollen, den Ort, den er so mochte, weil er dort Ruhe hatte. Er hatte das nicht angekündigt, aber sicher vorgehabt, nach dem Essen mit der U-Bahn zum Hausboot zu fahren. Caro war ihm entweder gefolgt oder hatte ihn dort aufgesucht. Mehr als zwei Jahre arbeiteten die beiden miteinander; da war es nur wahrscheinlich, dass ihr Elias vom Hausboot erzählt hatte … mindestens.

Natalie stürmte in den Korridor und sagte Markus, dass sie losmüssten. Johannes Rothmann beschwerte sich, weil alles zu schnell ging und er die Zusammenhänge nicht verstand. Natalie konnte es ihm nicht verübeln, schließlich hatte Elias für den Fall bislang keine bedeutende Rolle gespielt und das Hausboot war nie erwähnt worden – ebenso wenig wie das, was sich zwischen ihr und dem Barkeeper entwickelt hatte und zu Caros neuem Push geworden war. Eine Erklärung würde sie später finden müssen. Für den Moment nannte sie ihrem Chef lediglich die Adresse des Hausbootes, damit er weitere Streifen zur Verstärkung dorthin ordern konnte.

22:30

Optimistisch gedacht hatte Caro Elias seit drei Stunden in ihrer Gewalt. Pessimistisch gedacht konnte man ebenso gut von vier Stunden ausgehen. Ganz pessimistisch gedacht war er in drei Stunden so schnell umzubringen wie in vieren.

Das Licht auf der Veranda des Hausbootes spiegelte sich auf dem Wasser. Der Schimmer hinter der Glasfront verriet, dass jemand im Schlafzimmer war, das auf der Rückseite des Hauses lag. Inzwischen ebenfalls bewaffnet schlich Natalie an Markus' Seite über den Steg. Das Herz schlug ihr bis zum Hals, und ihr war so übel, dass sie ihren Magen an Ort und Stelle wollte. Die Angst vor dem Bild, das sich ihr möglicherweise bieten würde, hockte in ihrem Nacken.

Persönliche Involviertheit war grundsätzlich und absolut von Nachteil und eigentlich Grund für einen Abzug des betroffenen Kommissars. Nicht unbegründet, wie Natalie bewusst wurde. Immer wieder warf ihr Markus einen besorgten Blick zu und sie machte ihm durch einen wahrscheinlich wenig überzeugenden Blick zurück klar, dass alles okay war.

Gar nichts war okay. Eine gigantische Katastrophe war das alles.

Auf der Veranda angekommen, aber noch in seitlicher Deckung konnte Natalie durch die Glasfront und dank des indirekten, aus dem Nebenraum kommenden Lichts einen Blick ins Wohnzimmer werfen. Niemand. Sie sah zurück zur Straße, wo drei Streifen Parade standen und auf ihr Zeichen warteten.

Skalpelle, Astzangen, Messer und andere zur Tötung geeignete Instrumente mochte Carolin Janncyk alias Miss O in ihren Besitz gebracht haben, unwahrscheinlich war hingegen, dass sie sich inzwischen eine Schusswaffe zugelegt hatte. Markus wagte sich also zur Tür. Er spähte durchs Glas, hielt seine Waffe in einer Hand und drückte den Türgriff mit der anderen nach unten. Wie erwartet, war abgeschlossen. Er machte Natalie ein Zeichen, dass der Schlüssel innen steckte. Da kein Glasschneider zur Hand war, blieb nur die brachiale Methode, also gab Natalie den Männern von der Streife das Zeichen zum Anrücken.

Zwei sicherten den Rücken des Bootshauses ab, der, wie Natalie überprüft hatte, von einem Steg umgeben war und über zwei hochsitzende, kleine Fenster verfügte. Die vier anderen Beamten sorgten für die Rückendeckung. Markus zielte auf die Tür der Glasfront und drückte ab. Als die Scheibe barst, ertönte im Hausinneren ein Schrei. Durch das Krachen der Scherben hindurch war auch ein Poltern zu hören.

Natalie stürmte das Wohnzimmer im Glasregen, umrundete einen Sessel und passierte die

Küchennische. Das Metall ihrer Waffe kühlte ihre Wange, als sie sich an die Wand neben die offene Schlafzimmertür drückte. Mit einem Seitenblick vergewisserte sie sich, dass der Eingang frei war, dann gab sie ihre Deckung auf und stellte sich auf die Schwelle. Der Lauf ihrer Waffe zeigte auf Caro, die zitterte wie ein Schaf ohne Pelz. Sie hockte auf dem Bett und drückte die Klinge des Skalpells an Elias' Kehle. Er war bewegungslos, seine Augen waren geschlossen, sein Kopf war zur Seite gekippt. Weil Caro ihn als Geisel benutzte, blieb zu vermuten, dass er am Leben war.

Natalies Blick glitt über den Mann, den sie gestern noch geküsst hatte. Sie würgte den Kloß im Hals hinunter und atmete durch.

Tücher waren um seine Hand- und Fußgelenke geschlungen und mit den Bettpfosten verknotet. Tape klebte über seinem Mund, nicht über der Nase. So war er zwar nicht erstickt, hatte aber verdammte Schmerzen durchgemacht, die ihm wohl das Bewusstsein genommen hatten. Die Knöpfe seines schwarzen Hemdes waren aufgerissen, seine Brust freigelegt. Die linke Seite war unversehrt, sein Herz noch am rechten Fleck, doch in die linke Brust war das von Miss O kreierte Statement eingeritzt worden. Einige der Wunden waren so tief, dass das Fleisch aufklaffte. Frisches Blut strömte über Elias' Oberkörper und rann an seinen Seiten hinab in die Bettwäsche.

Natalie hörte Markus hinter sich, vernahm auch das Knistern eines Funkgeräts und die schwereren Schritte der Beamten in Uniform. Ihr Blick wanderte von Elias zurück zu Caro, die ein Schluchzen anstimmte und die Klinge des Skalpells tiefer in seine Haut drückte.

Natalie machte ihren Hals mit einem Räuspern frei und zwang sich zum Sprechen.

»Ich hab deine Stirn im Visier«, sagte sie und näherte sich langsam. »Schmeiß das Ding weg und ich drück nicht ab.«

Caros Schluchzen wurde lauter. Ihr Zittern ging auf die Hand über, und binnen von Sekunden war Natalie klatschnass vor Angstschweiß.

»Das war nicht geplant, mit Elias …«, wimmerte Caro.

Die Kommissarin traute ihren Ohren nicht. »Nicht geplant?«, grollte sie und spürte Markus' Hand auf ihrer Schulter. Sie schüttelte die Hand ab. »Nicht geplant, wie es Andreas Wilkens' durchtrennte Kehle nicht gewesen war? War es völlig aus der Reihe der planmäßig Ermordeten?«

»Ich dachte, Elias ist …«, weiter wusste Caro nicht.

Natalie wollte es nicht hören. Etliche mögliche Satzausgänge fielen ihr ein, einer so bescheuert wie der andere:

… ein Trostpflaster

… ein Lückenfüller

… ein Mittel zum Abreagieren

»Ich zähle von fünf an abwärts …« Mit einem weiteren Schritt verringerte Natalie die Distanz. Ihre Schienbeine berührten das Bett. Ein Schauder rann über ihren nassen Rücken, als sie bemerkte, dass Elias die Augen aufschlug. »Hast du das Skalpell bis dahin nicht fallen lassen, bist du tot.«

Sie begann zu zählen, betete im Stillen, dass Elias sich weiterhin nicht rührte und achtete auf Caros Hand. Würden sich deren Muskeln anspannen, statt weich zu werden, würde sie abdrücken und die Frau dorthin befördern, wo sie sie gerade ohnehin lieber sah als im Knast.

Bei drei angekommen fiel das Skalpell. Caro hob die Hände über den Kopf. Zwei Beamte drückten sich an Markus und Natalie vorbei, um Caro vom Bett zu ziehen. Ein anderer Mann im Hintergrund orderte über Funk einen Krankenwagen. Natalie ließ die Waffe sinken.

Mit Knien weich wie Butter setzte sie sich aufs Bett. Sie zögerte und wollte seinem Blick ausweichen, doch es gelang ihr nicht. Behutsam löste sie das Tape von seinem Mund. Er ächzte vor Schmerzen, atmete durch, als sein Mund frei war.

»»Das ist der beschissenste Geburtstag aller Zeiten«, murmelte er.

22:45

Natalie öffnete die Tür des Streifenwagens und setzte sich auf die Rückbank. Den hinterm Lenkrad wartenden Polizisten ließ sie durch einen im Rückspiegel getauschten Blick wissen, dass er seinen Platz für einen Moment verlassen konnte. Er stieg aus. Natalie beobachtete, wie er sich eine

Zigarette anzündete und zu einem Kollegen schlenderte, dann wandte sie sich Caro zu. Die Hände in Handschellen, den Kopf gesenkt, weinte die Frau still, bis ihr klar wurde, dass Natalie wartete.

»Was willst du jetzt hören?«, fragte sie in einem mehr als trotzigen Ton.

Die Kommissarin zog die Brauen hoch. »Brauchst du die Frage etwa wortwörtlich?«

Caro schnaubte und wischte sich über die Nase. »Sie hatten es verdient.«

»Du hattest das Recht über sie zu richten?«

»Sie haben ihre Frauen betrogen … alle! Bastarde. Miese Scheißkerle …«

Natalie unterbrach sie, um dem Gespräch die richtige Richtung zu geben. »Andreas Wilkens, den wolltest du nicht töten, oder doch? Hattet ihr Streit?«

Sein Name genügte. Caro spannte sich an und verzog das Gesicht vor Schmerz. »Nein«, presste sie hervor und schnappte nach Luft. »Wir haben nicht wirklich gestritten. Er hat mir gesagt, dass er eine andere liebt und irgendwie …« Sie schluchzte und schüttelte den Kopf.

»Dir ist eine Sicherung durchgebrannt?«

Sie überlegte, nickte. »Ich wollte das nicht.« Die Handschellen klimperten, als sie sich vornüber beugte und das Gesicht in den Handflächen verbarg. »Oh Gott, ich wollte das nicht. Es war so furchtbar. All das Blut, und er hat sich so gewunden …«

Der Rest ihrer Worte wurde vom Wimmern verschluckt. Sie wiegte sich vor und zurück, richtete sich mit einem Ruck auf und sah Natalie an. Hass stand in ihren Augen. »Aber er war ein Lügner, ein triebgesteuertes Arschloch wie die anderen. Hat mich glauben lassen, dass ich ihm was bedeute.«

»Was ist mit Sebastian Kowalczyk und Boris Sonnenberg? Zumindest letzterer hat dir nichts vorgegaukelt. Warum mussten die also sterben?«

»Du kapierst es nicht, oder?« Hohn gesellte sich zum Hass in Caros Miene. »Sie haben ihre Frauen betrogen und hätten mich doch für sie fallen lassen wie eine heiße Kartoffel. Sie waren ohne Liebe, wie Andreas, hätten meine Gefühle mit Füßen getreten – so respektlos wie sie das Vertrauen ihrer Frauen missbrauchten.«

Natalie spürte Wut in sich aufsteigen und mahnte sich zur Ruhe, bevor sie sprach. »Gibt's da nicht so eine Art Abmachung, die man trifft, wenn man eine Affäre beginnt? Nur Sex, keine Gefühle. So wie ich es sehe, haben sich alle Männer daran gehalten, du aber nicht.«

»Ich hab nix empfunden für diese beiden Affen …«, spie Caro aus und senkte den Blick.

»Trotzdem hattet ihr eine Abmachung. Und was Sonnenberg betrifft, der hat seine Frau nicht hintergangen. Sie wusste von seinen Affären, hatte selbst welche.«

Caro schnaubte nur und ballte die Hände zu Fäusten.

Natalie fuhr fort: »Wilkens' Herz endlich zu besitzen, hat nicht geholfen, richtig? Und die Herzen der anderen wolltest du von vornherein nicht. Da wolltest du nur richten und sie quälen. Wieder und wieder sollte ein Mann für Wilkens' leiden.« Natalie zögerte, ließ die Wahrheit dann aber auf Caro einprasseln. »Dabei hat er eure Affäre gar nicht für seine damalige Partnerin beendet, sondern um ein neues Leben mit einer anderen Frau zu beginnen.«

Caro hob den Kopf und funkelte Natalie an. Ihre Lippen zuckten, doch sie schluckte die dagegendrängenden Worte und ließ, getreu dem Motto *Wie du mir, so ich dir*, andere heraus: »Du verteidigst diese Schweine? Wie armselig! Aber keine Überraschung. Bist ja auch nicht mehr als ein dummes, blindes, betrogenes Weibchen.«

Die Provokation perlte an Natalie ab. »Hättest du Elias' Herz weggeworfen oder wie eine Trophäe konserviert?«

»In den See hätte ich es geschmissen. In hohem Bogen. Weit weg von mir.« Sie schien zu glauben, dass Natalie nicht Bescheid wusste, denn sie fand deutliche Worte: »Raffst du nicht, dass er mit uns gespielt hat? Er hat mich gefickt, obwohl du ...«

»Ich kenne die Details«, fiel Natalie ihr ins Wort und ertappte sich, wie sie mit den Zähnen knirschte. »Elias hat mir davon erzählt. Und im Gegensatz zu dir konnte ich einen Unterschied machen ... zwischen dem, was war, und dem, was ist.« Sie öffnete die Tür. »Wir haben später noch das Vergnügen, Frau Janncyk …«, sagte sie im Aussteigen.

»Verpiss dich!«, rief Caro ihr nach. Sobald Natalie die Tür geschlossen hatte, brüllte sie sogar. »Grüß Elias und sag ihm, ich wünschte, ich wäre schneller gewesen.«

Natalie schauderte. Nach einem letzten Blick auf die weinend zusammensackende Frau ging sie zurück zum Bootshaus.

23:55

In eine Decke gewickelt saß Natalie auf dem Bootssteg und blickte über den Rummelsburger See. Hinter ihr wuselten die Männer und Frauen der Spurensicherung, aber die hörte sie kaum. Markus hatte bei ihr bleiben wollen, doch sie hatte ihn nach Hause geschickt. Sie brauchte ein paar Minuten für sich, bevor das bestellte Taxi da war.

Etwa eine halbe Stunde war es her, dass Elias im Krankenwagen abtransportiert worden war. Und wie es sich für eine echte, so eine richtige Partnerin nicht gehörte, war sie nicht eingestiegen, um ihm die Hand zu halten. Eben, weil sie ein paar Minuten für sich benötigte. Die hatte sie jetzt gehabt. Das Doppelte und Dreifache von ein paar Minuten sogar, doch mit jeder Sekunde schien ihr Kopf leerer zu werden. Das tat gut.

Sie wusste nicht einmal genau, was sie Rothmann sagen und in ihren Bericht schreiben sollte.

Die Wahrheit natürlich, aber die las sich schon in ihrer Vorstellung merkwürdig. Dass sie Miss O die ganze Zeit über vor der Nase gehabt hatte, würde sie zugeben müssen. Dass ihre Recherche durch die filmreifen Auftritte anderer Verdächtiger lückenhaft gewesen war. Dass sie der Täterin auf die Spur gekommen war, weil sie ein gemeinsames Interesse an einer eigentlich nur leicht in den Fall involvierten Person gehabt hatten.

Über die Formulierung solltest du nochmal nachdenken!, hörte sie von irgendwo unter der Decke.

Natalie holte Inspektor Harvey hervor. Sie setzte ihn auf ihren Schoß. Er ließ die Beine baumeln und versteckte sein Grinsen hinter einem heruntergeklappten Schlappohr.

Sieh's doch positiv: Ohne dein Techtelmechtel mit dem Barkeeper würde Miss O vielleicht schon morgen einen neuen Kerl um sein Herz bringen.

Natalie runzelte die Stirn. »Seit wann ist er wieder *Der Barkeeper*? Wir waren doch schon so weit, dass du ihn beim Namen genannt hast.«

Ach, hab ich das?

Natalie durchschaute den Hasen inzwischen leicht. Er wollte sich nicht erinnern und Elias nie sympathisch und vertrauenswürdig gefunden haben.

»Hast du!«

Wieso sollte ich abweichen von meiner Meinung, dass du und die Männer ... Ein überhebliches Lachen kroch über den Strich, der Inspektor Harveys Mund war. *... Na ja, du weißt schon!*

Natalie ahnte, worauf er hinauswollte. Sie stellte sich ahnungslos, in der Hoffnung, es nicht zu hören. »Weiß ich nicht.«

Dass ihr nicht zusammenpasst. Der eine ist zu nett. Der nächste zu verständnislos. Der dritte intolerant. Der vierte auf lange Sicht von deiner Waffe verunsichert. Der fünfte … nun, der fünfte bringt sich in Teufels Küche, indem er sowohl mit einer Mörderin als auch mit dir ins Bett geht. Und so weiter … Alles so unentspannt.

Natalie fiel nichts ein, das es mit den Worten des Hasen aufnehmen konnte, also schwieg sie. Nach einem letzten Blick über den See stand sie auf, ließ die Decke auf dem Steg liegen und ging zum Ufer. Unterwegs beschwerte sich der Hase, weil sie ihn an einem Ohr schleppte, also steckte sie ihn in ihre Tasche.

Ihr kam in den Sinn, die noch aktiven Schwingungen des Schocks auszunutzen und U-Bahn zu fahren, aber die Schwere ihrer Knochen hielt sie davon ab. Das Taxi, ihr Bett und Gedankenlosigkeit – das war alles, was sie jetzt wollte.

Aus ihrer Manteltasche stieg ein Seufzen auf. *Mach dir keinen Kopf!*, sagte Inspektor Harvey. *Du hast ja immer noch mich!*

Natalie schnaubte. »Wie tröstlich!«

Du und ich und zehn Euro für Wein und Pizza. Mehr braucht's jetzt nicht …

Manchmal, nur manchmal sprach ihr der Hase aus der Seele.

Und morgen… Ein zweites Seufzen stieg aus Natalies Manteltasche in die Märznacht … *Morgen kannst du ja mal bei dem Barkeeper im Krankenhaus vorbeischauen.*

Das Taxi näherte sich. Als es bei ihr stoppte, erteilte sie dem Hasen Redeverbot – an das er sich natürlich nicht halten würde. Dann stieg sie ein und nannte dem Fahrer ihre Adresse.

DANKE

Danke, Mr. T! Für diesen Roman hast du mich, wie für andere zuvor, so manches Mal entbehrt. Du bist der beste Sohn der Welt!

Danke, Muse! Ich liebe deine Ideen, die meine Bücher immer noch ein bisschen besser machen. Was wäre dieser Roman ohne Inspektor Harvey?

Danke, Judith! Für deinen Rat als Berliner Kriminalkommissarin. Beim nächsten Mal sollten wir wieder in dieser Kneipe versumpfen, aus der wir im Morgengrauen rausgeworfen wurden.

Danke, Thomas! Für deine Begleitung durch Berlin Friedrichshain und die Inspiration zum Barkeeper.

Danke, Kristin! Du hast mir ein paar peinliche Enten im Text erspart.

Nicht zuletzt: Danke, Alexandra für dein Feedback! Ich schätze dich sehr als Autorenkollegin und werde mich sehr gern revanchieren.

ÜBER DIE AUTORIN

Juliane Käppler, Jahrgang 1977, zog aus Liebe zum Rheinland nach Mainz. Die freiberufliche Autorin schreibt für verschiedene Verlage Jugendromane, Contemporary und Humor. Alias Alexa McNight kennt man sie für erotische Romane.

Als Tochter einer Deutschlehrerin und Enkelin eines Geschichtenerzählers wuchs Juliane Käppler mit Literatur und der Liebe zu phantastischen Welten auf. Der Reiz, eigene Märchen zu schreiben, packte sie früh. Schon auf den letzten erlernten Buchstaben des Alphabets türmten sich Wörter.

Es gab keinen besonderen Zeitpunkt, an dem sie beschlossen hat, Schriftstellerin zu werden. Vielmehr glaubt sie nicht, dass die Schreiberei etwas ist, zu dem man sich entschließt, das man erlernen oder aufgeben kann. Für sie ist es weder Hobby noch Alternative, sondern ein Teil ihrer selbst.

Juliane Käppler
Willkommen in Hawks

Charlotte Engel ist mit Leib und Seele Großstadtkind. Total ätzend ist da die Vorstellung, ein ganzes Jahr in einem Kaff namens Hawks in Michigan zu leben. Bis sie dort ist und Cameron McCready, den Bad Boy der Stadt, kennenlernt. Als Partner für ein Schulprojekt wachsen beide über sich hinaus und werden zu weitaus mehr.

Die Landung auf dem Boden der Tatsachen ist hart: Wegen eines Verbrechens, das er nicht begangen haben will, wird Cameron zur einer Haftstrafe verurteilt, während Charlotte zutiefst verletzt zurück nach Deutschland fliegt. Fünf Jahre später zieht es beide wieder nach Hawks. Nicht nur ihre Zuneigung füreinander erwacht. Auch derjenige, dessen Haftstrafe Cameron abgesessen hat, reagiert. Ein gefährlicher Wettlauf gegen die Vergangenheit beginnt.

Juliane Käppler
Summers Lost
Sie kommen aus einer Welt,
doch sie sind sieben Sommer voneinander entfernt.

Für eine Mutprobe soll sich Katharina Conelli einen Luxuswagen „borgen". Die Sache geht gründlich schief, denn sie wird vom Besitzer überrumpelt. Hals über Kopf verliebt sie sich in Alex Levi, glaubt sie auch, dass sie nichts gemeinsam haben. Das Gegenteil ist der Fall: Beide stammen aus angesehenen Familien und haben etwas anderes vor, als den für sie vorgesehenen Weg des Erfolgs zu gehen. Ihre geteilte Faszination für das Tauchen macht sie schließlich perfekt füreinander, doch das Schicksal sorgt für eine Trennung. Sieben Sommer später begegnen sie sich wieder – als Fremde, die aus ihrem Leben in den Süden geflohen sind.

JULIANE KÄPPLER

VON HERZEN

JULIANE KÄPPLER

VON HERZEN

JULIANE KÄPPLER